天上地下，千万英灵

请见证我们以凡人之手，延续种族生存的希望

《不死者》

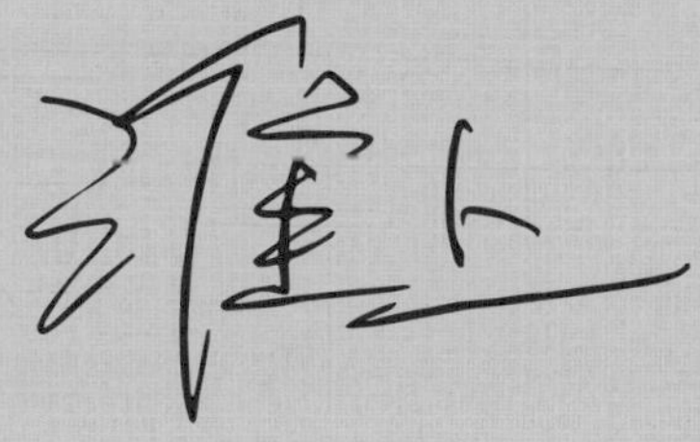

不死者

UNDEAD

淮上 著

免贵姓周，
zhou
兵戈戎马的戎。

司南，
Nan
南北的南。

下次有危险就叫戎哥。
只要叫戎哥……
不管在哪都去救你。

山长水远，多年不见……
如同你曾许下的承诺，
最后请再来接我一次。

UNDEAD

上天并未眷顾人类
我们将独自走完这段征途

上天并未眷顾人类
我们将独自走完这段征途

目录

目录

目录

目录

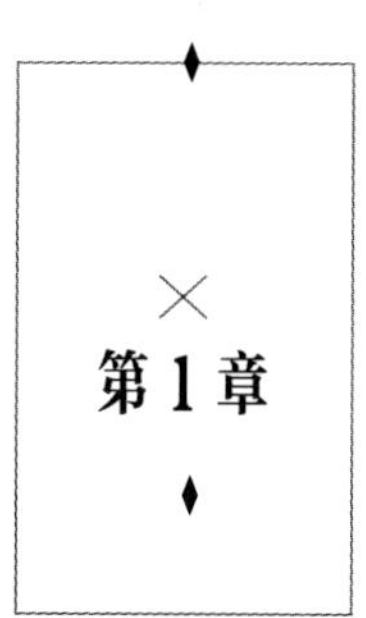

第1章

“慈悲的上帝，你迎接新的灵魂，进入永恒、光明、快乐的所在，列于天上众圣徒的团契之中；当主耶稣第二次降临的时候，那在基督里死了的人，必先从坟墓中复活，得享永生。”

“阿门。”

神父亲吻白银十字架，淡薄天光穿过教堂高高的彩绘玻璃窗，投射在黑漆松木棺椁上。一个蒙着黑纱的白人女子蹲下身，用冰冷的手掌捂住嘴，勉强止住抽泣，抱住了身侧的小男孩。

“妈妈？”

“嗯？”

“神爱世人吗？”

“神……”女子颤抖着深吸一口气，沙哑道，“神爱众生，因此赐下他的独生子，好让所有信他的人不至于灭亡，反获得永恒的生命……”

“那为何我们却丧失自由，受到掠夺和囚禁？”

“……”

“难道世人生来就不平等吗？”

女子身后的大门被轰然撞开了，逆光中无数人影冲进教堂，呵斥惊呼纷沓响起。女子只来得及将脖颈上的挂坠摘下来猛地塞到小男孩手里，随即就被几个全副武装的士兵抓住，强行向后拖拽。

“跑，快跑！”挣扎中女子的叫喊穿透混乱，“快跑，离开这里！”

“不要回头，不要放弃！”

“妈妈爱你……”

教堂在巨响中轰然坍塌，火焰化作黑白，冲上阴霾的天穹。惨叫和哭泣化作虚无，风将骨灰扬起，撒向广袤荒凉的大地。

小男孩在原野上奔跑，身后是紧追不舍的士兵和猎犬。前方渐渐闪现出灯海，巨大都市出现在悬崖之下，男孩在追兵惊怒的叫喊声中纵身一跃！

狂风呼啸掠过耳际，将胸前的挂坠向上扬起。

小男孩在急速下坠中闭上双眼，最后一刻倒映在那黑色瞳孔中的，是孤寂寒冷、永无止境的长夜。

“已死之人必将复活，得享永生——”

他心中道：“阿门。”

2190 年，C 国，T 市。

“啊！”

黑暗中年轻人翻身坐起，下一刻剧痛如电流般蹿过每根神经，痛苦造成的眩晕令他立刻干呕起来。

然而一天没有进食的胃什么都呕不出，除了内脏急剧绞紧外什么都没有发生。半晌他终于喘息着平复下来，视线勉强聚焦，触目所及却是一间狭小黑暗的牢房，铁栅栏外传来微弱的灯光。

这是什么地方……监狱？

我怎么会在这里？

他试图从混乱不堪的脑海中搜索出任何有用的信息，却连自己的名字都想不起，稍微思考便头痛难忍。正当他试图扶着低矮的床榻下地时，牢门外忽然传来了脚步声和人声。

“全城搜索三天都没找出几个活的，是不是异血种的气味特别容易吸引丧尸……”

“据说爆种者也是，只有没用的无质者相对安全。”

“算了，这几个异血种也够交差了……”

铁锁当啷作响，随即是牢门被打开时尖锐的摩擦声。两个士兵走进牢房，凭借走道上昏暗的光，隐约可以看见一道瘦削的身影仰躺在床榻上，毫无生气，连胸口都没有任何起伏。

“不会死了吧？”

一根戴着半指手套的手指伸来鼻端，旋即训练有素地探了探他的脖颈脉搏。

“昏迷。”那士兵道，“找到时就这样了，难得长得不错。”

同伴笑了起来：“得了吧，这一脸又是泥又是灰的也能看清？”

“再厚十八层也能看清。”

年轻人双眼紧闭，犹如没有知觉的尸体，感觉自己被人打横抱起走出了牢房。

行动的颠簸中他微微挑起眼皮，因为视野狭窄，只能看见抱着自己的人身着防护服，手臂肌肉坚硬结实；他身后那个同伴也是同样打扮，身材高大健壮，脚踏劳工短靴，大腿侧赫然别着黑色枪套。

两个爆种者。

石廊拐角的阴影将年轻人的眼帘笼罩在昏暗中，他无声地合上了眼睛。旋即两名士兵进入电梯，上升、停顿，迎面一片光明和嘈杂。

有人在身侧奔跑吆喝：“整理辎重！准备撤退！基地直升机在楼顶待命！”

“城市已经沦陷，没时间了！”

“快快快走！”

士兵身后那个空着手的同伴应声离开，年轻人瞳孔微眯，就是现在。

“把异血种带上直升机，别让他们跑了，运回基地……”

士兵刚要开口答“是”，忽然只觉怀里年轻的异血种似乎侧了下身，从自己臂弯中倾向地面——

他的第一反应是躬身去捞，然而就在这一瞬间，原本重度昏迷犹如尸体般的年轻人伸手触到了他后腰枪套，勾手抽枪，单膝落地！

这一变故太过突然，士兵的怒吼尚未出口，同一秒年轻人长腿横扫，闪电般将他撂翻！

砰！

“怎么回事？”

“住手！”

周遭惊呼四起，只见年轻人拽着士兵的头发令他狠狠撞击地面，继而拎起满面鲜血的士兵，枪口抵着他的太阳穴，挡在了自己身前：“退……”

他想说“退后、不准动”，但长时间的昏迷令他喉咙嘶哑，几秒钟后他才喘息着厉声喝道：“站住！放下武器！”

大厅中所有逼近的士兵人人色变，同时止步，形成了一个扇形包围圈，场面剑拔弩张。

“中校，有紧急情况——”

汤皓挂断电话抬起头：“什么？”

“有个异血种反抗，”副官指向不远处的大厅，面容惊怒未消，“劫持了我们的人，还想要逃走！”

年轻人难以压抑的剧喘和士兵颤抖的呼吸混杂在一处，士兵感受到太阳穴上那冰冷的枪口，不由连吞了好几口带血的唾沫，沙哑道：“放……放下我，你跑不掉的……啊！”

年轻人铁钳般的手深深掐进他咽喉中：“——闭嘴。”

这是监狱的公共区域，呈圆形厅状，此刻却充斥着全副武装的士兵，年轻人用眼角余光粗略一估，起码有上百个。包围圈外地面上满是急救设施和蒙着白布的担架，看不清有多少尸体，空气中弥漫着硝烟、焦炭、鲜血和腐肉混杂起来的难以言喻的味道。

这是什么，暴动？战争？

自己是谁，到底为什么会在这里？

大厅更远处的出口被实心铁帘门锁住了，门岗是个小办公室，一个身着迷彩服、肤色微深、个头极高的男人推门而出，大步流星而来。

年轻人步步后退，警惕的视线钉在他脸上，直到他分开众人走上前来，站在了数步距离外，抬手拔出了后腰手枪，行动中赫然露出了外套上的中校肩章。

“放开我的人。”汤皓看着不远处已一步步退到墙角的年轻异血种，虽然特种部队出身的他体型精悍结实，但开口时明显调整过的嗓音又不会给对方太多紧迫感，“——是我们救了你，城市已经沦陷了，你跑不出去的。”

年轻人在他的逼视中闭上眼睛，随即又睁开：“你们是什么人？”

汤皓没有直接回答他的问题：“我们的任务是搜索和保护作为珍贵战略物资的异血种，直到把你们安全护送回基地。你不会有任何危险，基地已经做好接管你们的准备，很快就会转移去安全区……”

没有安全区了。潜意识里一个声音对他说。

不仅是这座城市，整个国家乃至于全球都沦陷了。

年轻人微怔，自己也不明白那悲哀的认知从何而来。

“放开你的人质，就当什么都没发生过。如果我的士兵曾对你无礼，我可以替他们向你道歉……”

“不……不。”汤皓的声音被年轻人打断了，只见他背后紧抵着墙，剧喘着摇头道，“放下枪让我离开，我必须……现在就……”

汤皓刚想说什么，忽然面色一变。

只听监狱大楼内部响起哀号，竟是从不远处响起的，随即无数脚步拖曳的摩擦声由远及近，远处卷帘铁门发出了被不断拍打的撞击声！

墙灰碎石簌簌而下，人人神情剧变，副官狂吼：“中校！楼下大门失守，丧尸追过来了！”

年轻人喝道：“放下枪！”

“中校！”

“放我走——！”

汤皓回过头，抬手砰砰数枪！

闪烁蓝光的电击针弹几乎是倾泻着扫在人质士兵和年轻人身上，电击带来的剧痛让年轻人砰然跪地，旋即栽倒，甚至在好几秒内失去了意识。

胸口骤然一重，犹如被千钧巨石死死压住，那是汤皓上前单膝抵在了他胸口。年轻人剧咳着喷出血沫，下一秒他抬起手，但手腕被汤皓轻而易举地抓住按在了地上，电流让他抽搐的肌肉甚至无法绷紧。

汤皓不出声地骂了句粗话，表情也有点狼狈——不是因为格斗，而是身下这异血种喷出的血。

即便满面灰土，都盖不住这个年轻人俊秀清晰的五官。他的轮廓不那么柔和，而是更加深邃鲜明，剑眉星目、鼻梁挺直，从下颌到脖颈都有着非常完美利落的弧线。

异血种独特的血液喷溅在汤皓的野战服袖口，仿佛在他烧灼的神经末梢上狠狠抽了一鞭，令难言的刺激从本能中急速升起。

“末世会让异血种置身地狱，如果你现在离开这里，外面的活人会比丧尸还可怕。尤其是你这样的。”汤皓用拇指在年轻人侧脸上重重一擦，尘土下裸露出的皮肤白皙得触目惊心。

“你连今晚都活不过，也许被一堆丧尸活吃会是最仁慈的死法。”

“来人把他带走！全速撤退！”仿佛是为了掩饰什么，汤皓霍然起身向外走去。

就在这时他看见对面士兵的表情同时发生了变化，还没来得及反应，就只觉脚踝处传来一股大力，下一秒把他拉扯得当头摔倒——

“操！”

汤皓险些被摔出脑震荡，那句珍藏已久的粗话终于出了口。

他简直不敢相信电击弹竟然短短十数秒间就在这个异血种身上失了效，但紧接着他的视线余光瞥见年轻人捡起枪。

年轻人俯在自己耳边，极有沙哑质感的声音几乎直接贴在了自己耳郭上：“我喜欢老死。”

年轻人从汤皓裤袋中抽出弹夹，迅速起身，用枪口来回指向包围圈内的士兵，同时疾步向窗口退去。

汤皓仿佛忽然意识到了什么，回头怒吼：“不——”

然而已经为时太晚。

众目睽睽之下，年轻人猛地撞碎玻璃窗，在漫天碎玻璃碴中飞身纵跃而下。

——这里是三楼！

汤皓箭一样冲到窗前，身后士兵蜂拥而来。时间仿佛被无限拉长以至于凝固，半空中年轻人劲瘦的身形一寸寸翻转、弓起，如同紧绷到极致的弓弦，黑发向后飞拂而起。

砰！

明明距离那么远，沉闷的落地声却仿佛重重敲在汤皓耳边。

年轻人躬身落地，顺势翻滚，起身跪地双手举枪，如战术教科书般精确完美！

这人难道真有什么来头？！

汤皓的眼底终于浮现出难以掩饰的不解，只听手下急问："中校，要不要追？"

汤皓伸手拦住了他们——来不及了。

顺着他的目光望去，只见楼下停车场空地上，没有进入监狱大楼的十几个丧尸齐刷刷转身，放下了手中血肉淋漓的残骸，向年轻人蹒跚走来。

年轻人似乎没料到这种情况，在面对活死人时怔愣了下。同一时刻，汤皓夺过手下士兵的枪，看都不看便扣动扳机，离年轻人仅数步远的丧尸眉心中弹。

砰——

活死人应声倒地，早已尸斑丛生的身体僵直，暗紫黏稠的血液缓缓流淌在脏污的地面上，向不远处因为堵塞多日而积满臭水的下水井口蜿蜒。

而其他活死人毫无觉察，一味发出哀号，摇摇晃晃走了过来。

"被咬到就感染！"高处传来汤皓的咆哮，"必须打头！！"

话音未落，年轻人像是从某种迷茫错乱的梦境中惊醒一般，忽然动了起来——

汤皓简直没看清他是怎么抬脚的，眨眼工夫就只见他旋风般冲了出去。与第二个丧尸擦肩而过时，丧尸甚至来不及伸手拦一下，就只见残影扫过，腾空而起。

年轻人一脚踩在第三个丧尸肩上——那是个在丧尸潮暴发时越狱的重刑犯，面部已被撕下一半，黑红腐肉中隐约可见破败的利齿——旋即年轻人啪啪数下点射，蜂拥而来的活死人中，最前几个向他竭力伸手的丧尸头颅爆开。

然而更多活死人争先恐后挤来，汤皓在三楼窗台上看得清清楚楚，甚至连大街上徘徊的丧尸都成群结队地向这边涌过来了！

——他的子弹不够！

年轻人没有丝毫迟疑或恐惧，直接闪身纵跃。他几乎是踩着所有丧尸的头和肩膀，每一步都快如闪电又惊险至极，几秒钟内便越过了树林般枝节横生的丧尸群，单膝跪地，落在了监狱大门外的车行道边。

汤皓霎时明白了他要做什么，眉峰一挑。

不出他所料，年轻人连停顿都没有，起身炮弹般冲向了离他最近的汽车。

那是辆普通银色轿车，前后门全开，司机已变成满面鲜血的中年男尸，正在安全带的束缚下不断发出惨号，青紫色的十指向前茫然抓挠。

丧尸群纷纷掉头追赶，沉重的脚步声越来越近。年轻人再也不向后看一眼，一枪打碎了司机的头，抬起尸体抛去车外，拧身坐上驾驶座，啪的一声利落关上车门。

男尸砸落尸群，将最近的几个活死人当头绊倒，远处的汤皓放下望远镜，面色微微阴沉。

“中校，我们必须立刻撤退，卷帘门已经……”

大厅尽头的实心铁帘门在丧尸不知疲倦的捶打下已摇摇欲坠，大块混凝土块簌簌而下，大门终于在一声令人神经颤悚的吱呀声中，被活生生地撕裂了。

衣衫褴褛、血肉模糊的丧尸潮水般一拥而入，前排士兵枪声大作，监狱大厅登时变成了血肉横飞的修罗场！

汤皓大步向前，肩膀一抖，从背后卸下 MP5 全自动微冲，狂风暴雨般的子弹向不断爬进大厅的丧尸倾泻，成排活死人在 9 毫米鲁格弹的巨大冲击力下向后横飞。

“中校！”

汤皓边战边退，头也不回，左手从上而下凌厉地一挥：“走！”

士兵从安全楼道迅速撤退，跨出门槛的最后一瞬，汤皓的视线从数米外活死人可怖的脸上移开，投向落地窗外——

充斥丧尸、废墟和报废车辆的街道上，银色轿车如劈开血浪的利箭，披荆斩棘而去，很快消失在了燃烧着烈焰的街道尽头。

汤皓收回目光，轰然一脚踹上安全楼道门，将争先恐后的丧尸堵在了大厅里。成群结队的士兵冲向楼顶，转身那一刻他敏锐地捕捉到一丝气息，喉结在结实的脖颈上剧烈滑动了下。

——那是从他迷彩服袖口上传来的，腥甜勾人的血液味道。

“中校？”士兵问。

汤皓一步两级台阶，用枪口点了点衣袖上的血迹：“回基地后提取 DNA，跟 T 市的人口信息登记库查验比对，我要知道这个异血种的身份背景。”

手下点了点头。

第 2 章

末日来临时人口稠密的城市顿时沦为地狱，街道两侧到处是撞毁的车辆、翻滚的硝烟和火焰，活死人来回游荡，残尸零落布满马路。

商店门户敞开，碎玻璃满地，货架如同被龙卷风扫过，墙上满是喷溅的血迹和黑红手印。

前方有人横在地上，手脚仍在条件反射性抽搐，身躯却早已肚穿肠流。几个丧尸围着他，撕咬手臂和大腿的血肉，捧起内脏大口吞咽，血流满地。

银色汽车风驰电掣而过，丧尸嗅到活人的气味，刚摇摇晃晃起身追赶，汽车却已绝尘而去。

年轻人望向后视镜，远处监狱大楼顶上，一架武装直升机正呼啸腾空，越过满目疮痍的城市，向远方黑烟滚滚的地平线驶去。

他收回目光，稍微调整了下后视镜，随即从镜中看见了什么，动作微顿。

那是一双浑浊灰白的眼睛，正静静挨在自己身后。

年轻人一脚踩下刹车，在刺耳的摩擦声中回头，只见后座视线死角处的安全带赫然勒着一个小女孩。小女孩只静静蜷着，可能才两三岁，比猫大不了多少，头上还梳着小羊角辫，抱着个娃娃。

她的整张脸已经乌黑了，嘴巴一张一合，紫红色血液顺着嘴角流到脖颈，直勾勾望着年轻人，身侧还丢着一只洒满鲜血的女式包。

年轻人轻轻闭上了眼睛。

他能想象当时是什么情景。丈夫不愿放弃他已被感染的妻女，开车逃离城市，沿途寻找救援，最终被活活咬死在驾驶席上，然后丧尸化的妻子打开后车门逃走。

他睁开眼睛，举枪瞄准丧尸小女孩的眉心，食指却按不下扳机。

街道上的丧尸挤在车边，麻木地拍打车窗，发出嘭嘭的闷响。半晌，年轻人垂下枪口，伸手卡住小女孩的脖子，咔嚓一声拧断，尸体软软地垂在了后座上。

他并未把小丧尸丢出车外，一言不发地看了她片刻后，踩下油门向前驶去。

前方一公里处，停车大楼建筑旁，药店的黄色标志在硝烟中异常醒目。

同一时刻，停车场二楼。

偌大空间里零散停着十几辆满是弹孔的车，死尸断臂满地，警报声此起彼伏。激战后枪弹和腐肉的腥臭混在一起，强烈刺激着每个人的神经。

“我们被丧尸群包围了，”颜豪取下望远镜，嘶哑道，“后门小巷是死路，前门堵了丧尸潮，估计数量有几百个。毗邻建筑分别是医院、学校和超市药房，属于红色一级危险区，无法通过钩索跨越，弹药也即将告罄。”

一辆生化装甲车边，几个队员正迅速整理装备，闻言不约而同地扭头望向某个侧影。

严苛的长期训练令他们不会立刻情绪失控，但沉默中隐约流动的绝望却无可错认。沉闷到压抑的空气中，楼下传来的哀号和捶门声愈加清晰。

“队长……”颜豪嗫嚅道。

周戎背靠着血迹斑斑的墙壁，在众人目光焦点中抬起头，却没开口，先甩手掷出一道寒光——与此同时，二十步外，一只躲在水泥柱后的丧尸颅骨中刀，深入没柄，扑通一声倒了下去。

“收拾装备，准备突围。”

周戎站起身走向不远处，他身高接近一米九，全身黑色防护服，逆光中看不清表情，只听低沉冷峻的声音。

一名队员仿佛意识到了什么，霍然起身：“戎哥！你上哪去？！”

周戎找了辆半侧车身布满弹孔的跑车，在众目睽睽之下一拳粉碎前窗，从储物箱中翻出备用钥匙，打开车门坐了进去。

“我去把前面的丧尸引到后门，突围后你们往东南方向开，目标避难所在三十公里外的城中心地下。”他点火提手刹，千疮百孔的跑车发出轰鸣，“我一旦脱身就赶去跟你们会合，如果你们抵达前我还没回来，队长职责由颜豪继任，向基地发射定位讯号。”

“队长！”颜豪霎时咆哮出口。

几名队员同时难以接受地起身：“不行，戎哥！”“住手！”

周戎从车窗中探出头，眯起了那双形状锋利漂亮的眼睛：“嗯？”

周戎不笑的时候，五官组合就有种冰冷桀骜的、令人望而生畏的戾气，甚至连每根眉毛的角度、微微压紧的瞳孔都无声彰显着“此人十分扎手”的事实，足以令观者完全忽略他本身长相的俊美。

多年积累下来的淫威让队员们同时条件反射性一哽，继而颜豪失控地上前几步，刚要说什么时，周戎伸手向他一点，那不容抗拒的命令意味很重，令他硬生生止了步。

继而周戎笑起来——他一笑那戾气就消失不见了，嘴角勾起，眼角微弯，反倒有种不正经的雅痞魅力。

“娘们唧唧的，你们几个。”他从自己的队员脸上挨个点过去，笑道，“等戎哥去避难所会合，滚吧。”

队员们抓紧冲锋枪，你看我我看你，目光中浮现出绝望。

跑车打灯退后，碾压着满地腐尸滑出一个利索的倒U。

“等等……等等，队长！”

颜豪盯着窗外，忽然看见了什么，不可置信道：“有人……有人来了！”

——停车场前门口，黑压压无数的丧尸正机械捶门，它们身后的马路上，一辆银色轿车戛然而止，旋即倒车回来，摇下了车窗。

难道停车大楼里有幸存者？

年轻人打量这栋八层建筑，目之所及的每一扇窗户都支离破碎，洒满鲜血，他完全看不清内部情况。只有二层正对马路的某个窗口隐约可见有人趴在上面，也许是事发时慌不择路逃进楼的民众。

停车场本身的电子控制大门已被封锁，但在丧尸无穷无尽的捶打下，空心铁门已向内凹出了一个恐怖的弧度，突破只是时间问题。

年轻人眉心微拧了起来，内心略有迟疑。

他向不远处门户大敞的药房望去，那边只有几个丧尸男生，穿着初中校服，趿着脚漫无目的地晃荡，应该是附近学校病毒暴发后跑出来的。

醒来的时候，他听到那两个士兵说异血种的血液比无质者更吸引丧尸，所以，他需要找到可以掩盖血液气息的药剂。趁现在幸存者把大批丧尸都吸引走了，一鼓作气冲进药房去是完全可行的。

但脆弱的电控铁门应该撑不了几分钟了。

而且万一他跑进药房后，丧尸潮跟着涌进来怎么办？

年轻人深吸一口气，目光落在二十米外一辆撞树人亡的摩托车上，默数三秒后，他猛地推开了车门。

机车发动的轰鸣猝然响彻街道，仿佛宣告开餐的号角。

停车场二楼，颜豪的声音极轻又充满讶异："这个人……

"他……他在帮我们引开丧尸潮？……"

周戎大步走近，拿过望远镜向街道看去。镜头聚焦处，年轻人横跨在一辆机车上，面颈被头盔遮得严严实实，皮夹克拉锁扣到下巴，摩托尾管伴随低沉的发动声喷出尾气。

越来越多的丧尸被这声音吸引，停止捶门，纷纷回头，成群结队向机车扑过去。

二十米、十米、五米……

马路上的丧尸几乎快挤到机车前的时候，停车场前，丧尸数量终于减少到了三十个以下，机车手扬起左臂，向高处打了个手势。

预备——

"颜豪去开车！"周戎猝然扔了望远镜，架起步枪瞄准，喝道，"上车，全体上车准备突围！"

砰砰数声枪响，子弹粉碎玻璃窗，远处尸潮中，距离机车最近的几个丧尸头颅应声爆开。

那仿佛是行动开始的讯号，同一秒钟机车发动，轰鸣着冲了出去！

"走走走快走！""快！"

队员迅速跃上装甲车，颜豪一手疾打方向盘，一手卸下自己的弹夹扔出车窗。周戎就像背后长眼般头都没回，一把抓住弹夹，咔嚓安上，枪管架在窗台，弹药倾泻而出！

枪林弹雨中，机车凭借高速冲出尸潮，将数不清的活死人碾成腐肉，继而驰向十字路口。

丧尸踉踉跄跄追在身后，从高处望去，甚至连附近几条街的丧尸都闻风而动，越聚越多，渐渐形成了壮观的长龙。

断手折脚的、七窍流血的、死不瞑目的……密密麻麻一眼望不到头的尸潮令人毛骨悚然。然而生死一瞬时没人顾得上恐惧，机车手在十字路口猛地掉头，呼啸冲进了东南大街！

轰隆巨响，停车场大门终于徐徐升起，生化车将几个来不及躲闪的丧尸压在了车胎下。

“队长——”颜豪大吼。

二楼上，周戎一手撑住窗台，飞身而下，“轰！”一声重重落在了车顶。

五百米外，十字路口另一端。

机车甩尾变道，随即车身骤停。

前方赫然出现了另一批尸潮，争先恐后挤了过来！

来自周戎的远程狙击掩护停止，丧尸又从前后分头堵截，场面顿时蔚为壮观。年轻人的视线从头盔后瞥向后视镜，身后街道拐角分出一条岔路，通向东面大街。

伏在车把上的手指握紧，青筋暴起，继而平复。他深吸一口气，调转车头——

“吼——！”

机车流星般横贯公路，几乎贴着身侧丧尸的利齿冲向岔道。车身飞越，悍然撞碎街角书店的落地玻璃墙，从另一头穿出，裹挟漫天玻璃落地！

前方两名男性丧尸被当胸撞翻，半腐内脏爆了一地。第三个丧尸伸手攀住车把，刚张口凑上来，忽然一枚子弹呼啸而至，将它的脑浆爆上了天。

年轻人抬眼望去。

——二百米外，一辆银灰色装甲车正横冲直撞，周戎趴在车顶上架着步枪，眯起一只眼睛，薄唇略微勾起，像是隔着遥远的距离跟他打了个招呼。

随即下一枚子弹擦过他的头盔，将机车侧面一位丧尸大婶的天灵盖掀了起来。

“东大街转角书店后十米，两点钟方向，准备营救。”

耳麦中传来周戎的声音，颜豪点头应是，目光一扫卫星路况图：“不好。”

“怎么？”

颜豪一脚踩下油门：“东大街是死路。”

装甲车发出加速的轰响，然而这时已经来不及了。周戎眉峰一跳，只见机车发动，冲破丧尸重重包围，别无选择地向东大街冲了进去！

“绕道接应！搜索最佳路线！”周戎在迸飞的弹壳中厉喝，“准备调头！”

驾驶室内，卫星定位系统显示屏上路线变化，颜豪随之将方向盘一把打死。

同时，东大街，机车手上身俯到极限，风驰电掣冲破尸山血海，旋即前方出现了一整排黑压压的油压路障！

此时摩托车速已达到恐怖的200km/h，而路障堪堪不过三百米距，六秒不到即可到达。

六秒是什么概念？

——无法掉头，无法转向，道路两侧全是丧尸，一旦与路障相撞，必然车毁人亡。

机车手瞳孔分分压紧，直至如针。与此同时仪表盘内指针剧烈摇晃，撞击底线，尾管中如有一头暴怒的魔兽发出咆哮。

“他要冲卡……”颜豪轻声道。

仿佛劈开大海的摩西之杖，机车从层层丧尸群中突出，刹那间冲上了路障钢板——

时间就此凝滞，连风声都唰然静止。

半空中，机车三百六十度翻转，划出一道流火弧线。

周戎抛出钩索：“接着——”

狂风中年轻人伸展手臂，绳索带着铁钩准确缠住了手腕，旋即他身体蹬离机车，凌空飞向周戎。

沉重的机车疯狂打旋，一头扎进尸潮，继而发出了惊天动地的爆炸！

砰！

一声重响，年轻人当头摔上装甲车顶，在惯力下翻滚冲向边缘，被周戎拦腰抱住，脚蹬开车顶盖，两人在哐当巨响中同时掉进了车厢。

“戎哥！”“队长！”

队员纷纷冲上前，七手八脚把两人扶了起来，连驾驶座上的颜豪都设定好自动驾驶，示意队友接手，从驾驶席匆匆钻进了后车厢：“队长没事吧？”

"嘶嘶嘶……"周戎龇牙咧嘴起身，"哥这把老腰……"

在他身后，年轻人闪电般躲开了搀扶自己的手，退到角落直起身。

隔着机车头盔，他一言不发地望着面前这些人。

这是一支特种部队，他想。

出乎意料的是，这帮个个精悍魁梧的队员竟全是无质者，空间有限的车厢里，没有一丝属于爆种者的极具侵略性的味道。

"喏，"颜豪善意地递来一瓶水，"谢谢。"

车厢里渐渐安静下来，在所有人的目光注视中，年轻人既没有开口，也没有任何抬手的表示。

颜豪又示意了下："给你的。"

颜豪是那种如果没参军，妥妥可以去报考电影学院的长相。跟周戎不相上下的身高，肩宽腿长，秀眉朗目，左耳单扣一枚红宝石耳钉微微闪光，颇有校园言情剧中忧郁男主角的气质。

这么多年严厉到变态的训练都没给他白净的皮肤留下任何痕迹，可谓天生丽质难自弃。

然而他面前这位机车手并不领情，甚至还能用冷漠或戒备来形容。

"这位兄弟……"另一个队员刚开口，只见机车手终于动了。

他无视了那瓶水，伸手卸下颜豪的全自动卡宾枪，背到了自己右肩上。

"喂，你——"

周戎喝着水转过身，拦住队员，对年轻人露齿一笑："兄弟怎么称呼？"

年轻人不说话。

"吃点东西？"

没有回应。

车厢里气氛渐渐变了，狭小的空间内，某种紧张的东西在沉默中渐渐孕育。

周戎摸着下巴，上下打量了年轻人一眼。

他全身都包裹在紧身机车夹克和深色牛仔裤里，头盔遮挡下完全看不见脸，全身都是丧尸堆中打过滚的气息，显得非常狼狈。

但他身形劲瘦利落，戒备的姿势像一把刀。

一把寒光森然，出鞘泰半的军刀。

“朋友，”周戎视若不见，笑问，“你这是要上哪去，送你一程？”

足足过了十多秒，车厢里除了长长短短的呼吸，就只有钢板外丧尸模糊的哀号。

“回停车场。”在几乎窒息的气氛中，年轻人终于开了口，声音带着干涸导致的沙哑，“去药房。”

周戎极为友善地颔首，转身来到前车驾驶座，拍拍司机的肩：“回东南大街停车场。”

随即他俯下身，用只有两人能听见的音量轻声道：“找地方停一下，我要跟去看他在药房干什么。”

第3章

“免贵姓周，兵戈戎马的戎，不是黄蓉妹妹的蓉。

“我们在这倒霉催的T市蹲了大半个月，一分钱外勤补贴金都没摸到，子弹和粮草也见底了，兵荒马乱的加个油都跟做贼似的。

“你说这病毒怎么暴发的，狂犬病毒变异体吗？还是敌国针对我国实行的丧心病狂的基因战术？哥几个前两天还跟着看新闻，昨儿晚上连电视信号跟短波广播都没了，可惜我追了大半年都没断的《人民的城管队》。不过最可惜的还是……”

周戎咔嚓一声点着火，深深吸了口烟，回头一看，众队员战战兢兢，车厢侧窗大开，风呼呼地灌进来。

“走……走了，”一小弟说，“刚从车窗翻出去……”

“啥时候走的？”

“新闻那会儿。”

周戎沉默片刻，不无遗憾道：“可惜，我正想给他安利《人民的发改委》第八季呢。”

丧尸潮被引去东南边了，此刻大街上只有十几个活死人在游荡。年轻人翻身落地，几步贴到墙角，继而闪身进了一片狼藉的大药房。

白炽灯在头顶一闪一闪，墙上全是喷溅状鲜血，几具残缺不全的尸体压垮了玻璃柜台，可以想见病毒暴发时这里是怎样恐怖的景象。

随着人种平等的呼吁日益强烈，血液气息压制剂在很多国家取消了禁令，但也是严格管制的处方药。年轻人将卡宾枪端在身前，绕过药剂师倒俯在柜台上的尸体，反手一枪托砸碎玻璃柜，看见熟悉的针剂，他不可察觉地出了口气，迅速拆解包装配药扎进自己的手臂静脉。

药房大概被劫掠过几次，但角落里还残余一些物资，蛋白粉、坚果条、能量饮料等。他从尸体身上拣了个满是鲜血的帆布背包，把能带的统统扫了进去，又留意翻出了两包净水剂。

做完这些后他抬起头，透过柜台边支离破碎的镜子，看见了自己。

机车头盔、夹克上满是铁锈味，牛仔裤已经看不出本来的颜色，高帮短靴上满是干涸的腐肉。

他忽然发现了什么，稍微拽下拉链，从衣领中勾出了一只吊坠。

那是一只普通的黄铜圆匣，怀表大小，打开里面是一张旧照片，压在水晶薄片下。

一对年轻夫妻抱着五六岁大的儿子对他微笑，妻子是白种人，亚麻发色琥珀眼珠，即便照片已经老旧，其出众的美貌都清晰可见；丈夫则是完全的东方人，样貌清晰文雅，满是书卷气，长着一张令人无比眼熟的脸。

——他自己的脸。

年轻人闭上眼睛，止不住喘息，脑海中闪电般掠过几段残缺的画面：急速颠簸的机舱，惨叫，残尸，迸飞的弹壳，闪烁冰冷银光的手提箱……

随即镜头唰然拉远，清晨寒冷阴灰的天空下，军靴踏过草根和露水，呵斥震响每个士兵的耳膜："没有明天，没有希望。永远等不来救援，任何失误都万劫不复……

"你们将是这个地球上，最后一批和不死者作战的活人！"

年轻人下意识摇头，想揉按眉心，却碰到了坚硬的头盔。

"小心！"

一股从身侧冲来的巨力将年轻人瞬间扑倒在地——轰然重响，年轻人本能就要去掐偷袭者脖颈，下一刻室内却响起了震耳欲聋的枪声！

暴雨般迅疾的子弹将角落里的仓库门打飞出去，门后几个活死人摔叠在地，不住挣扎抽搐，片刻后终于化作一堆血肉不动了。

周戎放下枪，呸出烟头，随便一脚碾熄：“你们俩没事吧？”

年轻人一把推开“偷袭者”，翻身坐起，头痛欲裂地按住眉心。

“你好，我们刚进来，正看见丧尸从仓库推门……”颜豪爬起来，对坐在地上的年轻人摊开掌心。

后者撑着他的手，借力站起身，顺手掀起机车头盔：“多谢。”

颜豪呆住了。

年轻人一脸疑惑。

颜帅哥收回目光，尽管本能掩饰了下，白净面孔上的红晕还是很明显，他用力咳了声，道：“没……没事。”

周戎颇觉有意思，抚摩了会儿下巴，笑嘻嘻问：“兄弟来找吃的？”

——如果末世群众票选十大最烂搭讪榜，这句一定荣登榜首。

年轻人没有回答，捡起背包甩在右肩上，提着从颜豪那儿顺来的卡宾枪，枪口虚虚指向地面，绕过两人向门口走去。

谁料擦肩而过时，周戎一把抓住了他的手臂：“这位……”

“你跟踪我？”

两人近距离对视，满地狼藉的药房内，似乎有根无形的弓弦渐渐拉紧。半晌周戎谦虚地一笑：“说啥呢你，这么伤感情……

“明明是对人民的生命和财产安全负责。”

年轻人重新仔细打量了周戎一遍，觉得自己刚才判断失误。此人不应该是当地部队的，而是被开除出队后盗用军械的兵油子。

“甭打量了，跟我们走吧，没人打你这两包饼干的主意。”周戎顺手把年轻人肩上一块迸溅到的碎肉弹飞，竟然也不觉得恶心，说，“我们要去市中心避难所跟队友会合，接上群众，发射定位信号，通知当地政府派直升机来接——明天T市就要被核弹清洗了。喏，这是我的证件。”

周戎的露指手套满是血污，他从怀里小心翼翼地摸出一个牛皮信封，打开后，里面真是一张盖着红章的部队介绍公函。

他嚣张地把公函在年轻人眼前晃了晃，又珍惜地收回防护背心里，说：“你一人哪儿都去不了，个人英雄主义要不得，还是接受组织安排吧……你叫什么名字来着？”

一片静默，年轻人的目光落到地上，脚边正有个打翻的药盒，写着“×× 市司南中药饮片有限公司”字样。

“司南……”年轻人沙哑道。

“南北的南。”

半小时后。

“它们的体液含有剧毒，被噬咬的结果是100%感染和死亡，随之而来的就是变异。变异速度因人而异，目前观测到最短的变异时间是五十秒，从感染者心脏停跳开始算起；最长则逾二十四个小时，在此期间内尸僵和腐败速度和普通尸体无异。”

司南抬起眼皮：“哪来的观察对象？”

“我的几名队员。”周戎说着，喝了口水。

车厢左右两侧，七八个特种兵分别排坐，不断因为车头撞上拦路丧尸而左右颠簸。

周戎身侧，颜豪从身后摸出个纸袋，示意对面的司南接着。

——纸袋里是几块高蛋白巧克力和军用压缩饼干。

司南随手把纸袋扔还给他，指指自己的背包，意思是“我这里有”，旋即问周戎：“你们是当地驻军？”

“病毒刚暴发时有专家认为是集体狂犬病，于是第一批感染者被送去军队看管，当地驻军就顺理成章全灭了。”周戎摊开手，表达了下礼节性的哀悼，说，“如果你现在去军区大营，里面应该关着几万个荷枪实弹的活死人，密密麻麻搁一块耸动……真是密集恐惧症患者的地狱啊。”

“那你们为什么来T市？”

“执行任务。”颜豪在边上小声说。

司南目光一瞥，见颜豪专注地望着摇晃的车厢底板，嘴唇抿出一道微紧的线条。

“我们来执行任务，运气不太好，碰上了丧尸病毒暴发，于是临时更改任务内容，决定去避难所营救普通民众。”周戎漫不经心问，“你呢，小哥？”

司南没有回答，反问：“你们的任务如何了？”

他以为这支队伍的目的和汤皓他们一样，都是从战乱区抢占异血种——所谓珍贵的战略资源。谁知周戎叹了口气，惆怅道：“哥这回点儿背……任务对象死了，回去怕要吃处分……”

“未必已经死了。”颜豪忽然又低声说。

队员们都看着他们俩，周戎反问：“你从九千米高空自由落体掉下来后还能活？”

颜豪沉默下来。

“戎哥！”司机在前面喊道，“最新路况图出来了，过来看下行车线！”

周戎起身走去驾驶室，擦身而过时重重拍了拍颜豪的肩。

司南忽然发现自己跟周戎对话时颜豪经常会出现，递个东西或插个话，有意无意刷一下存在感。

为什么呢？

颜豪忽然用拳头掩口咳了声，递来一盒烟：“抽吗？”

司南的外貌极度东方化，但瞳孔和他母亲一样是琥珀色的。当他这么一动不动盯着人看的时候，往往有种无机质般冰冷的错觉。

他就这么看了颜豪足足十来秒，才摇头道：“不抽，谢谢。”

颜豪有点紧张，对他笑了一下，自己抽了根烟，却没点燃，只在手指间翻来覆去地把玩，仿佛在凭借这个动作缓解某种情绪。

片刻后周戎提着装备袋回到后车厢，大马金刀一坐，边掏装备边感叹：“真不容易啊——按目前行车速度，再过俩小时抵达避难所，就是不知道城中心街道丧尸密度怎么样。待会我上去用车载机枪沿途扫射一轮，你们抓紧时间睡会儿……怎么小哥，看我干吗？”

周戎打开枪械零件金属箱，顺手从某个工具槽中取出一枚红宝石耳钉，扣在了自己右耳上。

司南沉默。

司南坐在他们俩对面，目光从周戎的耳朵移到颜豪的耳朵，两枚一模一样的红宝石在昏暗的车厢里闪着光。

那一刻疑惑迎刃而解，他觉得自己明白了什么。

“不好意思。”司南诚恳道，起身拍拍颜豪的肩，头也不回地钻进前室，坐在了副驾驶上。

颜豪一脸疑问。

车厢后一片诡异的死寂。

然而司南十分善解人意，不加理会，对司机点了点头示意打扰，旋即闭目假寐起来。

第4章

然而司南并没有睡着。

他试图让精神成为一种完全虚无的状态，仿佛深海中的游鱼，慢慢潜入冥想，从记忆深处捕捉游弋零碎的棉絮般破碎的片段。

“天生的弱者，必须被监护……”

“跑，快跑！”

“今天所承受的屈辱，将来必定加倍偿还！”

“叫你们长官出来，”风中一道侧影站在高高的铁栏门前，冷漠道，“我有事找他谈。”

下一刻某个看不清面孔的男人迎面走来，还未来得及开口，便被重重一拳打得口鼻出血，向后摔倒！

奔跑、怒骂、人声喧杂鼎沸，不知多少士兵从旁拦他，但都无济于事。倏而画面转换，微光从禁闭房狭小的窗缝中漏下来，为水泥石台勾勒出一道阴冷的光影，他披着外套坐在床沿，双手掌心相贴，指尖抵在眉心上，忽然门外响起急促的奔跑声和钥匙哗啦撞击的脆响。

他站起身，门开了。

“内部、内部暴发了，实验室关不住……警戒线已告溃败，车在外面等您，快跟我来……”

他接过一只钛合金冷冻箱，走出禁闭室，走廊尽头渺茫的光化作星辰，脚下漫漫长途，仿佛永远走不到尽头的征途。

永远也走不到尽头……

装甲车一个急刹，司南身体向前弹，惊醒了。

瞬间他跟车窗前密密麻麻的丧尸来了个脸贴脸，只听司机狂吼："抵达目的地！快快快清扫突围！里面的人准备接应——！"

头顶车载机枪喷发出灼目的火舌，周戎脱了外套，就穿一件黑色背心，隔热手套被枪管烫得可怕，机枪轮番扫射逼退十字路口的丧尸。

然而城中心商业街上拥挤的丧尸实在太多，扫完一波又一波，触目所及简直一片尸海，所有队员都爬上车顶去火力支援，却只能勉强清出几米空地，让装甲车在尸山尸海中缓慢前行。

这堪比早高峰的行车速度是非常危险的，车身好几次差点被无穷无尽的丧尸推翻，几个队员纷纷喊叫，几乎被丧尸抓住脚脖子拖下车去。

周戎在对讲耳麦中怒吼："英杰上来火力支援！我来开！"

司机应声打开车顶窗，一蹿攀上车顶，周戎趁机滑下驾驶座，猛一脚油门踩死！

轰一声装甲车向前蹿出几十米，将无数活死人卷进车底。这时只听喀啦一声，驾驶座侧车窗被打碎了！

"嗷——"几双枯手同时伸进车窗，抓向周戎。

周戎侧身一避，司南配合及时，从身侧几枪打退丧尸："避难所在哪？"

"下面！"

"哪里？！"

周戎腾不出手，向前方一扬下巴。

几百米外，一座商场建筑屹立在中心街尽头，"开业酬宾惊天巨折"几个大字在空中飘扬。

司南一枪打碎丧尸脑袋，同时向后一躲，腥臭的灰黑脑浆迸出来溅了周戎半身，只听他破口大骂。

司南："骂谁？"

周戎左手是争相爬窗的丧尸，右手是荷枪实弹的司南，他权衡再三后骂道："个破商场坑死爹了，好好打什么折，怪不得外面这么多人！”

这时头顶上的无线电刺啦作响，在弹壳乱蹦的驾驶室内非常清晰，一道尖锐的女声随之传了出来：“0011 呼叫指挥部！呼叫指挥部！！是否需要支援？重复一遍，是否需要支援？！”

“要要要要要！”周戎一把按下司南，踩住刹车，接通车顶对讲机，几乎用尽全身力量发出了震耳欲聋的咆哮，“全部下来——！封锁车顶，立刻——！”

话音未落，远处商场建筑顶，光芒骤然一闪。

下一刻白光冲上半空，铺天盖地而来，火流和强光霎时席卷了大地！

装甲车在爆炸中就像断了线的风筝，瞬间冲出去十多米，车窗齐齐碎裂，所有人在可怕的翻转中发出了听不见的咆哮。

不知过了多久，仿佛是漫长的一个世纪，司南剧喘着恢复意识，隐约觉得哪里不对，挣扎着撑起上半身一看。

鼻端前是周戎的迷彩裤……裤裆。

周戎一手支着额角，嘴角抽搐，声线因为剧痛而颤抖：“要是老子废了，你一定别想跑……”

众队员纷纷呻吟起身，只见车窗外，单人火箭炮将大半个街区的丧尸一扫而光，触目所及惨不忍睹，滚滚浓烟笼罩了曾经繁华的商业街。

随着“刺啦刺啦”的声响，那女声咳嗽着出现了：“大家好，还活着吗？重复一遍，还有活着的吗？”

周戎问：“春草，咱打个商量。下次开炮前先商量下好不？知道戎哥刚才差点断子绝孙了吗？”

春草说：“反正你又没得用，干脆切了呗。”

司南用奇异的目光瞟了周戎一眼。

“你想说什么？”周戎此刻对任何一点刺激都异常敏感。

“没什么……”

没想到那姓颜的小白脸才是上面那个，司南想，真是人不可貌相。

拜火箭炮所赐，千疮百孔的装甲车终于磕磕绊绊通过街区，抵达了最终目的地——

避难所。

它是这座商场的地下仓库，曾经是个防空洞，具备优良的军工建筑基础，在感染暴发时抵抗住了活死人大军的数轮冲击。

眼下这座地下避难所中藏着上千人，大多数是商场顾客和员工，男女老少都有，处处回荡着压抑的哭泣。

周戎终于跟他的队友们接上了头，热情洋溢道："草儿！"

春草："队长！"

司南一个急闪，春草紧贴他身侧狂奔而过，二人拥抱、旋转，周戎毫不费力地把身高刚到他肩头的姑娘抱起来悠了两圈，如果这是漫画的话，此刻一定有宽面条泪360°撒向四面八方。

"没子弹了，"春草眼底满含渴望的热泪，"昨晚带大丁、祥子他们出去清扫楼道，所有子弹都打光了，刚才楼顶那一发清空了我们最后的火箭炮……还好吃的管够，我让物业的人把仓库门窗都堵死了，就怕丧尸再冲进来，总不能上去肉搏吧……"

周戎摸摸她的头，慈爱道："叫爸爸。"

春草立刻："爸爸。"

周戎从枪管中退出两枚子弹，抓住他便宜闺女的掌心摊开，先把俩子弹都放了下去，想想看又拿回来一枚。

"全队最后两颗。"周戎微笑道，"留着自我了断。"

春草立刻和他断绝父女关系，满面冷漠地走了。

混乱暴发之初共有两三千人逃到这处避难所，但其中已经夹杂了感染者，进入密闭空间后丧尸化，迅速感染了大部分幸存民众。

幸亏周戎手下几个队员与当地政府取得联系，及时护送医疗组赶到这里，经过几番清洗后，只剩一千多活人，已全部经过初步检验，确定没有任何潜在的感染者了。

春草于是带着几个队友，吭哧吭哧把被击毙的丧尸拖出去焚烧，清扫游荡在商场内部和安全楼道内的丧尸，粮未绝弹已尽，只能焦急等待周戎前来救援。

"咳咳。"周戎踩上牛奶箱，不留神差点撞上顶灯，连忙护住头。

满地黑压压人群茫然看着，间或传出女人孩子的抽泣，又很快平息下去。

"你是来救我们的吗？"有人壮着胆子问。

“我是B军区下属118单位保密大队第六中队长。”周戎又取出那张已经有些皱了的公函，郑重地向人群展示一圈。地下仓库的灯光下，鲜红公章格外显眼。

仿佛从那红色中获得了某种信心，人群稍稍激动起来。

“上级派我携带定位装置赶到这里，确认人民群众的生命安全，保障流行疫病暴发期的社会秩序，同时向上级单位发射定位信号，很快政府就会组织力量前来营救大家。

“在此期间请大家保持镇定，不要恐慌，不要轻信流言，按时作息并自觉定时测量体温……”

“外面是怎么回事，那些怪物是丧尸吗？”前排一个男子尖声问。

周戎说：“那只是某种变异的狂犬病毒，请不要信谣传谣，下一个。”

“我们、我们的，”有个姑娘哭着问，“我们的家人怎么办？”

“是啊，我孩子还在学校……”

“我妻子她……”

“我妈已经八十多了！”

……

灯光下周戎侧颊线条微微绷紧，给人一种冷钢般严峻的观感。

但随即他笑起来，尽管只是个短暂的弧度，却非常沉着令人信服，语调也调整到了非常平稳的状态：“军队不会放弃任何市民，请大家放心。”

恐慌的苗头稍微平息，人们别无选择地选择了相信，又有更多问题冒出来：“救援什么时候来？”

“我们会被送到哪？”

“瘟疫什么时候过去，政府会送我们回来吗？”

……

司南靠在货架边，盯着耐心回答一个个问题的周戎，眉心有道不易发觉的纹。

他身后不远处，春草勾着颜豪的肩膀，歪歪扭扭没个正形，小声问：“你老往那边看干什么？那人脏兮兮的。”

“我没有。”

“噫——你就是有。”

颜豪笑了笑，说：“明天直升机过来把群众接走，我们也会……”

话音未落，只见司南转身经过两人，向仓库后门走去。

“司南！”颜豪几步跟上去，问，“外面不安全，你要上哪？”

司南礼貌回答：“冲澡。”

仓库员工休息间简陋的浴室里，热水哗然而下，白汽迅速蒸腾起来，模糊了脏污的透气窗。

司南闭着眼睛站在喷头下，感觉水流将凝固的灰尘、沙土和血迹带走，肌体渐渐恢复光滑，水从赤裸的全身滑过直至脚跟，流进下水道，发出汩汩的声响。

他自己都不知道自己多久没洗澡了，眼下只觉每个毛孔都舒展开来，肌肉和骨骼齐齐释放出最后一丝酸痛。如果皮肤能自动发声的话，估计应该在唱赞歌才对。

半晌他关上水，草草擦干身体，随手把镜面上的水汽一擦，眼前终于映出了毫无泥沙灰尘遮挡的脸。

大多数混血中，东方人的基因总能占压倒性优势，司南也是如此。但如果细看的话，还是能从眉梢、眼角和侧颊轮廓中，看出他母亲穿越年代的惊心动魄的美貌。

只是女子动人的柔弱在他身上荡然无存，取而代之的是某种坚硬和果决，仿佛经受过命运很多年粗粝的打磨。

司南弯腰提上长裤，拎起衬衣，刚要披在身上，忽然从镜子里瞥见什么，动作顿住。

他几乎一寸寸侧转过身，死死盯着右后肩，恍然明白了自己之前为什么会昏迷不醒——

光洁的肩胛骨后，赫然有个巴掌大的咬痕，皮肉翻开，已经干涸，泛出触目惊心的紫黑。

——那是丧尸的齿印。

“戎哥刚发送了定位讯号，明天下午飞艇来接这批幸存者去B军区……”走廊上春草勾着颜豪的脖子，话音忽然顿住，直勾勾望向身后。

颜豪随口问：“你怎么了？”回头一看也呆住了。

一个年轻人从浴室推门而出，头发被打湿后格外乌黑，侧身露出的小半张脸则因为水汽浸染，而显出一种没有丝毫血色的冷白。

他转身看到颜豪，几秒钟没有说话，也没有动，瞳孔深处仿佛隐藏着一对晶亮的琥珀。半晌他短暂笑了下，从肩上卸下卡宾枪，扔还过来。

颜豪下意识接住，只听他说：“还你。”

“司南……”颜豪下意识阻拦，却见司南转身向库房走去。

他身材比例很好，衬衣下摆随便塞进后腰，裤腰挂在胯上，行走时能看出身手的精悍利落。

春草捅捅颜豪胳膊，掩了半边口小声问：“你们救人的时候还看脸吗？”

周戎终于从人群中脱身，应付完拉着他的手一把鼻涕一把泪的商场经理，抬头只见司南站在门后的阴影中，一手插在裤兜里，一声不吭盯着自己。

周戎打量他片刻，不怀好意地摩挲下巴：“干啥？”

司南解开第三个纽扣，稍微拉开衣领，示意他看后肩，阴影中丧尸齿印露出了清晰的一角。

“我可能被感染了。”他嘶哑道。

周戎面色铁青，久久站在原地。

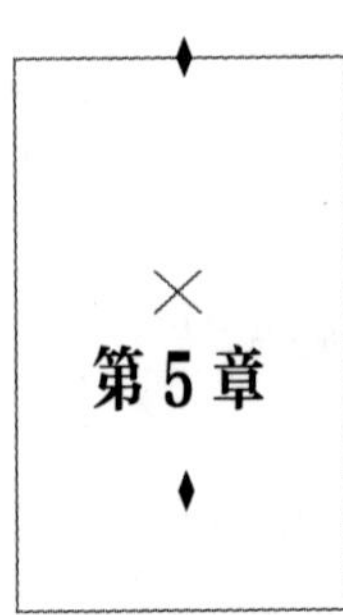

第5章

“一般感染二十四小时内就死了，你确定不是上个床伴太热情给咬的？”

司南坐在门后，手臂搭在膝盖上，摇了摇头。

周戎还想说什么，医生放下温度计道：“你的人发烧了，周队长。三十七度九，感染初期症状，应当立刻隔离。”

周围人人变色，不远处有民众纷纷退后，嗡嗡声如电花般扫过人群：“他被感染了……”“会变成怪物吗？”“快走，离远点！”

有个男的壮着胆子大声道：“把他弄出去！这儿都是平民，万一他咬人怎么办？！”

附和声渐大，颜豪怒道：“他没有被感染！不然路上早变异了！外面全是丧尸，让他上哪去？”

周围窃窃私语：“当兵的就是横……”

“就是！”

……

周戎蹲在司南身前，忽然伸出手，强行扳起他的下巴。

司南的肤色是迥异于东方人的冷白，嘴唇干裂，略显疲惫，微垂眼帘时倒有点他母亲的模样，和周戎满是枪茧、筋骨有力的手形成了鲜明的对比。

周戎冷冷地打量他片刻，忽然起身道："把他关进仓库办公室，保持观察。"

医生不赞成道："周队长……"

周戎说："我的人，我负责。"

仓库办公室是用三合板隔出的小单间，五平方米大小，病毒暴发前是值班员轮岗的地方，薄薄的空心木门上装着老式弹簧锁，里面还有个铁插销。

司南背抵着墙，坐在角落里，一手搭在屈起的膝盖上。

过了会儿周戎推门而入，反手关门，把亦步亦趋的颜豪和春草挡在了外面。

"喏。"

司南抬起视线，面前是个肉松面包。

"库房里拿的，吃吧。"

司南一动不动地看了几秒钟，才别过脸去。

"怎么，关你半天而已，仗着好看闹绝食啊？"周戎哼道，"告诉你，哥这辈子最不会的就是怜香惜玉，最擅长的就是辣手摧花。当年受训的时候什么催情药、美女间谍色诱轮番上，后来空降队长，颜豪带头不服管，被老子一天三顿按点儿往死里揍……乖，把东西吃了，别以为我不敢来硬的。"

两人对视片刻，司南终于说了实话："物资有限，别浪费了。"

周戎露出了毫不掩饰的嘲笑，随手把面包丢进司南怀里，说："姑娘，你怎么这么矫情。"

司南沉默不语。

周戎拍拍手转身走了。

天色逾晚，很快门外传来人们走来走去、分发食物的声响。

司南想了很久，还是把面包吃了。食物让神经舒缓，他靠在墙角里不知不觉睡了过去，意识在清醒和朦胧中游离，仿佛穿越千万里潮湿冰冷的风，注视身下在战火中倾覆的大地。

他仿佛回到了很小的时候，庄园沉重的大门在眼前缓缓打开，水晶吊灯光华璀璨，手工织毯厚重繁复，顺着大理石螺旋扶梯直上顶端。

有个穿黑色正装的男孩抱着手臂，靠在楼梯倒数第二级的扶手上，居高临下打量他半晌，忽然刻薄道：“你真丑。”

他感到指甲深深刺进掌心肉里，想退后离开，但梦中连转身都做不到。

男孩跳下楼梯，三步并作两步来到面前，忽然伸手抓他的头发，强迫他抬起头来仰视自己：“从今以后我就是你哥了，明白吗？”

司南胸腔起伏，感觉酸热的气流反复切割气管，他想挥拳狠狠击中来人，但梦境中自己忽然变得十分幼小，甚至竭力伸手都够不着，只能眼睁睁看着那张趾高气扬的脸和满含嘲讽的蔚蓝色眼珠。

我要揍你……他想。

总有一天，我要把你狠狠揍翻在我脚下……

霎时镜头转换，记忆如走马观花般逝去，男孩那张可恶的面孔逐渐成熟硬朗，化作另一幅画面中的诧异和错愕，旋即男人被一拳打得向后仰倒。

砰！

喧杂如潮水般退去，他拎起那人衣领，只见对方鼻腔嘴角不断溢出血丝。那双多年来一直无时无刻不在注视着自己的蔚蓝眼珠，竟变成了风雨阴霾的暗灰：“你想揍我已经很久了，是吧？”

是的。

一直。

但他没有回答，取而代之的是一记右勾拳，又重又狠干净利落，鼻梁碎裂的脆响从指缝中传来，直到很久很久以后，他都能清晰回忆起那令人愉悦的触感。

…………

夜幕降临，司南发烧了。

他恍惚间觉得身体很热，仿佛置身于温暖而虚无的深海，飘飘忽忽踩不到底。脚步声来了又去，争执、吵嚷纷纷沓沓，分不清谁的声音尖锐道：“你们必须把他送走，他随时可能会变异！”

“你们的命值钱，我们就活该冒险吗？！”

“怎么办，他已经感染了，我们都完了……”

推搡摔打声由远而近，又倏然从耳边远去，犹如隔着水面朦胧不清。不知过了多久，忽然有脚步停在他身边，继而来人蹲下来，把厚衣服盖在了他身上。

司南不舒服地挣扎了下，那人却把他裹紧，连脖颈缝都没放过。

“是正常生病，累的。”那人道，“无质者体质不行，这么烧下去怕挺不住。”

“戎哥……”

那人站起身，低声道：“车钥匙给我，我出去一下。”

再次从昏睡中惊醒时，司南觉得有人在往自己嘴里塞东西。他勉强睁开眼睛，周遭伸手不见五指，几秒钟后他才勉强看清门缝中透出的一丝光亮。

“喝点水。”周戎道，不由分说拿军用水壶给他灌了一口。

司南咽了水，感觉到满嘴苦涩，反应过来是刚才被硬塞进牙关的药片化了：“你……”

“退烧药。”

哪来的退烧药？

周戎脱了外套随手甩地上，一屁股坐下来，毫不避嫌地跟他挤在同一个墙角里，小声训斥：“我说你是蠢还是傻，去药房光找吃的，不知道搜点常用药带上吗？好了发烧了吧，害得我三更半夜开车来回二十公里，差点没成街上那几百个丧尸的夜间小点心。要不是看在你长得好看的分上……”

司南闷声咳嗽起来，嘶哑道：“白天救你们那次，不用谢了。”

周戎立马不吱声了。

司南恢复了点精神，刚想揶揄两句，忽然闻到一股浓重的腐败血腥味从脚边传来——是周戎刚丢在地上的外套。

他伸手一摸，布料满是黏腻的潮湿。

黑暗中只听见彼此深长的呼吸，半晌司南低声道：“谢谢。”

周戎说：“不用谢。”

咔嚓一声打火机轻响，周戎背靠着墙，点了根烟，喷出一口放松惬意的白雾，笑着问：“刚才做梦了？听你喃喃咕咕地念叨什么，像是在骂人。”

司南不语。

“想家吗？”周戎漫不经心地问。

司南摇头。

“以前干什么工作的？看你身手不错，私人保镖还是警察？”

司南又摇头，不答言。

“别那么紧张，放松点聊聊天嘛。万一你不是发烧是真感染，待会就死了呢？哥可就是你最后能托付遗嘱的人了。”周戎肩膀挤了挤他，调侃问，“结婚了吗？有对象没？”

“没有……”

“很好，哥也没有，全队上下清一色光棍。”

司南眼角瞥了他一眼，心中默默道：那是因为你带了个好头。

周戎恍然不觉，夹着烟悠悠叹了口气，语调中充满神往：“B 军区避难所可以容纳几万人，供水供电自给自足，跟外界完全隔绝。等病毒过去后国家肯定会安排你们在 B 市落户、相亲、结婚、生育，补充灾难期的人口损耗……”

“而且 B 区抢救出了最多的异血种和普通女性，大部分都在适育期，专门派了军队去保护。”周戎下意识舔了舔嘴唇，笑道，“啧，真行，脑子真是够机灵。”

司南声音有些紧绷：“为什么？”

“每次灾难来临时，爆种者都是承担救灾的主战力，哪个大型避难所有更多爆种者，就更有争夺资源、军火和领土的能力——上层把抢救出来的适育期异性当战略资源进行分配，就能吸引到更多的爆种者。这么简单的道理不懂吗？”

周戎深深抽了口烟，指缝间红光一明一灭。司南半晌没说话，忽然腰眼被戳了下：“想什么呢，这么入神？”

司南随口道：“你也想去 B 区领个战略资源回家？”

谁知周戎断然回绝：“不！”

刹那间司南以为他要说“因为我有颜豪了”。但他还没来得及感动一下，就听周戎斩钉截铁道：“我讨厌异血种！”

沉默半晌，司南问：“为什么，戎哥？”

周戎唰地换了个坐姿，目光炯炯地盯着司南，语重心长说：“哥必须要给你一个人生忠告，亲，如果你将来找对象的话，千万别找异血种。”

“……”

“尽量找无质者。”

两人对视半晌，司南嘴角微微抽搐，说：“我正是这么打算的。”

周戎赞同地拍拍他的肩。

司南诚恳地问：“但……为什么？”

他以为周戎会用颜豪来举例什么和无质者在一起也可以获得人生的幸福，然而周戎再次粉碎了他对人性不切实际的幻想。周戎严肃道：“因为异血种吧，有人品问题。”

黑暗中两人彼此瞪视，周戎一手搭在司南肩上，两人鼻尖相距不过十厘米。

半晌司南终于小心地向墙角里挤了挤，谨慎而礼貌地问：“戎哥，你受过欺骗吗？”

“欺骗”这俩字明显对周戎来说十分新鲜，他若有所思摩挲下巴，思忖片刻后摇了摇头：“某种程度上来说确实感情受到了欺骗，但也不能——其实那是很多年前的事了。你听说过国际特种兵丛林竞赛吗？”

司南摇头。

周戎说：“我十八岁那年代表国家参赛，原本积分一路遥遥领先，直到在解救人质那个环节里，遇上了A国一个自称东方裔的人质……是个十五岁的异血种小孩儿。”

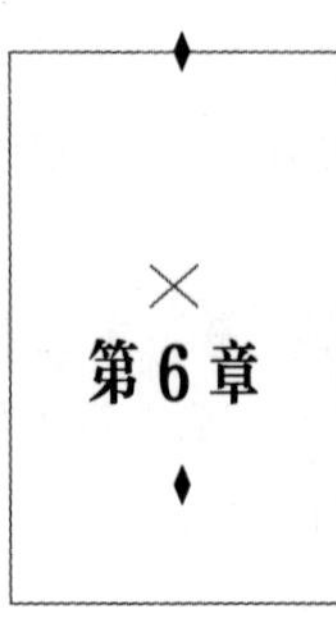

第6章

这一句话足以让司南脑补出前后十万字跌宕起伏来龙去脉，但表面上他还是很镇静，用一个单音节表达了很有分寸的好奇：“哦？”

周戎对他倾听的姿态很满意。

“解救人质这一环节共有三批人参与——绑匪、对手和人质。绑匪统一着装，竞争对手穿防弹衣带定位芯片，人质则什么都没有。赛程过半时我手里已经救出了两名人质，只要带他们穿越丛林，就算任务成功，然而这时我遇见了这个主动撞上门来的小孩儿。”

司南了然点头。

“不是你想的那样，当时又是泥又是汗的根本看不清长得漂不漂亮。不过可怜巴巴倒是真的，而且特别黏人，走哪儿都跟着，天一黑就害怕，连睡觉都非抱着我胳膊……”

司南打量了下周戎短袖T恤下精悍结实的手臂，又了然点头。

周戎顿了一下，试探道：“不知怎么我觉得你的思想有点污浊。”

“没有。然后呢？”

周戎无法找到对方思想污浊的证据，只得作罢。

“然后？我带着这仨人质，跋山涉水穿越丛林，有什么吃的都紧着这小孩先吃，有危险第一个保护这小孩，生火做饭搭帐篷就没让这小孩干半点儿活，那真是捧在手里怕摔了含在嘴里怕化了。对方也表现得特别黏我……大家都懂的，身娇体弱的小孩嘛。”

周戎抽了口烟，顺手把烟头摁熄在地上，表情变得有点怪异：“直到最后一天，走到丛林边缘，快抵达营地的那天晚上……”

司南：“对方对你表白了？”

一片静默后，周戎郁闷道：“没有。

“那小孩把我打晕，绑起来，然后向我表示感谢，拿了我的枪支装备，带走了我的人质。直到第二天组委会派人来救的时候，我才知道对方根本就不是什么人质，是代表A国参赛的竞争对手……

“本来遥遥领先的我于是就此落败，直到今天我都想不通一个小孩子怎么能这么奸猾狡诈，这么过河拆桥！”

周戎一拳砸在自己手心里，把头深深埋进臂弯，而司南用尽全部的控制力才能保持语调平稳：“唔，你真是太悲惨了戎哥……你怎么没发现那人是对手呢？”

“因为那小孩进入丛林后的第一件事就是抛弃所有装备，水壶喝空，干粮扔掉，枪支就地掩埋，只有一样绝对不能离身的定位仪，通常是辨认对手的标志，你猜这定位仪放哪去了？”

司南摇头。

“吞进了肚子里。”周戎咬牙切齿道，“最后做手术才取出来！”

你们那见鬼的比赛也是好拼啊……司南由衷心想。

“更可怕的是这小孩已经有对象了。比赛结束后A国的人来接，我亲眼看见他们有多亲密。”周戎怒道，“你说这不是欺骗人感情是什么？”

司南想象了一下那个场景，不知为何他隐隐不太舒服，似乎潜意识里觉得事实并不是周戎说的那样。但吃人嘴软拿人手短，他真诚道：“是的，戎哥，你说得对。”

“现在你知道为什么对象不能找异血种了吧？别以为对方偶尔示弱就是对你有意思，像你这样的无质者，最后八成给骗得骨头渣子都不剩。”周戎摸出烟盒，想了想却又放回去，换了退烧药盒出来，刮出两片药示意司南吃了。

“不跟你聊了，睡吧。明天如果退烧就说明没有感染，否则哥只好把你一枪崩了。”

司南靠在墙角里，脑后是周戎用厚衣服垫出来的枕头，借着门缝中透出的微光，他看见大半只药盒上浸透了黑色的血迹。

“谢谢。”他停顿片刻，微笑道，“我会接受你的忠告……不会找异血种的。”

周戎顺手拍拍他头侧。

就在这时门被敲了两下，周戎起身打开一条缝，只见外面是春草，她压低声音道：“商量下撤退线路，戎哥。明天直升机不能直接降落在楼顶……”

周戎做了个手势，打断了她：“叫英杰带枪过来守着。白天那几个闹得最凶的，别让他们靠近这里。”

门轻轻合拢，司南闭上眼睛，听着周戎的脚步渐渐远去。

第二天，医生放下温度计，愕然道：“三十七度三。”

周戎彬彬有礼颔首致谢，尽管看着他的神情所有人都知道他想说的其实是：“你个蠢货。”

医生在周戎胜利的目光中悻悻离去，后者用脚尖踢了踢司南，示意他既然退烧就不要窝着装死了，赶紧起来干活。随即周戎转身拍了拍手，大声吆喝：“很好——都起床！收拾装备，搬运物资，清扫商场楼道！准备迎接直升机迫降，都他妈快点！”

满地横尸蔫头蔫脑爬起来，司南叼着一块海苔肉松面包片走出小隔间，只见门外狭窄的走廊上，颜豪席地而坐，长腿不舒服地屈起，一手还抱着那把物归原主的卡宾枪。听见他出来，颜豪抬头露出一个温柔的笑容。

司南脚步微顿。

颜豪站起身，活动了下僵直的手腕脚腕，转身走了。

周戎是个不需要休息的怪物，随时随地精力过人。午饭前他亲自画出了一条撤退路线，把幸存者分成十四组，准备让他们依次从商场安全楼道爬上顶楼；又去把游荡在安全楼道内的丧尸斩杀干净，所有楼层的门窗堵死，特种兵们来回巡逻，用无线电对讲机随时通报异常。

下午三点半，他让颜豪第一百零一次带人清理商场大楼天台，空中响起了四架大型直升机破空而来的轰鸣声。

“来了！”颜豪一边大力挥手示意，一边向无线电大吼，“直升机准备迫降！安排第一组上楼！”

幸存者悲喜交集，抽泣大哭，在特种兵的护送下踉跄爬上天台。飞行员打开舱门，在飓风中大吼：“从前头上，别去机尾——快快快！不要拥挤，一个个来！”

“飞机不够！”飞行员对周戎喊道，“先送一批人走，待会我们折返！”

周戎忙得满头大汗，挥挥手表示知道了，寻机冲进队伍后端，一把将司南拉了出来，塞给他一把尚带体温的军匕和一个不知从哪摸来的苹果。

“上去！”周戎指向直升机，对着他的耳朵大吼，“走，快走！”

旁边有人不干了：“喂，你刚才说过女人孩子先走，男人下一批上的！”

周戎置之不理，用力把司南往前推。边上西装被挤得歪歪斜斜的白领怒道：“太过分了，你叫什么名字？我要去军区投诉你！”

“周戎——！”周戎骂道，“去啊，去投诉！”紧接着不由分说拽着司南往前拉。

“满了满了！别上了！”混乱中飞行员的吼声从人群前端传来，飞行员关拢舱门，把几个死命往前挤的小青年硬挡了下来，旋即四架直升机同时升空，掉头，向北飞去。

巨大的叫骂和叹息响成一片，周戎无声地骂了句脏话，疲惫至极，一屁股坐在了地上。

司南掏出苹果，咔嚓啃了口，悠闲地递过来：“分一半？”

周戎没好气地接过来，狠狠咬下大半。

两人坐在天台栏杆边，你一口我一口分了这个珍贵的苹果，周戎起身去维持秩序，重新编队。

幸存者的情绪非常焦躁，被留下的这批人经历了从眼见就要得救的希望到再次被抛弃的失望，格外紧绷和不安，绝望的气氛在人群中弥漫。几个有限的特种兵无法完全控制场面，连医疗组都不得不起来帮忙维持秩序。

“她们怎么了？”周戎皱眉问。

两三个护士挤在天台角落，头靠头蹲着，似乎都不太舒服，脸色苍白憔悴，眼圈下有浓重的青黑。

“加班加点太累了。”医生解释道，“每天循环检疫，喷消毒水，连个囫囵觉都没法睡，那天你的人把丧尸打死以后搬去焚烧，没人愿意帮把手，都是她们用担架帮忙抬尸体……”

医生的脸色也很不好看，周戎留神观察护士片刻，忽然问：“体温都正常？”

“早检查过，她们身上没有伤口！”医生不高兴道。

“对不起。”周戎立刻道歉，“待会飞机回来，你的人第一批上。”

医生这才缓和了神情。

司南吃完苹果，没什么事了。高热已经退去，整个身体有种懒洋洋的轻微酸软，虽然并不难受，但也让人懒得动。他靠在天台上注视脚下满目疮痍的城市，半晌从衣领中提出那枚吊坠，打开，望着旧照片上微笑的男女出神。

“你父母？”有人在身后问。

司南抬眼一瞥，是颜豪。

“你父母都很……”颜豪想说“好看”，出口瞬间觉得不够庄重，便改口道，“气质出众。”

司南笑起来，漫不经心道：“可惜没遗传给我。”

“这玩意是后天养成的。”颜豪笑问，“你是混血？我一直以为你是T市本地的特警。”

司南没吱声。

颜豪用眼角余光默默打量他。司南的气质确实跟文雅和细致都没有丝毫关系，相反和他周围的特种兵十分类似，精干、敏捷而果决。

然而如果接触几次的话，又会发现其中还有些难以形容的、隐藏在举手投足中的不同，跟他，跟春草，乃至跟周戎都非常不一样。

颜豪想了想，换了个话题：“昨晚队长跟你聊什么了？”

司南戏谑道：“少年维特之烦恼。”

“国际特种兵丛林竞赛惨遭异血种淘汰？”

周戎这位奇人，肯定把自己丢脸的往事跟全队普及过。

“他肯定只跟你说到那个异血种把他敲昏绑在树上，道了歉，然后抢走了他枪支和人质的那一段吧。”颜豪了然道，“至于后来的送花……”

司南奇道：“送花？”

颜豪探头看了一眼，周戎正挤在人群中，喋喋不休地解释他为什么要把医疗组排到第一批放上直升机。

“周队之所以记那么多年，是因为那个小孩把他绑起来后，为了表达歉意，就抱了他一下。”

司南：“……”

“那是周队这辈子唯一一次近距离接触异血种，”颜豪微笑道，“所以如果他告诉你比赛结束后他去找那小孩算账，那他就是撒了谎……他其实买了花去试探，只是后来发现了真相，所以才大怒摔花回来的。”

司南缓缓摇头，良久感叹：“真惨。”

颜豪同情道：“谁说不是呢。”

远处传来猎猎风声，两架直升机折返回来了。

“排队！排队！快快快上！”人群中咆哮声此起彼伏，飞行员疲惫不堪，拿着喇叭嘶吼，“医疗组！医疗组在哪里——！”

那几个护士被裹挟在人群前端，面色青灰，几乎是被人流硬生生推着，脚不点地进了舱门。

周戎远远看到这一幕，不知怎么眼皮老跳，心中隐约感觉到一丝不安。但这时场面几乎已经白热化了，人人都在咆哮着向前涌，有些体型瘦小的险些被挤到直升机尾部，差点被高速旋转的螺旋桨扫到头，登时响起此起彼伏的尖叫声。

“挤不下了挤不下了！”喇叭声震耳欲聋，飞行员大喝，“去下一架！！”

飞行员对周戎比了个拇指，轰一声舱门合拢，缓缓升空。

周戎不由自主抬头目送，忽然一阵没来由的惊惧攫取了他的心脏。

风声唰然静止，世界在这一刻凝固。

周戎下意识回头，目光穿越人群，和司南急剧收缩的瞳孔对视。

下一刻，虚空中仿佛有一声丧钟终于敲响，周戎猝然拔腿狂奔：“后撤——!

“全体后撤——！！”

直升机旋转下坠，黑影越来越大，在惨烈的尖叫声中撞上第二架直升机，发出了惊天动地的爆炸!

轰——!

气流瞬间将无数人推出天台，坠下大街。颜豪猝不及防摔出栏杆，千钧一发之际，手腕被司南死死抓住!

“爬上来！”司南喝道。

颜豪喘了口气，咬牙攀住顶楼窗棂，正要借力往上爬，视线却忽然越过司南看见了什么，霎时面色剧变：“不！别管我，你快跑！”

司南的胸腔抵在铁栏杆上，被颜豪的身体勒得喘不过气来，竭尽全力才勉强偏头一望。

扭曲变形的直升机舱门被撞开了，无数人带着火焰狂奔出来，满身黑烟，惨叫打滚。在他们身后更多的人踽跚而出，抓住离自己最近的幸存者，狠狠咬上脖颈。

——直升机上混入了感染者。

新一轮丧尸病毒，在他们眼前暴发了。

第7章

颜豪一手抓住栏杆："快跑！"

然而司南没动，攥着颜豪的手咬牙往上一拽——他的体重少说比颜豪轻二十斤，这一拽险些把自己的手肘拉脱臼，骨骼登时爆出可怕的咔嚓声。

"丧、丧尸来了！"

司南喘息道："别废话。"

颜豪脚在空中乱蹬，几次踩到墙面却又打滑，眼睁睁看着几个丧尸带着火焰踉跄走向司南，尾音尖利得变了调："听我说！别管我，快跑！"

"怎么能……不管你……"

"丧尸在你背后！"

司南半个身体被拉出天台，感觉背上一重，丧尸血腥的呼吸已近在耳边。与此同时颜豪的脚终于踩住窗台，说时迟那时快，他借着司南的拉力向上一蹿！

颜豪旋风般翻过栏杆，拦腰抱住司南，两人撞翻在地，瞬间翻滚出数米！

"你没事吧？！"

司南在咫尺之际错过了丧尸的牙，但被颜豪这么当头一撞一压，足足好几秒才缓过气来："没……没事。"

颜豪整个人压在司南身上，左手肘撑住地面，右手强硬扳过他的脸，只见耳后到脖颈有伤，但一摸没出血，是翻滚时水泥地上的擦伤，瞬间五脏六腑全都落回了肚子里。

“没被咬。”颜豪埋在司南颈间，充满庆幸地喃喃道，“太好了，没被咬。”

然而司南的第一本能是把他掀翻了踹出去。

“你……”

司南刚勉强开口，就只见颜豪抬起头，深深地看了他一眼——他还没来得及分辨那目光中涌动的是什么，颜豪反手出刀，转身横劈，丧尸头颅霎时飞了出去，身躯重重倒在了地上。

“快跑！”颜豪拉起司南，“下天台，回地下仓库，快！”

天台已经彻底沦为血肉场，到处是满身火焰惨叫的人和暴躁充满攻击欲的丧尸。很多人全身浴血，哭喊狂奔，向来时的安全楼道门涌去。然而混乱中不知多少人摔倒，来不及起身便被活活踩踏致死。

“周戎！”司南放声喝道。

周戎一消防斧将追到楼道门前的丧尸砍翻，但就在他拔出斧头的半秒内，又有两三个明显已经被咬伤了的感染者裹挟在人群中冲进了楼道。司南一把抓住他溅满腐血的手腕，吼道：“走吧！别管了，控制不住了！”

周戎眼珠通红，满是血丝。

“走吧戎哥！都被感染了！”春草逆着人流奔来，尖声道，“快！回地下车库——！”

轰然一声，火球上天，被撞毁的直升机在烈火中发生了二次爆炸。

更多活死人和幸存者一起被冲飞下楼，在大街上摔得粉身碎骨。

周戎吐出了口颤抖炙热的气，环视他满面血泥的队员，突然放声大吼：“剩下的人都听着——!

“地下车库 A 区南角，跟我们跑！

“地下车库 A 区南角——！”

周戎一马当先，冲进了安全楼道。

楼道里此时已经彻底乱了。很多感染者跑到一半，变异成丧尸，在狭窄的楼梯间里发狂咬人。被咬伤者的数量以几何式迅速递增，灯泡不知何时被打碎了，黑暗中处处是丧尸的咆哮和被吞食者的惨叫。

周戎用锋利的消防斧在前砍杀开路，司南被他护在身后，脚下楼梯满是滑腻的血肉，混乱中根本不知道踩到了多少具肚破肠流的尸体。

仿佛漫长得永无止境，又似乎转眼就到了尽头，周戎一斧劈开楼梯口大门，率先冲进了地下车库！

“快快快！都出来！”

一群幸存者跌跌撞撞跟出来，周戎反身飞脚踹上安全门，把丧尸群踉跄的脚步挡在门后，回头粗略扫了眼人数，当机立断道：“我开生化车，颜豪去开那辆中巴，走！”

这是昨晚春草来找周戎时，两人商定好的撤退路线——万一直升机无法在顶楼迫降，就用这辆他们从街道上拖回来的中巴运送幸存者去登机点。

颜豪扬手接过钥匙，一个急刹，停在中巴前，喘息片刻后，起身望向面前惊魂未定的人群。

“快啊！快开门让我们上车！”

“别丢下我们！”

“他们来了，他们来了……”

惊惶的哭喊此起彼伏，在空旷的车库里格外刺耳。

颜豪喉结剧烈滑动了下，几次开口却都发不出声来。就在这时周戎大步上前，拍拍他的肩，把他推到了后面。

周戎个头极高，身形悍利，站立时投下沉重的阴影，目光从人群中慢慢扫过。咆哮和哭泣都在这极具压迫力的视线中渐渐平息，所有人都畏惧而茫然地注视着他，只听周戎终于开了口，声音低沉而清晰：“谁被咬了，自己留下。”

人群瞬间就爆了。

“我没有！”“我也没有！”“快放我们上车啊！”“求求你们，放我上去！”……

“闭嘴！”春草爆发出厉吼，“再吵谁都别上！”

喧嚣立停，静默中一个特种兵主动站出来，撩起袖口，笑道：“我被咬了，戎哥。还有子弹吗？给我一发吧。”

周戎死死盯着他已经开始腐烂的手腕，一言不发。

颜豪竭力堵住嘴，终究忍不住发出一声困兽般绝望的悲号，颓然跪了下去。

抽气和哽咽陆续响起，周戎闭上眼睛，仰起头，几秒钟后终于咽下热泪，抬手解下脖颈间一枚用线吊住的子弹。

“这是……”他嘶哑道，“我最后一发，自尽用的。”

周戎把子弹装进手枪，推上枪膛，上前与那名特种兵紧紧拥抱。

每个队员都上前与他告别，痛哭失声。春草肩膀剧烈发抖，那特种兵安慰地拍拍她的背，如长兄般在她头上亲了亲，最后推开她，含着泪水注视周戎。

“这几年多谢你，戎哥。”他笑着擦拭眼角，说，“最后送我一程吧。”

周戎闭上眼睛，手掌颤抖，将枪口抵在那队员头上。

“再见。”他哽咽道。

周遭一片死寂，半晌后，车库内响起一声枪响。

人群的躁动瞬间平息，犹如沸腾的岩浆尚未爆发便被死死压进了地底。幸存者们惊慌失措地互相对视，不一会又有个女人迟疑了下，主动出列，眼睛红红的满是眼泪，说：“我……我有点怕。”

她顿了顿，勉强笑道：“还有子弹吗？”

她看上去还十分年轻，残妆挂在脸上，头发凌乱，像是个刚参加工作不久的上班族。

周戎把脸用力埋进掌心，某个转瞬即逝的刹那间，他刚硬无比的肩背线条，看起来竟有种崩溃的感觉。

春草迟疑着缓缓摸到后腰，刚要掏出枪，忽然一个人从她身侧走上前去。

司南？她愕然想道。

司南站定在那姑娘面前，低声问：“他们没子弹了，我帮你可以吗？我保证会很快。”

姑娘有些害怕和无所适从：“可是我……”

“不会有任何痛苦。”司南道。

众目睽睽之下，他抬手擦拭姑娘脸上的灰尘，把被泪水晕开的眼影用力抹去，仔仔细细、一丝不苟地把她头发梳理整齐。他把她的衣领折好，拍掉藕荷色裙子上沾染的土灰，就像绅士温柔服务一位高贵的公主。

姑娘全身颤抖，竭力压抑的哭泣让她说不出话。司南展开双臂抱了抱她，问：“你叫什么名字？”

“赵……赵苗苗……”

“苗苗，”司南在她耳边道，“别怕，你看起来很漂亮。”

姑娘咽下酸涩的眼泪，微笑起来，用力“嗯”了一声。

下一秒她的后颈骨传来闪电般的一声——喀啦！连半点拖泥带水都没有，身躯立刻软了下去。

司南托着她已无生气的身体，缓缓放在地上，动作轻柔得如同姑娘只是陷入了永恒温暖的沉眠。

“还有吗？”周戎环视众人，嘶哑道，“还有人吗？自己站出来。”

没有人说话也没有人动，胶水般黏稠的静默笼罩了空气。半晌周戎对颜豪点了点头，颜豪拿出车钥匙。

突然司南朗声道：“——站住！”

顺着他的目光望去，一个中年男子瑟缩着往车门前挤，司南上前把他揪出人群，冷冷道：“你也被咬了。”

“我没有！我！我……”

司南强行抓起他藏在身后的手，唰一下撕开袖口，只见他的手臂已然溃烂，散发出浓厚的腐臭。

“这不是感染，我没有被咬，这、这是玻璃割的！伤口化脓了！”

司南置若罔闻，把他远远推到墙角，对颜豪道：“去开车门。”

男子勃然大怒，撕心裂肺地大吼：“你会遭报应的！王八蛋！你不得好死！”

怒骂声久久回荡，看见所有幸存者都上了生化车和中巴，司南便回头问：“你是想自我了断，还是我帮你？”

男子一拳挥过来，司南侧头躲避，冷不防男子却趁隙挣脱了他的钳制，扭头就向后跑。司南望着他狂奔的方向竟对着安全门，不由眉心一跳，刹那间反应过来什么：“站住——”

周戎砰地打开副驾驶门，厉声道：“司南！上车！”

司南犹如被激怒的猎豹，拔腿冲向那男子；然而同一时刻周戎踩下油门，轮胎在地下停车场中发出尖锐的摩擦声，风驰电掣而来，一脚刹车停在司南面前！

周戎探身抓住他，铁钳般的手强硬有力，将他拦腰一把抱进了驾驶室！

“让他去！”周戎吼道，“跟我走！”

防弹生化车划出一个利落至极的漂移，轰鸣加速，悍然撞塌了车库大门！

所有人在颠簸中猛地弹了起来，司南眼角余光瞥到后视镜，只见那男子果然打开了楼道安全门，被堵在门后的丧尸一拥而入，哀号着冲向中巴。

——然而它们太迟了。颜豪已将中巴车门封闭，启动，将数个丧尸碾入车底后，尾随生化车冲上了大街！

后视镜中映出的最后一幕是那男子淹没在丧尸群里，司南闭上眼睛，喉咙仿佛堵了什么炙热酸涩的硬块，让他连声音都发不出来。

突然一只手按住他的头，周戎强行把他拉过来，用力往怀里搂了搂："别想了，乖。"

司南头抵在周戎结实火热的肩窝里，半晌点了点头。

"走城北路上高速，天黑之前必须离开这里。"周戎单手打死方向盘，沉声道，"三个小时后，B 军区将发射核弹清洗 T 市，我们的时间不多了。"

第8章

晚八点。

夜幕初降，华灯未上。从车窗向外望去，高速公路已成为巨大的废弃停车场，丧尸的号叫从旷野中远远传来。

周戎把着方向盘，双眼赤红，一言不发。

司南从后车厢钻进驾驶室，浓重的尼古丁味迎面冲进鼻腔，他不由咳了起来："换我开吧。"

周戎摇头。

"你熬太久了。"

周戎不说话。

司南在车身颠簸中沉默片刻，又柔和地劝道："你这样不行，戎哥。两车几十号人还指望着你，你一倒，其他人怎么办？后车颜豪跟春草都换过两次手了。"

"生化车不好开。"周戎终于嘶哑地开了口，"荒野路难走，我们必须快，离T市越远越好。"

司南刚想说什么，忽然无线电响了："颜豪呼叫前车，颜豪呼叫前车！队长试一下，我们这边电台没声了，你们怎么样？"

周戎眼神微变，打开车载电台。

无数刺啦作响的电流洪水般泄出来，所有频道汇聚成同一片黑暗的大海。

——短波没讯号了。

后车厢中三个特种兵都敏感地醒了，仿佛察觉到什么，起身挤上前。只见周戎的脸色变得十分难看，他抬手啪啪几声打开了基地通信，然而指挥中心频道就像消失在了电波海洋中的游鱼，不论如何调试，都是令人绝望的静默。

周戎猝然踩下刹车，深呼吸片刻，打开车门疾步而出。

后面的中巴也停了，精疲力竭的幸存者从睡梦中惊醒，茫然的议论嗡嗡响起。

颜豪和春草也跳下车来，两人脸上都残存着难以掩饰的疲惫，但周戎一句废话没有，开门见山道：“基地通信连不上了。”

剩余队员围拢而来，站在草地上，胆战心惊互相对视。

“核弹也没有……迹象。”颜豪轻声说，“不是说八点发射吗？现在都八点过十分了。”

“会不会计划有变……”

“如果计划有变，基地应该会主动通知我们。”颜豪打断春草，解释道，“假如改到九点，基地会让我们出发营救更多人，直升机也会再派来一趟。更重要的是延后发射时间会导致丧尸从城市中心向周边扩散，核弹清洗本来就是越早越好。”

司南从身后走来，停在两三步远的地方，抱臂静静看着他们。

所有人心中渐渐升起一个可怕的念头，但没有人说，甚至没人动作，仿佛只要闭口不言，那恐怖的可能性就不会存在。

深秋的夜晚已经很凉了，夜幕中的荒野连绵起伏，远处铁轨边，隐约亮着路灯微渺的黄光。

“你们的基地，”司南平静的声音从他们身后传来，说，“出事了吧。”

两三个特种兵同时喝道：“不可能！”

“B军区设施完善，固若金汤，病毒暴发最初就调集了大量武警护卫，连一只苍蝇都飞不进去！而且国家政府机关、总指挥部、整个北方地区所有的幸存者全部都，全部都……”

没有人接口，春草尖利的声音也渐渐弱了下去。

司南温和地望着她：“再坚固的堡垒都无法与内部崩溃相抗。一旦病毒从内部暴发，颠覆不过在顷刻之间，你知道的吧。”

众人想起今天下午才被四架直升机送去B军区避难所的民众，瞬间不寒而栗。

“英杰，”周戎低沉道，“通报地点。”

那名叫张英杰的队员手里拿着个平板电脑，不是世面上所知的任何品牌，想必是军用品。

“我们绕了路，离B市郊区还有五十七公里。前方高速公路拥堵严重，建议绕路工业区，离我们最近的工业区尚有八公里距离……”他想了想说，“也许有幸存居民。”

周戎缓缓道：“如果B市沦陷，最多两天就会被核弹清洗，不能再前进了。”

中巴车上的人们按捺不住，纷纷起身，从车门向外张望，欲言又止。

周戎沉思良久，在几十道目光注视下，终于做出了决定：“就地扎营，清点物资，安排民众食宿。”

“颜豪，”他吩咐道，“统计幸存者名单，准备轮班值夜。”

风声夹杂着吹哨般的锐响，从旷野席卷四面八方，犹如千万冤魂哭泣着奔向天际。

周戎在逃亡之初的妥善安排立刻就显出了效果。中巴车上堆着米面、油盐、肉菜罐头、保暖衣物，全都是他昨晚亲自带人从商场仓库一箱箱搬上去的；另外还有刀具、医药、发电机等一点点搜集来的物资，被保存在特种兵们的生化车上。

幸存者三五成群，分吃罐头，不时传来压抑的哭泣和哀叹。司南坐在生化车门台阶上，正拿起一瓶糖水黄桃，周戎走过来，随手往他嘴里塞了两片退烧药。

周戎满手烟味，指尖微咸，全是粗糙的皲裂。

“队长。”不远处颜豪突然道。

周戎正低头想说什么，闻言对司南摆摆手，转身向颜豪走去了。

“生化车高能汽油不多了，柴油可以勉强代替，我们准备天亮后去公路上检查废弃车辆的油箱。明早抵达工业区后，我们再尝试向军区发射一次定位讯号，如果B市没有完全陷落，一定会有人来接我们。”

两人并肩向背风处走去，周戎低沉问：“还剩多少人？”

“三十六名幸存者。三十个男的，六个五十岁以上，两个十五岁以下；六个女的，两个二十多，四个四十多。全员无质者。”

颜豪咽了口唾沫，站住脚步：“我们自己还剩六个。你，我，春草，张英杰，丁实，郭伟祥。

“其他人都……不在了。”

周遭一片安静，夜风带来人群中此起彼伏的、小声的抽泣声。

周戎牙关极度咬紧，以至于脸颊都有些痉挛，半晌，突然“砰”的一拳重重砸在树干上！

比人还粗的木头霎时开裂，发出危险的吱呀声，颜豪在拳风下条件反射性退了半步。

“你干什么！”颜豪低声吼道，“引来丧尸怎么办？！”

周戎的指缝间慢慢洇出红丝，极度强大、富有威慑力的爆种者气息瞬间冲破压制剂，如同雄兽咆哮，向四面八方飘散而去。

周戎强迫自己吸气，颤抖着收回拳头。

颜豪掏出水瓶迅速泼洗树干，又要往周戎手上泼水，却被他无言地挡开，旋即他自己舔舐伤口，阴影中目光雪亮，仿佛身陷绝境而不甘心的头狼。

“三人一组轮值，明早六点出发，去工业区。”半晌，周戎声音沙哑道，“如果两天内 B 市没动静，我就自己进市区探一探。”

颜豪想劝阻，但见周戎掉头就走，他只得匆匆追了上去。

司南吃了半瓶黄桃，剩下半瓶跟中巴上一个男子换了半包烟。男子把黄桃给了妻儿，司南揣着烟去找周戎，走到树林边时，突然敏感地停住了脚步。

夜气中隐约夹杂着一丝令他不舒服的味道。

那气息浮动在半空中，强悍、成熟、极具侵略性。他下意识寻找来源，但在这里站久了，突然神经末梢一跳，难以形容的晕眩从心底缓缓升起。

——是爆种者的气息。

但荒郊野外的怎么会有爆种者，难道树林深处有被丧尸咬死的尸体？

司南环视周围，空地上亮着车灯，休整完毕的人群正陆续上车准备过夜。另一侧树林隐没在黑暗里，远方路灯晦暗，似乎散发着不祥的气息。

“你没事吧？”一道女声突然从身后响起。

司南回过头，春草正好奇地看着他。

“你闻到什么味道了吗？”

“没有啊。”春草用力吸吸鼻子，紧接着目光呆滞，脸色微妙。

下一秒，春草打了个惊天地泣鬼神的喷嚏，瞬间喷了司南一身。

“肯定是腐尸味！”春草狼狈不堪揉鼻子，一边面红耳赤一边把司南往车上赶，“快快快回去睡觉，别管了！快去！”

司南略有疑惑，被强行推回了生化车上。

那天晚上特种兵们分成三班，春草丁实值夜到十二点，颜豪郭伟祥轮换到三点，最后一班凌晨是周戎和张英杰。

周戎睡得不踏实，零点换班时迷迷糊糊醒了一次。

后车厢座位被抬起来了，几个特种兵横七竖八打地铺，鼾声此起彼伏。他感觉有人紧挨在自己身侧，借着窗外透出的车灯光晕一看，是司南。

司南在睡梦中体温降低，便下意识凑近热源，把周戎一条手臂环抱着，深长安稳的呼吸一下下喷在他肩窝里。

那一瞬间周戎有些恍惚。

记忆中那些年轻躁动的片段逆着时光扑面而来，甚至连此刻昏暗中，那柔和俊秀的面容，紧闭的眼睫，都与早已消失在岁月中的画面悄然重合。

周戎鬼使神差般抬起手，把司南的碎发撩去耳后。

就在这时外面响起脚步声，车门被轻轻打开了。

周戎立刻闭上眼睛佯装熟睡，尽管他自己也不知道这条件反射是因为什么。几秒钟后他感觉到有人上了车，几乎无声地穿过地铺，停在他们身前。

紧接着来人弯下腰，把司南的手抬起来，动作轻微而小心。

司南服了含有安定成分的退烧药，这样也没醒，只呢喃着翻了个身。

周戎一动不动躺在那里，片刻后终于听见来人开了口，轻轻道：“谢谢，你救了我的命。”

——是颜豪。

颜豪说完话，似乎静默了半晌。

周戎几乎难以察觉地眯起眼睛。只见车厢昏暗的光影里，颜豪仿佛偷吃了糖果的孩子，起身轻手轻脚走下车，带上了车门。

车厢恢复一片黑暗，周戎半晌默然不语，闭上了眼睛。

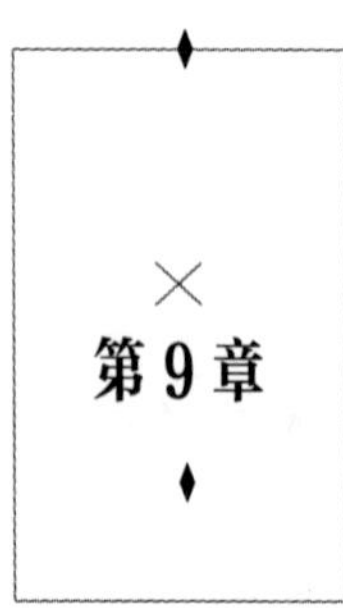

第9章

B军区，紧急联络室内。

“分析汇总报告出来了，所有异血种不论男女都经过了基因辨认，目标人物不在其中。”

应急红灯闪烁，映在女研究员满是汗水的脸上，因为疾跑胸口还起伏不息。一名肩上佩着将星的老人把脸深深埋进手掌，数秒后抬头道：“我知道了。”

老人拎起控制台前的卫星电话，拨打了一个直线联络密码。半分钟漫长的等待过后，电话被对面接了起来：“钱少将，请汇报结果。”

老人张了张口，却没发出声来。

难言的沉默说明了一切。

“我们会把DC918的所有航经城市再严格排查一遍。如果飞机已经坠毁，肯定会在某处留下痕迹。”对面的声音也非常沉重，顿了顿又问，“118单位保密大队的反馈情况回来了吗？”

“我把我的八支中队全都派出去了。三支已确认全员牺牲，两支下落不明，两支无功而返。周少校带领的第六中队营救出了数百名被困群众，但救援直升机被感染后，他们也失去了联络……”

钱少将深吸了一口气稳定住情绪，声音变得有些强硬：“我可以把最后的两支队伍送出去，但我们必须掌握目标人物更多信息。否则大海捞针，完全被动，根本不可能完成这项任务！”

“做不到。”对面的人一口回绝，“半年来目标人物一直和国安郭副部长单线联系，所有身份信息高度绝密，而郭副部长已经在转移途中确认牺牲了。”

钱少将怒道：“身份不明，外貌不明，唯一只知道警惕心极强且政治立场不明确，叫我的人怎么找？难道在各大城市中心循环广播然后等对方主动撞上门来？

“为了避免对方抗拒，我手下所有特种兵都打了压制剂，伪装成无质者，全副武装深入到丧尸腹地，事实证明根本没用！说不定目标坠机已经死了！”

“如果死了，”电话那头的声音冷酷而清晰，一字字道，“我们目前的所有希望，就全部都……断绝了。”

焦躁的呼吸在电流声中模糊不清，钱少将无力地闭上眼，刚想说什么，突然联络室外走廊上传来一声沉闷的撞响。

几个研究员霍然起身，纷纷变色，钱少将猛地回过头。

轰！

又是一声，这次更近了。

“它们……它们来了。”钱少将艰难地咽了口唾沫，挂上电话，反手抽出枪。

死亡般的静寂里，第三声巨响近在门口，停了下来。

所有人心脏怦怦直跳，绝望的目光紧盯在密闭金属门上。对面传来类似于野兽不耐烦刨地和喘息的声音，大约过了十多秒，突然响起惊天动地的声音：“砰！！！”

房间巨震，惊呼四起，所有人眼睁睁看着金属门向内，凸出了一个恐怖的弧度。

第二天清晨，六点。

天光从阴云中隐约冒头，风中满是咸腥潮湿的气味。幸存者纷纷醒来，交谈，下车活动，裹着毯子望着车窗发呆；周戎已经带人去高速公路上逐一检查车辆，找出还有残留的油缸，用透明软管吸了几桶柴油回来，每个人都满嘴的汽油味儿，集体站在路边呸呸呸。

六点半出发，七点抵达工业区，中巴在一座化肥厂前缓缓停了下来。

颜豪带小队进去搜索一圈，清理出十多具丧尸，出来示意他们可以进去了。

厂房内一片狼藉，到处是血，但设施并没有受到太大损坏，后院甚至还种了半亩菜地，养了几只鸡。

三十多号幸存者分了工人宿舍，男人们在丁实张英杰的带领下进行大扫除，修理铁丝网，进一步勘探周围环境；女人则在厨房里发现了锅碗瓢盆和煤气罐，担负起了做饭的重任。

周戎站在前院水龙头边，放光满是铁锈的黄水，草草洗了把脸。

“地势高，厂房牢固，仓库还有食物储存，最近的居民区在五公里以外。”他手下那个叫郭伟祥的特种兵站在身后，一板一眼汇报，“如果军区还是联络不上的话，我们起码可以在这里驻守一段时间，再见机行事。”

周戎不答，把头伸在水龙头下狂冲片刻，猛地甩了甩水珠，硬直的短发支楞起来。

“虽然没有电，但厂里有柴油发电机。颜豪正在登记幸存者信息，准备组织警戒小队，确保一天二十四小时都有人巡逻……”

“两天后。”周戎突然打断他道。

郭伟祥：“嗯？”

“要是核弹还不来，我就去B军区探探情况，你们留在这里安顿群众，等我消息。”

周戎撩起T恤下摆擦脸，迷彩裤挂在人鱼线上，露出结实的八块腹肌。

郭伟祥一下急了，跟在他身后道：“你不能去，戎哥！进军区得穿越整个B市，除非飞过去否则肯定死，你是能长翅膀还是怎么着？！”

周戎揶揄地瞥了他一眼：“叫你爷爷批个直升机来呗，二代？”

郭伟祥没好气道：“要能联系上，我叫他给你批个F22战斗机，少一个轱辘算我输。”

“戎哥！”突然春草从厂房东头奔出来，“快过来，我们发现了一个……”

两人的第一反应都是丧尸，谁料春草冲过来拉住周戎的手，满面紧张，半晌挤出俩字：“孕妇。”

周戎：“啊？！”

周戎的头一下就大了。

“你叫什么名字？”司南坐在食堂里，愕然道。

幸存者里只有六个女人，其中两个二十多岁的姑娘大概是朋友，路上始终紧紧依偎在一起。九月底天气已经凉了，其中一个穿得特别厚，路上大家都只以为她是微胖加畏寒。

谁知她怀孕了，六个月。

“王、王雯……”那孕妇瑟缩着回答，“我很结实的，可以干活……”

她朋友是个眉清目秀的姑娘，挡在孕妇身前抢着说：“她吃得不多，也不需要照顾，万一要照顾我可以伺候她。我们都不会拖累人，跑起来很快的，商场里也跟着大家跑出来了不是吗？”

司南和颜豪对视一眼。

“别丢下她行吗？”姑娘又哀求道，目光在面前两个年轻男子脸上打转。

右边年轻些的虽然俊秀，但一路上很少说话，眉目间总蕴着冷冽的气息，不像个心软的人。

左边那位特种兵则妥善周全，逃亡途中保护着中巴车上的幸存者，举动行事更加温和、亲切。

“我们都可以少吃点。”姑娘心下有了计较，身体向颜豪那边偏，努力眨巴她原本就很大很水灵的眼睛，央求道，“这世道大家都不容易，她老公陷在T市了，也不知道是生是死。要是让她走的话，一个孕妇可怎么活呢？求求你帅哥，你肯定是个好人，我叫吴馨妍，你可以叫我妍妍……”

吴馨妍倒确实是个漂亮姑娘，这么软语一求，很有点我见犹怜的意思，可惜颜豪没关注这个。

盯着王雯的肚子观察了半晌，司南在边上开口道：“六个月，打不掉了。”

他的语气是陈述事实，然而听在两个姑娘耳朵里可不是那么回事，王雯的脸色唰的一下就白了。

颜豪赶紧阻止：“别哭，没想让你打胎！就是你……万一生了……尿布奶粉什么的……”

颜豪满头乱麻，远远瞥见周戎的身影出现在食堂门口，忙不迭起身道：“我去问问我们队长。”

周戎在这些人眼里可是个狠角色，吴馨妍顿时慌了，在颜豪走过时一把抓住他的手，几乎差点贴在了自己胸前：“大哥，求求你！”

颜豪忙把手抽出来，条件反射性地往司南那看了眼：“没事，我会帮你说的。”旋即快步走向周戎。

看我干什么？司南觉得莫名其妙。

紧接着他瞥见吴馨妍的眼神——这大姑娘看颜豪就像看救星，充满了忐忑和希冀。

“哦，怕我跟周戎告密。”司南霎时了悟，远远打量着他二人的背影，心想，“这俩人事儿还挺多。”

“先别说出去。”周戎听完事情经过，思忖片刻后吩咐，“三十多号人，谁也不知道谁，让那孕妇尽量自己待着，每天别出来乱走。”

颜豪点点头。

“后院那母鸡下的蛋每天分她一个，别给其他人看见了。大家精神压力都大，绷得像弓弦似的，在我们跟基地重新取得联系之前最好什么矛盾因素都不要有。”

颜豪都答应下来，见周戎转身要走，顺口问：“队长做什么去？”

“库房里找点东西。”

“找什么？”

周戎张口要答，突然眼角余光瞥见司南，发现他跟颜豪两人方才坐在一起。

“没什么。”周戎笑了笑，说，“搬两箱啤酒，晚上大家聚聚。”

周戎亲自去库房搬了几箱东西，堆到后厂房里，又扛了箱啤酒，晚饭时果然把所有人叫到工厂食堂里，发表了他简短的动员演说。

“因为通信原因暂时联络不上军区，但请相信政府和军队不会放弃任何一个幸存者。我们从T市带出来的物资和工厂库房储存的食物，加起来足够支撑三个月，在此期间一定能带大家找到避难基地。”

“百年修得同船渡，不管之前认不认识，眼下活着坐在这里就是缘分。我们不会放弃任何一名百姓，也请大家互帮互助，彼此扶持。”周戎举起啤酒，向四周遥敬一圈，郑重道，“谢谢大家了，敬你们一杯。”说着仰头灌了两大口啤酒。

人群纷纷动容，有人主动上前敬烟，也有人开始介绍自己：“我是销售，那天在商场见客户来着……”

“我是商场保安……”

“电讯工程师，百无一用是书生啊！”

“我在市委医院外科工作，哎别提了……”

“外科？”周戎耳朵动了动。

周戎立马起身上前，热情握住那中年医生的手，把他强行拉到旁边：“幸会，幸会！请问您都会看哪些病？”

“啊？”

“会接生吗？”

“会……会一点，轮科室的时候实习过……”

周戎拍着他的肩表示：“我最尊敬救死扶伤的人了！”

那姓郑的中年男子显然见过周戎在T市商场里怼医生的场面，对他如此前倨后恭的表现十分惊恐，连忙敬酒赔笑脸，谦逊地表示自己什么都能做，愿意服从组织的安排。

吴馨妍举着啤酒罐，起身来到颜豪座位旁，羞涩道：“您好。下午的事儿真是谢谢您……”

她低头时长发从侧颊滑落，几乎垂在了颜豪肩头，发丝十分浓密柔软，带着姑娘家特有的幽幽香气。

但出乎意料的是颜豪没等她把话说完，便从餐桌前站起身，说：“没什么。”

吴馨妍那句“我想敬您一杯”被卡在了喉咙里，只见颜豪绕过她，几步坐在了另一张餐桌前。

司南正就白水吃面饼，噎得直发慌，没留神面前坐了个人，才抬头一看，用眼神问“怎么了”。

颜豪眉毛修长眼睛明亮，双眼皮非常深——是一张上荧幕会让少女怦然心动的脸。当他这么眸光复杂又专注地看着什么的时候，很少有人能忍心别开目光，不与他对视。

司南梗着脖子把面饼咽下去，艰难问：“你到底想说什么？”

颜豪不答反问：“后厂房那几箱东西是你的？”

“嗯，周戎说你们的子弹打完了，我就想找点硝酸、甘油和铁屑，试试看能不能做土炸弹。”

颜豪沉默片刻。

司南挑起一边眉梢，表情微带疑问，礼貌表达了自己在用餐间隙有限的耐心。

良久后颜豪终于小声道：“队长平时忙，不用去找他，下次你要搬东西可以叫我。

“还有其他帮忙的……都可以找我，什么时候都行。”

他的态度实在太认真，以至于司南一时没明白，足足好几秒后才想起面前这俩人的关系，立刻心中了悟，抱歉道：“下次不会了。”

颜豪垂下睫毛紧张地笑了笑，起身走了。

第10章

周戎设想中最坏的情况终于发生了，他站在厂房屋顶上，放下军用望远镜，若有所思地眺望天际。

秋水长天，万里如洗。

远方B市满目疮痍，如同天地间一座巨大的坟墓。

“全国短波中断，基地通信断绝，发射了定位讯号也没人理。整整一个星期过去了，B市军区必定已经沦陷，然而没有核弹前来清洗……”周戎喃喃道，“这是什么情况？”

身后铁梯传来攀爬声，有人淡淡道：“也许有能力发射核弹的军区都沦陷了，再坚固的堡垒都无法与内部崩溃相抗——你知道的吧。”

“颜豪，”周戎认真说，“你再学司南的口气我就揍你了，真的。”

颜豪笑起来，递来一根烟。

“哟，”周戎有点意外，“你还有存货？”

“群众给的。”

“军人不能拿群众一针一线……”

“军人为群众站岗放哨搬煤气罐，拿根烟吃不了处分的，抽你的吧。”

秋风萧瑟，天高地远，周戎和颜豪面对面站着抽了会儿烟。脚下厂房前院，男人们正聚在一起安装铁丝网，干得热火朝天，女人们喂鸡、种菜，不时唠嗑两句。

周戎一弹烟灰，说："过两天防御建设搞完了，我一个人去B军区探探情况，你们等我消息。"

颜豪登时皱起眉头："你疯了？知道B市多大吗？你上哪搞直升机？

"如果B军区沦陷，那就是十几万丧尸挤在避难所里，你是嫌自己命太长还是咋的？"

周戎一手夹着烟，一手摩挲下巴，半天后终于说："我觉得有点古怪。这个病毒是怎么来的，会如何发展？为什么防御严密的B军区都能沦陷？你告诉我避难所没有严格的防疫准入制我是不信的。但如果每个进入避难所的幸存者都经过了检疫，那为什么病毒还能从内部暴发？"

"除非，"周戎沉声道，"病毒经过变异，逃避了目前所知的检疫方法，就像T市那几个护士没有咬伤却被感染了一样。"

颜豪心中骤然升起一股寒意。

周戎说："从大义来讲，我们是整片北方地区特种部队最顶尖、最强悍、保密级别最高的小队，也是目前为止最靠近B市的队伍。如果连我们都裹足不前，那B军区到底发生了什么就不会有人知道了。

"从小处来说，如果不搞清病毒的变异方向，我们这小小的避难所也无法支撑长久——覆巢之下安有完卵，我们离B市这么近，怎么可能偏安一隅？"

颜豪久久沉默，终于承认："你说的有道理。"

周戎绅士地耸耸肩，掐灭烟头。

颜豪又想了一会，摇头道："但你不能自己一人去，太危险了。我们得有个行动计划……"

"我们？"周戎失笑道，"怎么，大家一道走？那这三十几号老老小小加一个孕妇怎么办，谁来保护他们？"

颜豪想说什么，突然不远处有个人扛着箱子，穿过后院，正巧抬头望向厂房屋顶。

——是司南。

司南从化肥厂实验室找了件研究人员的白大褂，戴着护目镜和手套，袖口撸到手肘，露出修长有力的手臂。

他肩上扛着一个试剂箱，站在空地上与周戎和颜豪遥遥对视，几秒钟后微微一笑。

随即他什么都没说，转身走了。

周戎戳戳颜豪，愕然道：“你有没有发现他这几天老躲着咱们？”

身侧的人没有回答。

周戎回头一看，颜豪几步跃下房顶，矫健落地，直向着司南追了过去。

周戎把烟头塞进嘴里，慢慢咀嚼半晌，自嘲地笑了笑。

他在屋檐边蹲着发了会儿呆，抓抓头发，突然扯着嗓子吼道：“草儿——！”

春草的声音从鸡棚那边响起：“干啥——！”

“你干啥呢——！”

“喂鸡——！”

“爸爸帮你喂！”周戎来了精神，噌地跳下房顶，拍拍手过去了。

“这是什么，硝化棉？”颜豪站在空地上，皱着眉问。

司南在后厂房前的那一小块空地上铺了块布，用镊子从试剂箱里夹出湿漉漉的棉花，小心翼翼平铺在布上，顺口回了一个外语单词：“Dispersoid。”

沉默半晌，颜豪问：“你是不是想说分散质？”

司南面露疑惑。

两人对视几秒，司南反问：“我刚才说的不是分散质？”

“你说的是‘Dispersoid’。”

司南的眼神出现了瞬间的茫然，他随即反应过来，敷衍道：“你听错了。”

他起身转到塑料布另一角，继续铺棉花。

分散质并不是个日常单词，如果能顺口溜出来，至少说明这个人外语不错，或者在化工方面很有些水平——颜豪的眼神不自觉带了些探究，但他没有表露出来，笑着问：“你想做硝酸甘油炸弹？”

“嗯。”司南头也不抬道，“我试试。目前找到的硝酸纯度不高，怕硝化棉含氮量不够炸不起来，但做燃烧弹是可行的。”

颜豪无声地张着嘴，点点头，终于忍不住问：“你以前到底是做什么的？”

“你觉得呢？”司南反问。

颜豪思忖良久，承认：“我猜不出来。你这身手肯定是专业受过训的吧，高级保镖或是公安系统？如果是后者的话倒有可能接触化工炸药，那也得是专业对口的中高层才行，你这个年纪……”

颜豪打量司南，觉得他看起来相当年轻，说二十五六有可能，说二十出头也不是不像。

这个年纪会开枪、车技好、还会制造炸药的，除了一种人不作他想——

恐怖分子。

颜豪眼皮瞬间开始狂跳，试探道：“你不会……”

司南莫名其妙：“什么？”

司南仔细铺好最后一点硝化棉，让整块塑料布在自然风干的情况下避免阳光直射，旋即起身回到后厂房，那是他亲自动手改造出来的密闭实验室。

颜豪想跟进去，然而刚迈出一步，司南犹如后脑长眼般吩咐：“站着。”

颜豪只得顿住了。

几分钟后司南推门而出，放下怀里抱着的纸箱，只见里面有一只滴管、一张白纸、一把铁锤，以及他从T市带出来的机车皮衣和头盔。颜豪还没来得及请教，司南摆摆手，示意他离远点。

司南脱了白大褂，摘下护目镜，穿上机车夹克和头盔，把拉链拉到下巴。这样将自己包裹得严严实实之后，他用滴管吸取试管中的溶液，小心翼翼坠了一滴在白纸上。

然后他放下白纸，拿起铁锤，深吸一口气。

就在这时远处鸡棚口，一只公鸡不知受了什么刺激，咕咕尖叫着飞腾而出，直向空地扑来——

周戎箭步追上，怒道：“别跑！”

砰！

司南一锤砸在白纸上，硝酸甘油剧烈反应，瞬间发生了惊人的爆炸！

高达7500米/秒的高爆速产生了灼目的火光，颜豪根本来不及反应，只觉冲劲扑面而来，霎时后退数步！

砰！公鸡鲜血四溅，当空摔下。

“司南！”

司南跌坐在地，被颜豪冲上前扶起来，只见白纸已化作灰烟，脚下赫然已出现了碗口大的土坑，细碎沙尘哗啦啦洒了一地。

颜豪平生没见过这么敢为科学献身的人才，指着那土坑半晌没说出话来。司南把开裂的机车头盔掀了，长长吐出一口气：“你刚才想问我什么？”

沉默良久，颜豪说：“没，没什么。”

“同志们。”周戎在身后阴恻恻道。

两人同时回头，只见满院鸡毛凌乱，周戎满手鲜血，拎着一只歪脖子瞪眼的大公鸡，大公鸡显然已经断了气。

“我对你们搞科学实验没意见，但鉴于这是鸡棚里唯一一只带把的……”他把鸡头凑在司南和颜豪面前晃了晃，冷冷道，“恭喜，鸡群繁衍计划正式夭折了。”

司南捂着鼻子问：“晚上能吃炸鸡吗？”

晚上没有炸鸡，但有鸡丝炒酸菜，避难所中每个人分到了一小勺。

“炸鸡不够分。”周戎如此对司南解释，并郑重告诫，“希望你不要为了一己私利而干出天天在鸡棚门口试爆硝酸甘油的事情，我们还是需要鸡蛋的。”

他把自己碗里那勺鸡丝舀给司南，圆桌另一侧，郭伟祥扒拉着碗里的鸡骨头，突然发出一声长长的喟叹：“唉——来生做公鸡多好。”

春草奇道：“你吃错药了，祥子？”

“你懂什么，如果生为公鸡的话，起码可以坐拥二十只母鸡，每天都可以坐在那欣赏二十只母鸡为自己争风吃醋。若是不幸生为男人呢？”

郭伟祥夹起一根鸡肋骨，用超凡脱俗的目光凝视着它：“按现在的性别比例，只怕得要争得头破血流才能找到对象。异血种倒是不愁，爆种者暂且不论，无质者男人是真的没戏了。所以说还不如做只公鸡呢。”

春草说：“你这个思想有点危险啊，同志，别轻易放弃人生好吗？”

郭伟祥突然从餐桌另一侧瞥见司南，叹道：“不过司南这种也不用担心，光是这张脸就能吸引多少异性了。”

司南说：“当无质者很好，别妄自菲薄。”

郭伟祥笑着开口要说什么，只听司南又随口道：“如果你们不是无质者，当初在T市救你们那么冒险，我可能会后悔吧。”

郭伟祥一句“可我们不是无质者”活生生卡在了喉咙里，颇有种生吞鸡蛋的感觉。

满桌特种兵大眼瞪小眼，司南夹了一筷子土豆丝，突然意识到气氛过于安静：“怎么了？”

周戎缓缓道：“小司同志，你刚才是不是说了什么？我一直以为你是个人种平等主义者……”

司南失笑道：“我从来没有，我一直看不起爆种者。”

一阵令人心悸的沉默后，颜豪终于发出了凝重的疑问：“为什么？”

“怕麻烦吧。”司南想了想，平淡道，“现在很多爆种者很弱，遇到危险时要分出精力保护他们。而且爆种者那根深蒂固的沙文主义……虽然都说他们是基因最优秀的人类，但实际上只是兽性进化未完全而已吧。”

他把碗里最后一口饭扒了，放下筷子意外道：“我吃饱了，你们不吃？”

在他狐疑的目光中，餐桌上每个人都久久沉默着，既没有发声，也没有任何动作。

半晌周戎终于咳了一声，解释道：“我们今天……不太有胃口。”

晚饭在一言难尽的死寂中结束了，甚至连春草都没吃下她的第三碗饭。

自从在化肥厂安营扎寨后，每天晚上都有两名特种兵带着十个男人巡逻放哨，检查厂房周围的铁丝网和警戒设施，其他人则在庭院中运动、锻炼、学习搏击。

然而不知为何今晚教大家搏击的周队长和颜副队长都不太有精神，九点半就早早收了摊，让人们回去洗漱休息。庭院中男女老少三五成群，纷纷向厂房后的宿舍走去，几个小青年还想缠着周戎想问些什么，突然远处响起了汽车轮胎猛烈摩擦路面时的锐响。

周戎猝然回头。

厂区外夜幕中，某种不引人注意的危险越来越近，带来躁动和不安的气息。

咣当！

后厂房门被推开了，司南匆匆摘下护目镜，走路时白大褂下摆翻飞起来，凝声道：“北边工业区入口，一点钟方向，八百米距离。”

周戎凝神静气，感知向四面八方散播，突然瞳孔微微压紧——

“戎哥！”春草呲溜从树上滑下地，利箭般狂奔而来，“北边公路一辆货柜车翻倒了，有十多个幸存者，极度吸引丧尸！”

“粗估附近有上百丧尸，正跟着他们往这边来！”

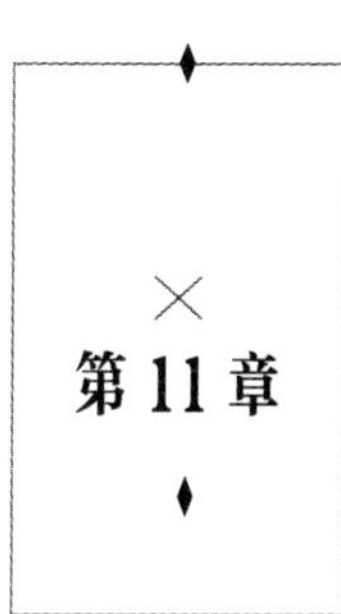

第11章

众人目瞪口呆，彼此对视。

然而周戎没让大家有任何恐慌的时间，短短须臾间他已经发出了一系列清晰的指令：“所有人上北角，加固铁网，春草把大丁祥子叫回来。

“我去开装甲车引走丧尸，司南带上炸药。

“区区几百丧尸，能守住的，大家别慌！”

经历过T市突围的幸存者没让周戎失望，短暂的茫然无措后，所有人都飞快行动起来，从厂房里拎出斧头、锄头、铁撬棍等一切趁手的工具，冲向厂区北角丧尸过来的方向。

装甲生化车风驰电掣而至，周戎打开车门，没有减速，擦身而过的瞬间司南一把抓住副驾驶侧把手，颜豪则抓住后车厢铁梯，两人同时飞身上车。

“包里有什么？”周戎喝道。

司南抓着一只书包，砰一声关上车门：“飞火流星！”

周戎：“啥？”

周戎一脚油门踩到底，生化车从北门呼啸而出。数秒后颜豪从后车厢一跃而下，贴地打滚起身，开始往公路两侧抛洒硝化棉。

春草冲出库房，背着三座捆绑在一起的、几乎有她大半人高的墨绿金属罐体，手持巨大喷枪，三下五除二爬到铁丝网顶端，喝道：“颜豪快点，回来！”

人群的尖叫和怪物的咆哮都清晰可闻，夜幕中，黑压压丧尸成群前压，将跑在最后的两三个女人抓住、撕裂，惨叫声划破夜空。

热成像望远镜后，司南的瞳孔微微缩紧。

周戎喝道：“开后车门，放铁梯！”

公路上那十多个逃生者发现了装甲车，高声喊叫着迎面奔来。周戎一个漂亮的漂移刹车，轮胎摩擦刺耳欲聋，与此同时司南砰的一脚踹开后车门，抓住特制的轮滑铁梯，竭尽全力向地面一拽。

人群最前的男人当仁不让，抓住铁梯往上一蹿，借力司南的手，连滚带爬进了后车厢。

“快！”周戎吼道。

几个男人被拉上来，混乱中活死人的尖啸已近在面前，司南头都顾不上回，厉声喝道：“开车！丧尸过来了！”

生化车开始缓缓前移，离铁梯两三步外，一个人高马大的眼镜男边跑边凄厉道：“别丢下我！”

司南眉心压紧，整个人滑出后车门，一手攀住铁梯末端，一手向男人伸去。

然而在车辆剧烈颠簸中，眼镜男几次都无法抓住司南的手，不是狂奔中够不着就是瞬间滑脱了。就在这时丧尸勾住了他的后背，男人顿时踉跄，血性上来，竟回头把丧尸狠狠推了出去。

“抓住我！”司南喝道。

眼镜男恐惧地喘息，眼底映出身后鬼影幢幢的活死人军团，意识到来不及了。

司南竭力伸手：“快！！”

男人撒腿狂奔，脑海一片空白，终于抓住了司南的手。

下一秒，他把司南向自己身后狠狠一拉——

绝境中人爆发出的狠劲难以想象，司南猝不及防，整个人失去平衡，从车上摔了下来！

周戎眼神剧变，猛踩刹车。

先前上车的男人扑过来狂吼：“你停什么？！快开啊！！”

后车门外，丧尸被司南一阻，眼镜男终于得隙，跃起抓住了铁梯！

“司南！”周戎厉吼。

司南连打几个滚，正摔进丧尸群面前，反手从大腿侧抽出军匕，雪光中瞬间砍断了几只伸向自己的腐手，旋即起身。

后车厢里那几个男人疯狂吼道：“它们来了！”“别让它们上来！”“快关车门，快！”

眼镜男反手就要去关后车门，与此同时周戎二话不说，一拳砸下驾驶台上的某个红色按钮。

刺啦——

电流瞬间通过车门，将眼镜男电得抽搐，当头栽倒！

司南抬手一看，掌心剧痛，血丝正缓缓渗出来。

几步外是挤挤攘攘压过来的丧尸，即便在黑夜中，那一张张腐烂的脸和腥臭的嘴都清晰可见；而二十米外，装甲车后退，周戎正向他这边方向倒车。

千钧一发之际司南做出了决定：“周戎！别过来！”

司南颤抖着拉开书包，拿出一只表面坑坑洼洼的玻璃瓶，倒退着向丧尸群中一扔，旋即转身抱头蹲下。

——轰！！！

大地震颤，火闪雷鸣，反冲力让司南整个人前飞，当场喷出一口血。

硝化甘油爆破的高温令铝热剂迅速反应，铁水混合着无数玻璃碎片，在夜幕中喷发出恐怖的、雪亮的火流，霎时将前排尸潮一扫而尽！

残尸漫天洒落，周戎震愕的眼神倒映后视镜里，那一刻他终于明白了为什么这玩意叫飞火流星。

“司南！”周戎一拍车门，“上车！”

司南精疲力竭起身，险些跌倒，踉跄走了两步。

“快上车！”

司南终于摇摇头清醒过来，却没有从后车门上，而是攀着铁梯，纵跃直上车顶。

远处工业区内，丧尸的号叫和脚步声接二连三响起，很快聚拢成新一批活死人大军。生化车在原地打了个转，将面前几个摇摇晃晃的丧尸碾入车底，顺着来路疾驰而去。

化肥厂前公路上，车辆全速冲来的声音越来越近。颜豪放下最后一包硝化棉，如矫健的猎豹扑进厂区前院，生化车几乎紧贴着他脚后跟冲了进来，戛然停止。

幸存者早已等待多时，男女老少齐心合力推合铁丝网，用铁链一圈圈缠死。下一刻公路尽头出现了密密麻麻的黑影，嗬嗬吼叫传遍四野，拖曳的脚步海潮般涌来。

数量竟比想象的还多！

尽管知道眼前有铁网挡着，但眼睁睁看着那么多腐烂恶臭的活死人向自己一步步走来，那恐怖的程度还是超出预期，很多人顿时腿软尖叫起来。

颜豪满头满脸汗水，吼道："别怕！守得住！"

那吼声撕心裂肺，竟有一种奇异的力量，令人群恐惧的后退纷纷停止。

下一刻，尸潮涌上公路，进入长达二百米的硝化棉区域。

——春草举起喷枪，悍然扣下了扳机。

轰一声惊天动地的巨响，庞大火龙喷射而出，在所有人震撼的注视中飞越夜空，咆哮冲向尸潮。

硝化棉在上百米长的巨型火焰浇灌下，发生了惊世绝伦的大爆炸！

足足二百米的柏油路面翻起，水泥化作齑粉，树木冲上天空。丧尸在白昼般的强光中四分五裂，化作漫天血肉，如同暴雨从天砸落。

所有人在巨响中发出声嘶力竭的呼喊，继而化作狂喜的欢呼！

装甲车上几个得救的男子目瞪口呆，望着面前壮观的盛景，发不出声来。

远处最后一批炸药化作绚丽的爆光，尸潮彻底清空，硝烟久久笼罩着血肉铺成的路面，强光终于在工业园区消散殆尽。

周戎跳下驾驶室，转到后车门前。

几名男子纷纷出来，为首一人穿着虽然满是尘土、但一看就剪裁名贵的西装，伸手欲握，露出腕间的白金镶钻名表："您是这里的头？多谢，鄙人是……"

周戎没搭理他，从车里一把拎出那眼镜男。

他就像拎小鸡似的把眼镜男一路拖到墙根前，重重按在砖墙上，一手肘顶住那人脖颈，猛然使力，把身材魁梧的眼镜男硬生生提了起来！

空地上人人惊魂未定，眼镜男脚悬空乱蹬，脖颈被周戎钢铁般的手肘往死里抵住，脸色迅速由紫红转为青黑。

“兄弟，”周戎盯着他充血凸出的眼珠，慢条斯理道，“你不太厚道。”

为首那人匆忙过来：“不好意思，误会，都是误会！这位兄弟冷静点……”

“冷静？”周戎笑道，“我的人给他一把拉到丧尸潮里，这会儿冷静可不太容易。”

周围众人本来还不知道发生了什么，闻言登时色变，颜豪春草等人立刻向这边走来。

“对不起，实在对不起，逃命的时候手滑是有的，救命之恩没齿难忘。”为首男子笑了下，貌似十分抱歉，又诚恳道，“他们几个是我的保镖，我们都是爆种者——兄弟好歹给个面子……”

众人的神情都变得有些异样。

周戎手肘力道丝毫未松，脸上却哈哈一笑。

周戎五官面相偏邪，笑起来的时候却真有种春风化雨之感，为首男子见状不由也放松下来——但就那一瞬，紧接着他看见周戎伸出另一只手，摘了他手下的眼镜，丢在脚边，喀拉一声清脆脆踩成了碎片。

“难怪呢，”周戎笑着说，“我说你们怎么把十里八乡的丧尸都引过来了。”

为首男子看着周戎如沐春风的笑容，寒意从心底唰然升起。

手下翻着白眼，濒死挣扎，喉咙里发出骨骼挤压的咯咯脆响。男子沉默片刻，似乎在掂量局势，突然甩手一耳光打在了他手下脸上！

“没人性的狗东西，自己死就算了，还拖累别人，谁都救不了你这狼心狗肺的混账！”

旋即男子转向周戎，低声下气笑道：“这位大哥，你消消气。请你小兄弟过来，我让这不是人的玩意给他磕头赔罪，要杀要剐随你们便。”

院中三十几号幸存者和几个保镖对峙，空气中烧焦的腐臭尚未散尽，气氛紧张得一触即发。

不知过了多久，才见周戎手肘微微松开点缝隙，那手下顿时发出了剧烈倒气的咳嗽，脸色由青紫变为猪肝色。

“司南，”周戎淡淡道，“过来。”

装甲车顶没有动静。

周戎回头使了个眼色，颜豪转去车头，随手敲了敲："司南！别生气，下来！"

车顶高处，司南无声喘息着，咽下了一口带血的唾沫。

他看着自己的手，半个掌心擦破了皮，血丝源源不断渗透出来，冲破血液气息压制剂的重重掩饰，挥发出了异血种独有的气息。

颜豪半天没等到回答，觉得有点不对，便想顺着铁梯攀上车顶："司南？你没事吧？"

第12章

乌云遮蔽了月光，厂区内静悄悄的，远方风声裹挟着时隐时现的哀号。颜豪顺着铁梯上了两步，从后车厢边缘探出头，一眼瞥见司南坐在车头顶上：“怎么了？下来！”

话音刚落，他看见司南的身影动了动，似乎偏过头瞥了他一眼，但看不见是什么表情。

紧接着司南把腿一收，抓住驾驶席侧窗边缘，干净利落地来了个后空翻，直接从车顶翻进了驾驶室！

颜豪被那一瞬间他后腰弓起的弧度震了下：“司南，喂！”

下一刻装甲车突然发动，穿过前院，在众目睽睽之下向后厂房驶去了。

颜豪险些被甩下车，幸亏落地时打了个滚才站稳，愕然道：“他这是……怎么回事？”

热水哗然洒下，浴室里很快腾起白汽。

掌心的血迹被水流带走，伤口微微泛白，不再出血。司南长吁了口气，正要把水温打低，突然宿舍门被推开了：“你没事吧，受伤了？”

司南猛一回头，见颜豪站在门口。

“你受伤了？”颜豪又重复一遍，这次语气带出了明显的紧张。

司南往花洒下退了退：“没有。”

隔着浴室玻璃他能感觉到颜豪狐疑的视线，颜豪问：“生气了？”

“没有。”

“那你跑什么？”

司南没有回答。

颜豪疑窦顿生，隔着布满水汽的玻璃看着司南，突然感觉到对方的姿态异常紧绷。

其实在这样的可视条件下很难看清什么，但在哗哗水声中，他的视力好像突然变得格外敏锐，甚至突然注意到司南从脖颈到肩部的弧度很细致，这么侧身站在水里的时候，背部显得很薄，形体瘦削，整个人都不太剽悍。

但他的爆发力是很强的，应该是肌肉纤维很紧的关系。

刹那间颜豪有些分神，心想他这个体型，即便在无质者中都太单薄了吧。

那他之前是做什么的？他对自己的经历绝口不提，是有怎样的难言之隐呢？

“我说，”司南缓缓道，“你看够了没？”

颜豪：“嗯？”

“能出去了吗？”

颜豪愣了。

半晌，颜豪突然反应过来什么，全身血液同时冲上了头顶，转身同手同脚地出了浴室。

“哟，”周戎叼着根烟推开宿舍门，迎面瞧见颜豪，含混不清道，“人呢？”

司南这间单人宿舍的门是不能好了。

颜豪站在床头柜边，还有点呆愣，闻言下意识往浴室方向指了指。

周戎扔给他半包烟：“那几个蠢货上贡的。”

随即周戎走进宿舍，打开了浴室门：“喂你这……”

司南背对浴室门，还以为颜豪又进来了：“我说你……”

下一刻他回过头，与周戎来了个四目相对。

霎时司南神经末梢警铃大作，如果面前没有玻璃阻挡的话，也许他已经抄起毛巾，三下五除二把周戎绞死了：“给老子出——去——！”

周戎一个哆嗦，啪地关上了浴室门。

“你是女人吗？！”周戎莫名其妙吃了一鼻子灰，对门吼道，“还有，谁准你这么用热水了！老子都多少天没洗澡了知道吗？！”

“他犯病了还是怎么着？”周戎余怒未消，指着门问颜豪。

“刚才对我挺温柔的。”颜豪慢吞吞道，“可能是你比较粗暴。”

“那伙人留下了。”十分钟后，周戎大马金刀式地坐在床沿上，抽着烟说。

颜豪后腰靠着窗台站在那里，以一模一样的姿势夹着烟，单人宿舍里充满了尼古丁的味道。

司南一边拿毛巾擦湿漉漉的头发一边来回打量他们俩，心里不明白这俩人有时间为何不去约会，为什么三更半夜要挤在自己屋里。但他习惯性地并不问，简短地“啊”了一声，示意自己知道了。

“你刚才跑什么？”周戎皱眉道，“我本来想让那小子给你磕头的，要不明天让他当众磕？”

司南说：“不用。”

周戎和颜豪对视一眼。

“你生气了？”周戎试探道。

司南一脸疑惑。

“爆种者不都是那样的吗？”司南平淡道，“又不是第一次了，还能怎么着，扔出去自生自灭？”

他背过身去对着镜子呼噜头发，没看见周戎和颜豪的表情都瞬间变得一言难尽。半晌周戎咳了一声，似乎想劝解什么，但抬起手又欲言又止地放下了。

“哥知道你不想让他们待在这里，但也不能一刀杀了。放出去的话总是不安定因素，搞不好他们故意跑回来捣乱会更麻烦……”

司南莫名其妙地点点头。

“而且，”周戎顿了顿又说，“那伙人是这家化肥厂的股东。”

这下连颜豪都没想到：“有这回事？”

“唔，那带头的叫冯文泰，”周戎说了个B市非常有名的财团名字，“——是这家的少东家，确实在工业园区有投资。据说他以前远远见过祥子一面，刚才认出来了，立刻赔礼道歉抱大腿，还主动表示愿意把化肥厂上缴国家作为临时避难所。”

颜豪“我去”了一声：“祥子真好用。”

“看在祥子的份上，这伙人暂时不会成为不稳定因素。”

周戎非常珍惜地抽了最后一口烟屁股，突然见司南从浴室回过头狐疑地打量他们：

“关那个下辈子想做公鸡的什么事？”

“他爷爷是国安副部长郭柏，他自己是个正经的官三代。”颜豪解释道，“眼下时局乱，那姓冯的想抱政府大腿，暂时应该不敢给我们添麻烦。”

听见“郭柏”二字时司南心中突然升起一丝熟悉感，但那感觉极其隐约，稍纵即逝。

他默默思忖片刻，仿佛在心里重新评估郭伟祥这个人。半晌后他终于在周戎和颜豪的注视中“唔”了一声，若有所思问：“那他爷爷知道他跟公鸡的事吗？”

冯文泰和他手下六个保镖就此在化肥厂安顿下来，正如周戎的判断，他们并没有立刻开始作妖，相反还颇为自觉，第二天主动找到周戎，硬是上缴了口袋里所有的……钱。

周戎哭笑不得，搂着一把钞票回来：“这是怕我们冬天柴火不够烧还是怎么着，要不赶明儿卫生纸没了，就让大家凑合拿这个擦？”

“多好呀，我这辈子还没见过这么多现金呢。”春草跷着脚坐在窗台上，顺手折了个纸飞机，欣赏道，“这帮人可真土豪……你说他们逃难怎么还带着这么多钱？”

颜豪在边上坐着擦洗枪械，笑道：“因为病毒刚开始暴发的时候没人想到会持续那么久吧，都以为是限定范围内的，只要逃出这片地区就能回归正常社会。但受灾地区电子交易受限，很多人怕物价飞涨……”

他话说到一半，春草掷出钞票飞机，嗖地飞出宿舍门，正巧砸中了走廊上经过的司南。

“司小南！”春草哧溜一声滑下窗台，“来来来，咱们分钱！”

司南正跑步回来，穿一件修身黑背心和迷彩裤，脖子上挂着条被汗浸透了的毛巾，闻言脚步略停，往宿舍里看了一眼。

周戎站在床边，颜豪坐在书桌后，两人同时回头看向他。

半秒钟后，司南对春草点了点头，一言不发向前走去。

“哎，司小南！”

春草硬生生停在半路，看着司南头也不回的背影，半晌奇道：“你们说他这人，最近怎么老这样，吃错药了还是……”

春草话音未落，周戎放下钱，转身出了宿舍门，大步流星穿过走廊，按住了司南的肩。

他的动作非常利落且不容置疑，司南回头想说话，但还没来得及发出声，周戎突然把他拦腰打横一抱，轻而易举抬了起来。

司南愕然道：“你干什么？”

周戎置若罔闻，三步并作两步回到宿舍，在颜豪目瞪口呆的注视中，把司南往床上一扔！

“你！”

司南迅速用手肘支撑起上半身，但刚挤出一个字，只见周戎随手搂起钞票，说：“哟呵——”紧接着钞票纷纷扬扬撒了他一身。

这举动实在是太惊世骇俗了，司南这辈子从没躺在床上被人用钞票甩过，刹那间竟不知道该作何言语。

他微微张着嘴唇，似乎有些生气，瞪视着周戎。

从侧面看去，他那因撑起身而格外凸出的蝴蝶骨、半悬空的后腰，以及十分修长又略微分开的腿，形成了异常引人遐思的侧影。

——任何人只要稍微注目，便很难挪开视线。

但周戎没觉察，一下扑倒在床上，撑着床单从上而下俯视司南：“你躲什么，嗯？这几天闹啥别扭呢？”

那只是一瞬间的事。

司南猝然伸手把他推开，仓促间周戎踉跄退了半步，只见司南翻身下床，冷冷道：“你想打架？”

周戎用力咽了口唾沫，喉结随之上下滑动，突然忘了自己刚刚还想教训他几句的。

“干啥呢司小南！”一道灵巧的人影从身后闪出来，活泼泼勾住了司南的脖子，差点没把他撞回床上去。

紧接着春草抓了把钱，随手塞他怀里，无比豪爽道：“什么打不打的，喏，拿着！昨儿那几个蠢货死活非要给我们钱，你屋里卫生纸还剩多少？凑合着用它吧。”

司南低头看钱，嘴角微微抽搐。

春草这么一打岔，周戎终于从短暂的混乱中回过神，用拳头堵着嘴咳了一声：“行了别闹了，哥跟你开玩笑来着。”

他伸手拍拍司南的肩，就势把他肩膀向自己一勾，又冲颜豪招了招手，笑道：“过来，找你们可不是为了玩的——”

“五分钟时间回屋收拾，后院车库集合，带你们去打家劫舍。”周戎嘴角一勾，痞兮兮道，“哥几个今天注定要发财了。”

第13章

“哎哟，”春草愕然道，“肥羊啊这是。”

最后一波秋老虎的阳光炙烤着柏油路面，公路前方几只丧尸漫无目的地转悠。周戎猛踩油门，砰砰几声把它们撞飞，然后停在了路边。

一辆货柜车维持着侧翻的姿势，车门大开，驾驶室溅满了黑血。

颜豪眯起眼睛：“这不是昨晚姓冯的那辆车吗？”

“今儿一大早他们来找我，问我能不能借辆车，让他们发挥身为爆种者的主观能动性去周边地区清扫丧尸。”周戎抄起撬棍跳下车，阳光映在他那嚣张竖起的短发和墨镜上，那表情怎么看怎么不怀好意，“我一听就知道有蹊跷，这几个傻蛋爆种者有那么勤快？”

司南罕见地主动表达了他的看法：“嗯。”

随后下车的春草和颜豪表情齐齐扭曲了下。

“戎哥太不要脸了。”春草小声说。

颜豪心情复杂地点头。

“冯家可是地方豪强，这冯少爷带着一帮手下和女人出来逃命，能除了现金什么都不带？”周戎把钢铁撬棍往早已扭曲变形的货柜锁上一插，双手抓住，抬脚抵住后车门，冷笑道，“想骗老子的车搬货，门儿……都……没有——”

周戎“嘿”的一声，手臂脊背肌肉隆起，将货柜门硬生生撬开！

“说好的不拿群众一针一线呢？”颜豪揶揄道。

周戎随手扔了撬棍，空手用力把集装箱门扳开，在轰然巨响中后退了两步。

“收缴非法枪械是公安部门的职责。”周戎彬彬有礼道，“我友情替 B 市公安厅履行职责了，不用谢。”

集装箱里密密麻麻堆着米面、饼干、罐头箱和各类物资，靠箱壁挂着几把枪，都是六四式、五六式，三把微冲丢在地上，惊世骇俗的是居然有一挺八九式重机枪。

颜豪维持着张开嘴的姿势震惊得说不出话。

“牛……牛啊……”春草几步跃进集装箱，望着脚下十几箱子弹，连声音都哆嗦了，“有这些还怕啥丧尸，直接开枪杀啊，昨晚那几个人跑什么？”

“因为来不及。”周戎给了她回答，“黑夜里几百个丧尸一拥而上，心理素质不好的直接就崩溃了，混乱中只知道一窝蜂向前跑，这是战斗素养的问题。”

颜豪小心翼翼观察那挺八九式，半晌带着朝圣般的表情摸了摸枪管，喃喃道：“从选进 118 后我就再也没见过它，原来下面部队还在用啊。我以为它早进历史博物馆了……”

话音未落周戎给了他一脚：“你这范装得太差，滚回去重来！”

十分钟后，艳阳下，几个人来回搬运枪械子弹，挥汗如雨。

“我说，冯少爷这可以啊，该不会是打劫警察局了吧？我听他们说 B 市现在完全沦陷了，这伙人干出什么来都不奇怪……”

周戎打断了气喘吁吁的春草：“不，应该是私人收藏。你看这挺八九式和微冲都明显改装过，可能是通过黑市渠道私下购买的。”

春草懵懵懂懂点头，颜豪一手提一个三十公斤的子弹箱，砰砰两声甩上装甲车，说：“子弹倒各种制式的都有，单纯收藏枪支的人不会有那么弹药量，应该是沿途从报废军车里搜刮的……话说他们不是想回来搬东西吗？到时候军火没了，怎么解释？”

周戎冷冷道：“什么军火，有军火吗？全国十大杰出青年冯文泰先生的逃难车里怎么可能会有军火？”

周戎把重机枪子弹带一圈圈缠在自己身上，再摇摇晃晃回到装甲车后，把子弹带哗啦啦倾倒在厢板上，猛地吁了口气，左右活动自己被压出了无数深深印痕的脖颈。

“这车里的米面粮食一个子儿都不能动，回头把冯文泰带来，让他们亲眼确认我们人民军队的清廉无辜。至于冯家那几个保镖我留着是有用的，过几天我们出发去B军区后……”

周戎推了推墨镜，阳光下侧脸满是汗水，显出桀骜硬朗的轮廓。

“临时避难所就交给他们了，否则三十多个无质者，连一周都未必守得住。”

颜豪问：“你终于愿意带大伙一道行动了，队长？”

周戎说：“那还能怎么办，你们这么依赖我爱戴我。”

颜豪沉默几秒，提出质疑：“化肥厂交给冯文泰不行吧，遇到事儿还不得把别人推出去殿后？”

周戎珍惜地抱起那挺八九式重机枪，犹如怀抱着他八代单传的亲儿子，连语气都变得格外温柔：“不怕，只要他们还想抱政府大腿，在我们从军区回来前就不敢做得太过分。何况为了自身安全他们都得参与保护化肥厂，到时候我再把物资一分发……中巴钥匙交给那姓郑的医生……”

周戎突然抬起头：“怎么就我们俩在干活？！”

司南和春草的咀嚼同时停止，然而已经来不及了。

周戎三下五除二扒开箱堆，只见集装箱最里层，便宜闺女和编外战斗人员头挨头蹲着，一人手里一个罐头，吃得正香。

周戎深吸一口气，突然瞥见罐头种类，登时怒了：“你们俩差不多一点！都什么时候了，吃什么鱼子酱？！”

春草哆哆嗦嗦指着司南：“我我我什么都不知道，他说这个值钱，好吃……”

司南拿着勺子解释：“我不在体制内，不用听你指挥。”

周戎上去不由分说夺走了两人的罐头，撵小鸡一样把春草赶去搬东西，又戳着司南的眉心教训：“午餐肉罐头不炒不吃，压缩饼干没夹心不吃，一天到晚还打鸡棚的主意，改天是不是要去找头牛来专门给你挤奶喝？这娇生惯养的毛病谁惯的？”

司南冷冷瞅着他。

“半小时之内把货柜车上的所有物资清点清楚，否则这罐头就上缴给国家了。”周戎拍拍他的头，威严道，“去！”

半小时后，颜豪砰地把矿泉水箱跺回地面，擦了把汗，说：“二百一十六。”

“五百公斤。”周戎摇摇晃晃地蹲在边上记录米袋总重。

不远处司南坐在装甲车后舱里，跷着脚继续吃他的罐头，这次换了一听糖水草莓，偶尔他还喂春草两个。

周戎筋疲力尽，拍拍手起身道：“好了，收工回营！”说罢跳下货柜箱，回到装甲车，经过司南身边时恶狠狠地把鱼子酱罐头塞回了他手里。

冯文泰在化肥厂前院来回转圈，好不容易等到特种兵们的生化装甲车回来，立刻站定脚步，尽管竭力平静，眼底却仍然掩饰不住一丝丝焦躁。

“哟，冯少爷，干啥呢？”周戎从车里探出头笑道。

冯文泰快步迎上前，满面笑容，刚要说什么，周戎慢悠悠打断了他：“哦对，有个事儿得跟你说一声。我们在公路边发现了你们昨晚侧翻的那辆货车，里面有不少物资，就想着你们是不是该把东西都搬回来……”

冯文泰最担心的事情发生了，霎时面色微僵。

“放心，什么都没动，那些米面油粮医药毛毯什么的都在。”周戎笑容可掬道，“不能拿老百姓一针一线嘛，得你自己主动上交国家才行。”

冯文泰立刻表示：“不用那么麻烦了，周队长帮鄙人上交了就行。”

周戎当然立刻表示不能这样，要讲纪律，不能私自处理受灾群众的个人财产。两人拉锯似的来回退让半晌，冯文泰不负众望取得了胜利，周戎实在退让不过，勉为其难地代表化肥厂三十来号避难群众收下了他的物资。

冯文泰搓着手笑道：“还有一件事。实不相瞒鄙人是个军迷，那集装箱里有些东西，是我往日的个人收藏，已经经过了改装，其实没什么杀伤力……”

周戎满头雾水：“什么？”

“就是，”冯文泰似乎有些难以启齿，“是鄙人在国外留学时，军迷朋友们送的……几把乌兹微冲之类……”

“哎呀那可没见着！”周戎一拍大腿，“你确定在车里？”

冯文泰点点头。

周戎遗憾道：“那可是好东西，肯定给人捡走了。话说你昨晚怎么不告诉我呢？早知道的话昨晚就给你拿去了啊，这会儿怎么可能还在？”

尽管早有预感，但亲眼见到周戎那无辜的表情时，冯文泰还是瞬间哽住了一口老血。

“——老兄。”周戎不顾冯文泰的脸色，强行勾住他的脖子，往庭院中走去。

“过两天我们打算往B市走一趟，去军区找祥子他家老爷子。你知道的，他们这些首长有专门的避难所，郭部长不想让他孙子在外面冒险……”

冯文泰连声道：“肯定的，肯定的。”

“我们计划三天往返，最多不超过一星期。在这段时间内你和你的手下可能要受点累，帮忙照顾下这座化肥厂，三十六号幸存者都是我们从T市救出来的。”周戎停下脚步，按着冯文泰的肩，郑重道，“等我们从B军区出来后，会专门把这会儿陪大家共患难的人都接进避难所去。”

冯文泰想问什么，周戎压低声音道：“当然不是那种集中营式来多少收多少的民众避难所……你懂的，老兄。”

这点冯文泰当然能够意会，但他点点头，神色间还是有些迟疑：“周队长再专门从军区出来一趟接我们大家，会不会太冒险了？干脆我们一起走，反正那中巴车也够坐……”

虽然话说得好听，但冯少爷的担忧十分明显——谁知道你们还会不会从B军区折返回来接我们？枪械已经被你们收走了，到时候你们自己进首长避难所享福，把大家丢在这化肥厂里自生自灭，那可是大大的不妙。

周戎在他狐疑的目光中重重叹了口气：“我不是不想啊，冯兄！但B市地面基本已经沦陷，要是带你们开车进去的话，这一路冲锋陷阵……”他用手指指工厂宿舍方向，“你看到那孕妇没有？”

冯文泰满心疑窦。

“你以为我们为什么大老远还带个孕妇？那是祥子的……那个！”周戎沉痛摇头，满脸简直不知道说什么好的表情，“要不是看在肚子里那个姓郭的分上，我们早自己杀进军区去了，还待在这化肥厂里干什么！”

冯文泰终于大悟，觉得眼前一切自己无法理解的地方都有了解释。

“你明白的，我们也没办法。不过还好首长那边可以派直升机，只要大家坚持到我们从军区回来，直升机一接，所有人都安全了。”周戎用力拍拍冯文泰的胳膊，笑道，“冯兄你劳苦功高，这事自然……”

“明白明白，大家是自己人，周兄不用跟我生分。”冯文泰沉吟片刻，又诚恳道，“昨晚多亏周兄出手相救，您那位小兄弟受了委屈，是鄙人的不是。”

他冲不远处等在厂房门口的保镖招招手，说：“叫卢辉过来。”

卢辉就是那眼镜男，咽喉处有一大块骇人的乌青，是昨晚被周戎手肘抵墙面，当着所有人面硬生生卡出来的。

“我一定得让这不争气的手下向那位小兄弟赔礼道歉，”冯文泰无比恳切道，“此事非常恶劣，必须以儆效尤，请周兄体谅我这片苦心……”

两人又拉锯般退让半晌，周戎不负众望再一次失败了，只得勉为其难，回头喝道：“司南！”

司南从装甲车边一回头。

周戎很怕他还在吃那瓶糖水草莓，仔细看了看，觉得他手里没拿瓶罐一类东西，便招手道：“过来！”

司南在外人面前还是比较服从组织的，闻言慢吞吞走来，结果到近处周戎一看，他嘴唇角赫然沾着一小块干涸的粉红糖水痕迹。

周戎不由分说抓住他，大拇指重重抹了两把。

司南用力扭头避让，冷冷瞥了他一眼。

——那眼神中杀气森寒，让周戎瞬间想起在T市时，这人一骑机车从千军万马的尸海中杀出来，头盔下冰冷锋利的目光，也是和此刻一模一样。

周戎内心的小人立刻就投降了。

“这是昨晚那个拉你的。”周戎哥俩好地搂着司南，小声哄道，“他想当面给你道歉，喏，这才把你请过来。”

卢辉身材高大而脸色阴沉，似乎有些不愿意动，被冯文泰瞪了一眼，才不情不愿地单腿跪地，少顷又跪下了一条腿。

“昨晚是不小心手滑。”他咽喉受伤，声音也有点咕咕哝哝的含混不清，“对不起了，兄弟别介意。”

司南沉默地站着，面无表情，一言不发。

他的侧影在黑色修身背心的勾勒下格外利落，因为腿很长，迷彩裤只能穿大一码，裤腰被皮带松松挂在胯部，脚上蹬着周戎给他找的一双高帮军靴。

正午阳光映着他冰冷白皙的脸颊，朦胧透出光来。

冯文泰眼神微动，掩饰般咳了一声：“周队长这位小兄弟真是……身手不凡，人又俊俏，鄙人都找不出词儿形容了……”

他掉头又骂手下：“你个混账玩意！直挺挺跪着给谁看，还不磕头？！”

卢辉忍气吞声，低下头去。谁料刚一俯身，肩头就被某只鞋底踩住了。

司南单脚一蹬。

——他的动作幅度很轻，但巨力让这个爆种者瞬间趔趄，向后滚了出去！

紧接着他在冯文泰难以言喻的目光中收回脚，抹了抹嘴角的糖渍，一声不吭地走了。

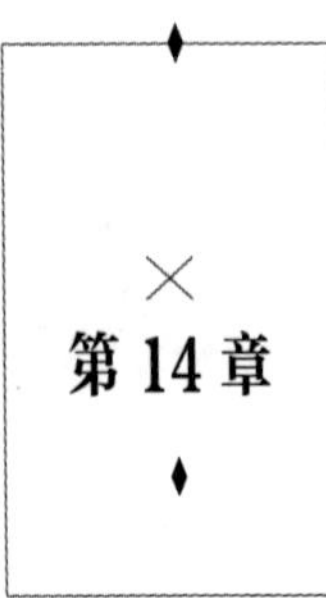

第 14 章

“司南！”颜豪敲了敲窗户，朗声问，“有空吗？想不想出去走走？”

空旷的后厂房中央，司南不知从哪找了个打蛋器，正飞快搅拌一盆黑乎乎的油膏状物质，周遭弥漫着浓厚的煤油味儿，闻言停下动作，招手示意颜豪进来。

这是外人第一次被允许进入他的工作室，颜豪不禁受宠若惊：“你是在……”

司南把打蛋器和铁盆交给他，简短吩咐：“用力打。”

颜豪一头雾水，只得抱着脸盆咣咣咣搅了半天，他两条手臂都酸得抬不起来了后，司南才满意道：“可以了，出去吧，不要乱说。”

“这是什么？”

“黑火药。”

颜豪沉默。

颜豪本来想找司南出去，商量他要不要跟特种兵小队一道去 B 军区的事。但司南明显对他自己的去向漠不关心，颜豪只得离开，跟周戎俩人自行商量。

深秋蓝天远阔，司南把搅拌好的黑火药铺在厂房阴凉处，正等待煤油自然风干，忽然听见一阵轻而急促的脚步声，便探头向后窗外一望。

厂房后是一条僻静的小路，东侧再走十分钟是无水氨储存处理池，西侧通向食堂后厨。一个穿戴围裙的年轻姑娘正慌慌张张从小路拐角绕过来，气色有点苍白惊惶，猛然看见司南，脚步登时一顿。

司南盯着她，认出了是吴馨妍。

吴馨妍三步并作两步奔来，伸手就要扒窗。

大概是刚到化肥厂那天司南一句“六个月，打不掉了”给吴馨妍留下了深刻的印象，这姑娘一直不太喜欢他，经常绕着道走。司南不知道发生了什么，但看她不像是被丧尸咬了要吃人的样子，便从里面打开窗户，把她手拉着，一把托了进来。

吴馨妍反手关窗，蹲在地上，把司南拉得也蹲了下来。

“嘘……”她轻轻说。

司南一皱眉，只听窗外小路上又传来脚步声，这次却重得多，有个男人粗声粗气“嗨”了一声：“刚才还在，上哪去了？”

另一个带口音的男声说：“这是什么地方？”紧接着脚步走近，男人贴着厂房后窗往里看了一眼，没看见躲在窗台阴影下的司南和吴馨妍，随口道，“没人。”

“妈的，那妞溜得倒快。”

“你也省省事，冯总说别动这帮人，你忘了？”

是冯文泰手下的两个保镖。司南眼底掠过一丝阴霾。

两人窸窸窣窣一阵，大概是点了烟，先前开口那人不满道：“老子找她处对象，怎么就不行了？这也不准那也不准，冯总对那几个兵倒顾忌得很。”

带口音的“唔”了一声。

“你说，”那人怀疑地压低了声音，“那几个真是特种兵？”

“怎么，你觉得不是？”

“几个无质者这么狂，看上去不对。这年头不是爆种者能选上特种部队？我怀疑他们是郭家养的手下，趁现在世道乱，出来招摇撞骗，把冯总也唬住了……”

“唬不唬住，只要有门路把我们弄进避难所去就行。”

两人随口抱怨了几句，司南整个人隐藏在窗台下那小小的一方空间，微微眯起了眼睛。

“对了，”突然那嗓门粗哑的想起来什么，说，“那天冯总让卢辉下跪道歉，结果卢辉被那娘里娘气的小子当众踹了一脚，这两天憋着找人麻烦呢。”

“有这回事？”

“嗯。叫我说也是丢脸，连这么个弱鸡似的小子都制不住。哪天趁没人把那小子拉过来教训教训……”

两人骂了几句别的，脚步声终于渐渐远去。

吴馨妍面色青白，发着抖瞥向身侧。只见司南眉心压得极紧，瞳孔眯起，眼梢显出一种凌厉的上挑。

“我们……”

她还没说完，只见司南食指一抬，那是个停止的手势，然后他拉起她旋风般出了厂房的门。

“这是车钥匙，一有不对就带所有人撤离，备用物资已经提前放在中巴车里了。那个孕妇劳驾您多多费心，我们最多一个星期就从军区回来……”

周戎正仔细跟郑医生交代事情，突然司南推门而入，手里还拉着一路小跑气喘吁吁的吴馨妍。司南上来什么都没说，直接拔了周戎后腰里尚带体温的六四式手枪。

“喂！”周戎大怒，“你干什么？回来！”

司南果然转身回来，把手伸进周戎裤兜掏出一大串库房钥匙，又往外走。

幸好这次周戎及时抓住了他的手腕：“怎么着，上哪去？打家劫舍呢你？”

司南冷冷道：“别管，不关你的事。”

他甩手挣脱了周戎的钳制，拉着吴馨妍掉头就走，直往车库那边去了。

周戎两步追出门，开口想吼他，但望着吴馨妍跌跌撞撞的背影，似乎突然又意识到了什么，骤然沉默下来。

“切，这小子。”周戎喃喃道，“还挺讨姑娘喜欢。”

他在原地站了一会儿，喉咙仿佛堵着什么硬块，咽不下去又吐不出来。半晌他用力一掐眉心，借由那刺痛掩盖住了什么，回头笑道：“让您见笑了。”

郑医生欲言又止，理解地点了点头。

“上车。”司南道。

吴馨妍手脚并用才爬上生化装甲车高高的驾驶室，心惊胆战问：“我们上哪去？”

司南砰地关上门，发动了汽车，说：“哪也不去。”

生化车开出车库，在空地上转了一圈，掉头绕过工厂食堂，向人迹罕至的无水氨处理车间驶去。顺着石子路颠了好几分钟，绕得吴馨妍几乎晕了车，生化车才在一座破旧的砖石建筑物前吱呀一停。

“上周我清扫丧尸，发现了这个地方。”司南跃下车，问，“他纠缠了你多久？”

吴馨妍胆子再大都有点发抖：“从、从那帮人到这没几天就……”

这是废料运输货车的车库，周围弥漫着难闻的氨气，绿色铁库门已经生了锈，不知废弃了多久。司南踩在垃圾箱上，从满是灰尘和蜘蛛网的后窗翻进去，才把前门打开，示意吴馨妍进来。

“车库门是电池控制的，开关在这。里面不是很干净，待会打扫下，住人没问题。”

吴馨妍抱着胳膊，带着恐惧和好奇打量周围。

车库墙壁有大块渗水发霉的痕迹，角落堆满杂物，地上积了厚厚的灰尘。司南从生化车上搬下两箱矿泉水、方便面、毛毯铺盖等物，然后抽出那把六四式，拍进了吴馨妍手里：“我们走后，要是发生什么，就带你那个孕妇朋友藏到这里来。”

吴馨妍呼吸几乎停滞，感觉双手捧了块热炭：“我我我，我不不敢开……”

司南转到她身后，拍拍她的胳膊，手把手举起枪，对准天空“砰”一声！

后坐力推得吴馨妍一个趔趄，弹壳叮当落地，司南鼓励道：“现在你敢了。”

吴馨妍大脑空白，混乱无比，半晌才嘴唇颤抖着用力点了点头。

“这个地方的事不要告诉任何人，包括你的孕妇朋友。”回去的时候司南开车，注视着前方坑坑洼洼的石子路，说，“这几天避开那些人，不要产生正面冲突，临走时我再准备一些物资给你。”

吴馨妍转过头，司南长而卷曲的眼睫低垂，视线总是沉默专注，有时会给人一种他其实并没有什么情绪的错觉。

“你……”吴馨妍开了开口，声若细丝，“你不怕他们……吗？”

“不怕。”

然而短短两个字的回答并不能让人太信服，吴馨妍还是百爪挠心了一路。

直到他们开回厂房，司南把生化装甲车停回原地，锁好车门，突然对她招了招手。

吴馨妍一脸疑惑。

她顺着司南的手指望向砖墙，突然劲风掠过——砰！

吴馨妍全身激灵，只见司南一拳砸中墙面，红砖瞬间开裂，继而无声无息爆出了直径半米的龟裂纹。

“你觉得呢？”司南平静道。

司南上下抛甩钥匙，施施然走了，留下吴馨妍对着墙壁上那个拳头大的破洞发愣。

周戎送走了再三向组织下军令状的郑医生，独自一人坐在工厂主任办公室里，深深陷在扶手椅中。

窗外是午后平静的蓝天，前院中人们训练和交谈的声音裹在风中，隐约传来。周戎习惯性摸到手边的烟盒，这是他最后一根存货了，他放在鼻端前仔细嗅了半天都没点。

“唉。”

周戎慢吞吞掏出打火机，正在这时身后办公室门被猛地推开，司南把一大串钥匙凌空扔来。

“哟！”幸亏周戎眼疾手快，转椅一晃当空捞住，“——完事儿了？”

司南没明白，顺口说：“嗯。”

周戎察言观色，斟酌语句，想了半天才问：“跟我们一道去军区不？”

司南说：“嗯。”

周戎试探道：“喜欢那姑娘不？”

司南正要走，闻言脚步一停，颇有些莫名其妙：“不喜欢，怎么？”

周戎满腔话语不知从何说起，憋得他额角直跳：“那你还……”

“那个姑娘，”司南向走廊周围看看，突然压低声音，十分认真道，“她喜欢颜豪，你注意着点。”

——那一刻司南的语气简直可以用友善来形容，周戎目瞪口呆盯着他，突然直觉哪里不对。

但他根本来不及思考究竟是哪里不对，司南就转身回后厂房，搅拌他的黑火药去了。

三天后，周戎亲手把最后一箱子弹清点完毕，嘭一声关上后舱门，喝道：“出发！”

装甲车在满院男女老少的目送中缓缓驶出厂区，后视镜里，人们不舍、感激、期盼、恐惧和担忧等形形色色神态各异的面孔逐渐变小。

六名特种兵加一名编外战斗人员坐在车里，人人全副武装，穿着防护服，背着微型冲锋枪。周戎刚想说什么鼓舞一下气氛，却只见司南站起身，唰地拉开后车门，从行驶的装甲车上跳了下去。

周戎探头出去大吼：“小祖宗，你又想干啥！”

司南奔向人群前排的吴馨妍，从单肩战术包的层层软垫里抽出一只被蚀刻出无数裂纹、灌满了不知名物体的玻璃瓶，交到了她手里，简短道：“避免颠簸，尽量扔远。”

吴馨妍就像即将走上战场的士兵，死死攥住了那瓶硝化甘油，紧张问：“要是不够远呢？！”

司南沉默片刻，道：“祈祷。”

吴馨妍无奈道：“那我还是拿石块先练练吧。”

不远处，周戎从车窗外收回目光，怅然叹了一口气，突然伸手揉揉春草的头毛：“草儿……”

他便宜闺女正拿一块软布擦枪管，头也不抬地问：“咋啦？”

“你说爸爸是不是应该去老老实实找个对象，安分下来过日子？”

满车人同时抬头，震惊无比地看着周戎，驾驶室里的颜豪瞬间把车开出了一个大S形。

司南跑回车后，抓着铁梯一跃而上，干净利落地回到了后车厢，十分不解地环视众人。然而这个时候没人搭理他的困惑，春草放下冲锋枪，紧紧抓住了她便宜爸爸的手，感动道：“能不能别说得好像有人会看上你一样？”

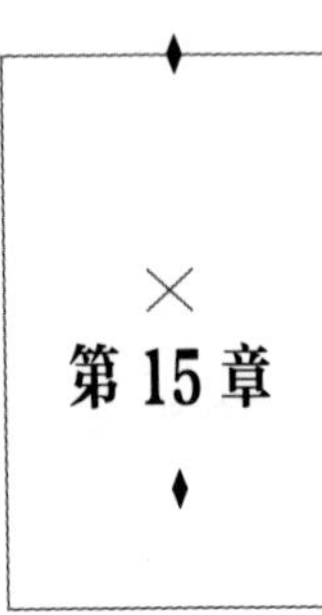

第 15 章

“咱们这一车最没可能找到对象的就是你。”春草评论道。

装甲车轰轰碾过路面，公路两侧的丧尸闻声回头，然而尘烟已然远去，装甲车驶向前方破败荒凉的 B 市。

“你说‘最’的时候，把咱队的临时工小司同志算进去了吗？”周戎问。

前排坐在副驾驶上查看路况的张英杰回过头，笑道：“戎哥不懂了吧，长得好看的无质者最受欢迎了，说什么体贴温柔、互相尊重……”

周戎指着司南不满道：“他看上去哪点温柔？哪点尊重？！”

司南怀里抱着乌兹微型冲锋枪，头靠在摇晃的车壁上闭目假寐，连开口的意思都没有。

“司小南估计也够呛点儿。”春草客观公正地评价，“最好找的要么是颜豪，要么是祥子。颜豪嘛不多说了，脸好哪儿都吃香，天生自带深情忧郁校草气质，绝对够得上异性们对温柔尊重的要求。”

颜豪把着方向盘，彬彬有礼道：“多谢组织肯定。”

“祥子就简单了，可以仗着背景欺男霸女，实在不行用钱砸。”春草顺口道，“是吧祥子，哪天带带我们戎哥，大家共同……”

周戎、颜豪、张英杰和一直笑呵呵听着没作声的丁实同时脸色剧变：“不要提——！”

然而已经晚了。

郭伟祥回过头，缓缓道：“我就知道你们招我是为了这个……”

“又犯病了。”周戎无奈道。

B市城区，一望无际的长街空空荡荡，马路上堆满了发黑的尸骸，腐臭味令人作呕。苍蝇覆盖了腐尸和下水道，在车辆驶过时嗡的一声炸起来。

两侧商店橱窗全碎，货柜倒塌，杂物遍地，犹如经历了一场暴乱的浩劫。

“我哪一点拉全队后腿了，你们说？”

郭伟祥情绪激奋，满怀悲怆，手指挨个从全车人脸上一一点过去。原本坐他身侧的司南已经悄没声息挪了三尺，现在坐在丁实身侧，以跟刚才一模一样的姿势抱臂假寐，连头歪的角度都纹丝未变。

“当年入队的时候我就知道，为什么一千多份申请当中偏偏挑了我？其中真没有什么猫腻？为什么第一次考核失败的时候没踢我走，真不是想通过我给你们找对象？

“你们说，我除了第一次考核失败还有哪点够不上118部队的要求，这些年来我的表现是不是有目共睹？我觉得我不论从哪个角度来说都够格待在118了，为什么从小到大，人们只看到我的家世，从没人承认我自身的能力和价值？！”

“他受过心理创伤吗……”春草小声问。

全队人整齐划一地对她摇头，周戎小声道：“估计是天生的。”

“那他以前也犯过病？”

“进队以后犯过三次，头两次还没你，第三次你休假没见识到。”

“你们不把我当一个堂堂正正的战士。”郭伟祥斩钉截铁，总结道，“你们戴着有色眼镜看我，觉得我是个官二代，吃不了苦，迟早有一天要自己打报告退队。你们觉得录用我就是给上级个面子，而且家世关系广，能通过我来认识异性，最好能帮全队脱单。你们否认我作为118部队一分子的价值，虽然我……”

郭少爷慷慨激昂，满车人噤若寒蝉。

“可是，”突然司南睁开眼，认真道，“你自己都脱不了单啊。”

死一般的静寂。

司南说：“你还想当大公鸡呢。”

周戎阻止不及，绝望地闭上了双眼。

颜豪从驾驶席上回头，伸长脖子看了眼郭伟祥的脸色，然后缓缓升起了隔断驾驶室和后车舱的钢板。

B 市犹如天地间一头庞大无比、血肉狰狞的巨兽，大街小巷便是它体内错综复杂的血管，越深入市区，越接近怪兽可怖的心脏。

主路出城的方向严严实实堵满了车，三三两两的丧尸穿梭在一望无际的堵车大军中间。来不及逃离的车主被咬死在驾驶座上，半边身躯被安全带卡着，茫然摇晃着青灰腐败的脸。

入城方向则稍微好点，虽然逆行车辆横七竖八，但都被颜豪高超的车技或碾压或绕开了，直到下高速公路时，才被垮塌的立交桥堵了个结结实实。

"怎么办？"颜豪问，"掉头回去重新找路？"

"全球卫星导航系统挂了，关键时刻还是得靠国产……"张英杰唏嘘着打开军用平板电脑，片刻后摇了摇头，"不行，最近的岔路要绕俩小时，保不准已经被丧尸大军占领了——颜豪你是本地人，过来看看天枢导航现在还准不准？"

颜豪定位半天，奇道："行！看来还有可以运行的地面监测站，值得放鞭炮庆祝下！"

颜豪谨慎地向后车厢张望了一眼，见祥子已经爆发完了，周戎正坐在他身边，一手搂着他的肩，苦口婆心说服教育，边上所有人昏昏欲睡。

颜豪降下钢铁挡板，问："谁愿意为我们天枢卫星地面站尚存活人这件事庆贺一下，点个炮把前面的废墟炸掉？"

周戎如蒙大赦，立马举手："我我我！"

所有人盯着他，随即齐刷刷调转视线。目光焦点中，点燃战火后就一直闭目装睡的司南终于装不下去了，咳了一声站起身，拎着战术包下了车。

爆破是一门十分讲究的技术。司南拿出他用硝化棉、硝化甘油、肥皂、橡胶、嚼过的口香糖制造出的可塑炸药，仔细装填到受力砖瓦缝隙间，用黑火药做引爆剂，然后跳下废墟，擦亮了军用火柴。

他走向装甲车，把火柴轻轻向背后一丢。

火苗在半空划出一道优美的弧线，准确掉进了废墟里。

下一刻爆炸惊天动地，狂风将司南的衣袂猛然扬起！

他单肩背包，一手插兜，俊秀的面孔毫无表情，背对着冲天烈焰走向车门。

周戎笑道："你们看他这逼装得……"旋即霍然起身，连咆哮都变了调，"司南！快跑——"

话音未落，一声巨大尖啸伴随着剧烈摇撼，从爆炸中心冲天而起！

气流瞬间把司南冲飞出去，砰一声巨响，他整个人以大字拍上了十几步外的装甲车头！

司南只觉天旋地转，眼前发黑，鼻血哗地奔涌而出。

但这时候他都没工夫感觉到疼了，视力恢复的一刹那，透过模糊的车前窗，他看见了驾驶室里颜豪和张英杰目瞪口呆的表情——两人齐齐望向他身后，似乎看到了什么难以置信的景象。

司南捂着鼻子回过头。

一个足有两层楼高的黑影裹挟无数碎石拔地而起，全身上下火焰滚滚，痛苦的咆哮响彻公路，每一下捶胸都震落无数腐肉，暴雨般洒下地面。

砰砰砰砰砰砰！！！

周戎一骨碌蹿上车顶，托起八九式重机枪，悍然扫射！

子弹带飞速卷入供弹机，金属弹壳迸溅一地。黑影在疾风暴雨般的子弹扫射中发出怒吼，抬起脚来，向前轰然踏了一步！

颜豪冲进后车厢，翻出穿甲爆破弹向车顶抛去，周戎看也不看，稳稳接住，填进供弹机。

紧接着颜豪冲向车头，要去拉司南，混乱中却只见司南朝公路另一侧纵身飞跃，就地打滚躲进绿化带，躬身抱住了头。

千钧一发之际颜豪来不及赶去，只得蹲下护住脑袋。

下一瞬周戎扣动扳机，穿甲爆破弹呼啸着划破长空，将那怪物一枪爆头！

轰——

怪物连吼叫都没发出来，身躯重重砸在地上，终于不动了。

火焰在腐尸上熊熊燃烧，发出轻微的爆裂声。废墟已被夷为平地，特种兵们惊魂未定，纷纷从装甲车上跳下来。

颜豪摇摇晃晃站起身，甩了甩被震得剧痛的脑袋，想要去扶司南。

谁知他刚往路边走了一步，就只听司南厉声阻止：“站住！”

“你……”

司南捂着鼻子向后一退：“别过来！”

颜豪迟疑地顿住了。

“当众耍帅失败，需要几分钟冷静期……”春草从身后拍拍他的肩，小声道，“让他自己恼羞成怒一下。”

火苗渐渐熄灭，腐臭混合着硝烟弥漫了整条公路，前后数百米内丧尸被爆炸的冲击波席卷一空。

柏油路面坑坑洼洼，放射出恐怖的龟裂纹，一直延伸到数十米之外。

司南终于用矿泉水洗干净鼻血，一边吸鼻子一边走过来，只见众人围在那具巨大的腐尸边。

周戎用冲锋枪管拨动了一下那怪物残存的头部组织，轻声说：“猩猩。”

春草愕然道：“金刚？！”

颜豪则充满了狐疑：“怎么可能？它一看就被感染了。”

这头巨大的黑猩猩全身腐烂，毛发脱落，四肢均露出骨骼，散发出丧尸特有的气味——那腥臭其实是非常震撼的，但此刻没人顾得上这个。

所有人都难以置信，内心同时产生了一个恐怖的猜想。

“如果丧尸病毒感染动物……”颜豪喃喃道，“不应该啊，一路上没见过其他动物被感染。老鼠、昆虫、鸡鸭、猫狗……这些都绕着丧尸走，也没听说过丧尸动物袭击人类。”

张英杰也紧皱着眉头：“而且病毒怎么可能让携带体变异成金刚，难道病毒本身进化了？不可能，进化方向完全不对啊。”

“真的是黑猩猩？戎哥你没看错？”

“黑猩猩和人类有极高的基因相似度，可能在病毒感染方面也……”

周戎无视了周围的议论，走向丧尸猩猩摊在地面的前掌。

他戴上全指黑皮手套，拉紧了紧，蹲下开始在肮脏腐臭的毛发中翻检什么。司南走过来蹲在他身边，一声不吭地看着，片刻后周戎终于发现了他想找的东西。

——丧尸猩猩右前肢靠近手掌那一端，毛发中卡着一条金属细链。链条现在已经变得很紧了，此时正深深陷在发黑的血肉里。

周戎用两根手指勒住链条，对司南颔首示意。

司南从大腿侧拔出军匕，一刀挑断金属链，血肉模糊的不锈钢铭牌叮当一声掉在了地上。

"E组编号七一九九八。"周戎轻轻念道。

司南问："什么意思？"

周戎把带钢印的铭牌攥在掌心，低声道："实验室编码。有人用黑猩猩做载体研究抗病毒疫苗，结果病毒异化，不小心玩脱了……"

他缓缓站起身，向北望去。

公路尽头硝烟滚滚，隔着大半座死亡之城，是被废墟掩埋了的B军区。

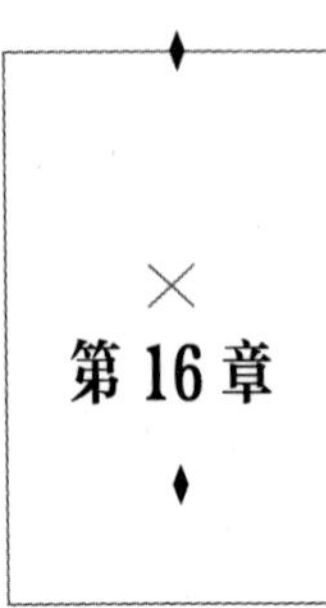

第16章

“军区避难所建成于二十世纪中叶，本来是超大型防空洞。灾难暴发伊始，军区用无数人命的代价将其重启，并在短短数天内改造成了能够容纳上百万人的避难所。”

周戎打开平板电脑，点击放大，屏幕上显示出了错综复杂的平面图。

“避难所向下深挖十一层，呈尖锥状，分为五个区域。东侧A区主要安置受灾群众，西侧B区集中管理、通信和能源供应，南侧C区是换防驻扎和军械库，中心D区则是地下排水系统和交通枢纽。

“北侧E区最重要且密级最高，负责医疗检疫和生物病毒研究。

“作为最高机密部队118单位，我们的身份密匙可以进入整个A区、B区，D区以及部分C区，征召时可在限制条件下进入E区，即是现在怀疑已遭受病毒失控暴发的生物研究所。”

周戎在地图上划出一条线，说：“我们的初步计划是从排水系统进入中心地区，然后兵分两路，一路沿地下轻轨线去B区军械库——”他在地图上做了标识，说，“搬运给养及填充弹药，最好再搞辆装甲车来。这组由颜豪领头，祥子和丁实随行。”

“另一路跟我去C区查看情况，目标是用基地内的卫星通信设施联络其他军区避难所。如有必要，进入E区，取得生物研究所沦陷前对病毒的最新进展资料，为将来其他机构继续研究而保存火种。”

周戎环视周围，问：“这一组由我领头，春草和英杰随行。大家还有什么问题？”

装甲车厢里，特种兵们围成一圈蹲在地上。

车窗外最后一抹余晖正缓缓沉入地下，鸟雀铺天盖地，黑夜即将来临，避难所坍塌的地面建筑渐渐没入阴影。

司南举起手，周戎用笔点了点："小司同志请发言。"

小司同志问："我跟哪组？"

"你想跟哪组？"

司南盯着平板电脑上的地图不吭声，片刻后颜豪咳了一声，对周戎道："军械库危险系数低，不用四个人。大丁给你，司南跟我们走。"

周戎却既不应允也不表态，问司南："你觉得呢？自己选。"

司南默然半晌，车厢里只听见此起彼伏的呼吸声。不知过了多长时间，也可能只有短短的几秒，众人才突然听见他沙哑而简短地道："我跟你。"

他说这话的时候并没有看任何人，但颜豪瞬间就知道，他说的是周戎。

"很好，分组完成！"周戎把军用平板往胳肢窝下一夹，霍然起身。

"下面请大家保持警戒，装备带齐，出发！"

"轰"一声闷响，地面下水管道闸被炸开，一股恶臭伴随着地底深处遥远的惨号扑面而来。

所有人不约而同拉下防毒面罩，周戎被熏得咳了几声，食指向前用力指了指，示意所有人跟紧，随即率先跳进了小腿深的黑水中。

管道径直向下延伸，角度越来越陡，脏水随之渐渐上升至大腿。地底黑暗伸手不见五指，只有头盔上的探照光在周遭扫来扫去。

七个人排成一行涉水前进，隧道越来越宽敞，哗哗作响的蹚水声在地底空间久久回荡。

"我说，"排在队伍第二位的春草终于忍受不了，打破了静寂，"咱们这趟行动这么危险，临分别前好歹聊聊天吧。"

丧尸闷嚎从远处隐隐响起，不失时机地回答了她。

春草身后的司南认真蹚水，司南身后的张英杰笑道："哪次不危险？"

"但这次特别危险啊。"

“那聊什么呢？”

春草想了想，说：“聊聊为什么加入118部队吧，我是因为拿到征召书觉得很酷炫，戎哥你呢？”

周戎在她身前开路，头也不回道：“工资高。”

丁实老老实实说：“我跟戎哥一样。”

郭伟祥：“证明我自己！”

颜豪：“特种部队升衔快……”

“老婆孩子能随军。”张英杰不好意思道，“我原先在的地方特种大队一年只放一次假，戎哥说调来118的话可以给我老婆安排机要工作，孩子送军区小学……”

“嫂子不在这个避难所吧？！”郭伟祥惊问。

“不在，事发时回东北老家了。”张英杰唏嘘地叹了口气，“老家这时候应该已经入冬了，天气严寒，丧尸行动能力弱，家家户户地窖里的蔬菜能吃一冬……希望她们还安全。”

众人沉默半晌，张英杰似乎有些后悔自己把气氛带得更凝重了，主动岔开了话题：“司南呢？没怎么听你说过自己，家境不错吧？”

司南闷声不响地藏在防毒面罩后，半晌吐出几个字：“不记得了。”

这个答案让竖起耳朵的众人瞬间产生了无数联想，从原生家庭破裂到子女叛逆出走再到青少年教育问题……几个来回后终于听司南的声音再次响起，他补充说：“真的不记得了。”

“你父母呢？”颜豪在队尾问。

“忘了。”司南漠然道。

气氛简直比刚才更诡异了。

众人蹚过废水齐腰的最深处，脚下排水拱顶陡然转高，前方隐约传来空气流动形成的微风。

周戎低头观察平板电脑上密密麻麻的下水系统分布图，语气热情洋溢：“没问题小司同志，进了118部队第六中队的门，从此你就是我们团结友爱大家庭的一分子了！等咱们回去以后你记得提醒我给你个编制，你有需要组织特殊照顾的地方吗，比方说女朋友安排随军、孩子上军区幼儿园之类的？紧急联络人有没有？”

沉默了一下，司南说：“没有。”

“那你得有一个。”周戎遗憾道，踩上了水底的某级台阶。

管道已至尽头，前方是布满青苔的石墙，头顶一处下水道口正发出呼呼的凉风。

周戎用军匕撬开下水道井盖，双手攀住井沿，“嘿”一声引体向上，整个人裹着水花翻了出去。

“中心区轻轨蓝线地下隧道终点站，”周戎环顾四周，轻声道，“安全，上来。”

六名队员排队翻上去，每个人都湿淋淋的，全身气味惨不忍闻。

“万一你光荣了，组织会把抚恤金寄给你的紧急联络人……”春草跟司南小声解释，“如果有需要也会帮忙安排工作，赡养老人啥的……”

周戎打开战术手电，仔细观察周围的情况。

这是铁轨尽头控制室的背面，地方不大，满是堆积厚厚灰尘的电线，与外层空间被一道铁栅栏封住了。因为轻轨长期停用，供电与通风系统已经不再运行，即便用手电也很难看清铁栅栏后是什么。

“有件事我一直不明白，”司南终于对春草问出了心中的困惑，“118 部队到底指什么？”

这个问题说复杂不复杂，说简单也不简单。春草刚要回答就卡了个壳儿，说：“呃……你可以理解为很厉害的特种部队，专门负责国家机密事件，类似于特种部队中的兵王。”

司南缓缓点头以示理解，片刻后又谨慎而不失礼貌地问道：“那无质者选上很困难吧？”

全队寂静。

“你们当中没人打过药吧？不是说特种部队必须是爆种者吗？”

在一阵令人窒息的沉默后，周戎终于缓缓道：“这话你是听谁说的？”

司南完全没有任何迟疑就把消息来源给卖了：“冯文泰那几个保镖。”

周戎立刻铿锵有力地反驳了他：“这话无中生有，完全是嫉妒和造谣！我们跟那几个傻蛋爆种者是同一种人吗？！”

他的语气斩钉截铁，堪称字字有力，全队人都齐刷刷张大了嘴。

半晌郭伟祥终于颤声道：“我……我从来没像现在这样敬佩戎哥……”

春草捂着脸问：“戎哥的脸皮厚度吗？”

而另一边司南左右思忖，竟然被说服了：“我的确不该信他们。”

周戎对司南的道歉非常满意，语重心长道：“在我们这个队伍里……”他把纠缠成一团堵塞道路的电线扒拉开，用军匕后的螺丝起子逐个拧开铁钉，说，“我们非常注重个人素养和团队精神的结合，懂吗？就是你不仅得无条件服从组织，还得有出色的单兵战斗力和顽强的吃苦精神。我们坚信每种人生来都一样，只要你愿意去挑战自己的极限，就可以超越爆种者和无质者的基因差别……”

他卸下最后一根铁钉，晃了晃沉重的铁栅栏，咣咣声在隧道中传出很远。

“比方说你戎哥我，就从来不觉得爆种者有什么优越性。戎哥只尊重努力拼搏的人，一切人种，除了异血种，在我眼里都是平等的……”

周戎转身一记闪电般的后踢，风声凌厉，又沉又狠，瞬间把上百公斤的生铁栅栏踢飞了出去！

哐当——！！

铁门落地激起一连串回音，瞬间响彻整条隧道！

“就是这样。”周戎收回腿，彬彬有礼地对司南道。

司南用一种完全空白的表情回答了他。

周戎一马当先从铁门后钻了进去，刚踩上铁轨，突然觉得哪里不对，于是低头看了一眼。

下一刻他疯了似的手脚并用爬回来，落地时一个踉跄抱住司南，怒吼：“他妈的好多蟑螂！！”

司南从他手里一把夺过战术手电：“说好的人种平等呢？”

司南完全没有任何心理障碍，背着战术包挎着冲锋枪，叼着手电筒干净利索翻上铁轨，以和刚才周戎一模一样的动作往脚下一看。

下一秒他抬起头，众人只见他嘴里的战术手电随着动作迅速往左右转动，频率之快很有点不对劲的样子，紧接着他唰地卸下冲锋枪，砰砰砰开火就扫！

所有人同时：“啊啊啊——”

狭小空间内子弹飞跳，弹壳乱迸，火星在地底闪烁出灼目的强光。几秒钟后暴雨般的枪声终于一停，硝烟四处弥漫，刺鼻的腥臭味逼得人喘不过气，周围作呕声此起彼伏。

司南脸色苍白地回过头：“地底虫子长得比较大……”

周戎吼道：“别说了！”

不见天日的地底世界，长期腐败的排水道口，在充满垃圾、霉菌、积灰泥土的空间里，环境形成了一套可怕的生态系统。

三分钟后众人跨越铁轨，开始向中心交通枢纽区进发。

“我只是一时没做好心理准备……”

“戎哥别说了，真没事的。”

周戎面色青白地在前面带路，春草不时安慰他两句。张英杰在身后笑道：“戎哥对昆虫有密集恐惧症，是以前出任务留下的心理阴影。虽然大部分时候能克服，偶尔见到了也有点，哈哈哈——”

司南冷冷道：“我就想知道什么叫‘一切人种，除了异血种，在我眼里都是平等的’，我猜换个异血种来都不会有刚才周戎那样的表现。对了，你们能不能再给我个弹夹？”

一行七人顺利通过关卡，沿着轻轨线走了半小时，前方隧道豁然开朗。

这座大型防空洞的设计是，即便避难所沦陷、主电源切断，备用电源也足以维持基本的通风和主要区域照明。

前方是一处类似于地铁站的枢纽空间，左侧站台透出惨白灯光，隐约传来丧尸拖曳的脚步声和号叫；右侧则是一条向黑暗深处延伸的铁轨。

周戎回过头，冲队伍最末尾的颜豪打了个手势。

铁轨通向南侧 C 区，军械库。

而周戎小组必须在此处登上站台，前往西侧 B 区，寻找卫星通信处。

——他们得在此处分道扬镳了。

颜豪点点头，带丁实和郭伟祥跨过铁轨，打着手电向隧道深处走去。

周戎则站定在原地，招手示意春草、司南和张英杰围拢，正要开口交代什么，突然只见不远处颜豪折返回来，径直走向司南。

司南微皱起眉，但还来不及问，颜豪突然伸手给了他一个紧锢而火热的拥抱。

众目睽睽之下，这拥抱的时间是如此之长，甚至让司南都怔住了。

没有人说话也没有人动，周戎无声地垂下了视线。

足足过了十多秒，颜豪松开手，退后半步，看着司南微微一笑。

那笑容有些伤感，但颜豪的神情总是温和的，双眼明亮、嘴唇温润，是个教养很好又很贴心的邻家大哥。

随即他挥挥手，举着战术手电，转身走向了隧道深处。

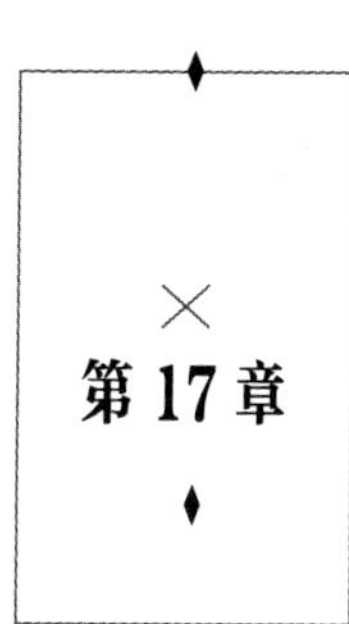

第17章

“戎哥。”司南小声唤道。

四名特种兵排成行，弓着身体轻手轻脚，沿铁轨走到站台下。周戎在队伍最前低声回应：“怎么？”

“颜豪他为什么……”司南颇有点不好开口。

周戎踮起脚探出头。宽敞的站台上游荡着十几个丧尸，腐烂得非常厉害，四十米外有一道电梯通向上层出站口，已经停运了。

周戎迅速计算了下距离和时间，把冲锋枪调整到单发模式，一边瞄准一边轻轻道：“你救了所有人，又在商场天台救了颜豪的命……”

嗖嗖几声消音器轻响，电梯边的丧尸全部中枪，沉闷倒地。

“他感激你是应该的。”周戎一抬冲锋枪，招手示意安全，率先跃上了站台。

几个人如同鬼影掠过站台，跨过二次死亡的丧尸，风一般卷上电梯。

出站闸门前穿制服的检票员已变成了丧尸，背对电梯，发出低沉的嗬嗬声。几个人越过它向外望了一眼，闸门外是车站大厅，赫然挤着上百个活死人，在昏暗宽敞的空间中漫无目的地晃来晃去。

含氧量低，气流不通，丧尸暂时没发现这里多了几个活人。

但毫无疑问，一旦发现，这里立刻就会变成丧尸山呼海啸扑来的地狱场。

“我感觉颜豪对你还是很有感情的，戎哥。”司南紧贴在周戎身后，说话几乎咬着他的耳朵，一边观察周围环境一边问，“你们怎么认识的？”

周戎全神贯注盯着车站大厅，没注意到前一句话的异常：“我下放到118，顶替他们殉职的队长，认识了包括颜豪在内的所有人。操，这里丧尸怎么这么多。”

“下放？”

“嗯。”

“那本来呢？”

周戎感觉温热的气体喷在自己耳边上，脸颊肌肉不自觉有点绷紧，反问：“啥时候对哥话这么多了，小司同志？我们离西B区目的地还有二十分钟车距，这路可怎么走……”

“聊聊嘛。”司南说。

“本来管国宾护卫。”周戎无奈道，“小司同志，虽然我很欢迎你再贴近点，但在几百位丧尸朋友的密切关注下哥实在有心没胆。要不出去后咱找个没人的地方，保证让你有很好的用户体验……”

检票员丧尸似乎发现了什么，缓缓回过高度腐败的脸。

刹那间喀啦一声脆响，司南闪电般出手，把丧尸的颈椎扭了一百八十度。

“什么体验？”司南一边托着丧尸的身体让它无声卧地，一边顺口问。

愣了片刻，周戎诚恳道：“没什么。”

“所以我们为什么要待在这里，”司南问，“不能从上面走吗？”

众人齐刷刷一抬头，见地底空间上方的重重黑影里，几排粗大的电缆管和通风管错综复杂，穿过车站大厅，向远处延伸。

几分钟后，天花板上，春草第一，司南第二，周戎第三，张英杰第四——小组按体型排列，挤在电缆和通风管之间的狭小缝隙里，抱着管壁匍匐前进。

他们身下是水泄不通的大厅，只要一个手滑摔下去，瞬间就会将几百个毫无知觉的丧尸惊醒。

“英杰你居然发胖了。”周戎咬牙从一处特别狭窄的缝隙中爬过去，艰难地闷哼道。

张英杰上气不接下气：“是你瘦了……戎哥……噫——！”

张英杰蹭得满头满脸都是灰，终于挤过了那段两条电缆管几乎贴合在一起的缝隙。

“这个方向再往前一百米是消防专用道，抵达后我跳下去爆破安全门，你们火力掩护。”春草紧紧抱着通风管往前蠕动，“大家再坚持下，前方丧尸数量预计……”

话音未落，张英杰在拐角处竭力向前挪，他背上战术包蹭过天花板上固定电缆的钢箍，某处锋利的钢筋断口将左侧包带悄然割断。

战术包向右倾斜，撞上身下通风管。

咣——当——!

撞击声被空心管道无限放大，丧尸集体抬头，继而发出了饥渴的咆哮！

四十公斤的战术包仅靠右肩勾住，重力把张英杰带得向右一偏，瞬间滑落。

周戎喝道：“英杰！”

啪的一声周戎抓住了张英杰的背包带，单手将他整个人连同装备拎在了空中！

春草失声叫道：“戎哥！”

幸亏这是在九十度拐角处，否则周戎根本够不着自己身后的张英杰，早就已经被数百个蜂拥而来的丧尸撕成碎片了。

饶是如此，难以想象的下坠力还是把周戎带得差点跟出去，他关键时刻咬牙抱住通风管，双脚死死绞缠管道，才险险止住了落势。

春草大吼：“英杰快！爬上来！”

大厅里丧尸嘶声号叫，拼命向上伸手，张英杰整个人悬在半空，脚尖和丧尸的指甲只差区区几厘米，不论他如何向上都够不着通风管，冷汗唰地就下来了：“不……做不到，我……”

正在这时，“刺啦——”一声，在丧尸此起彼伏的嘶叫中格外尖锐，令所有人神经猝然拉紧——

周戎的野战外套竟经受不住这样的拉力，从肩背处绷裂了！

张英杰怒吼：“戎哥放开我！”

周戎咬牙不放，手臂剧烈发抖。

“快啊，戎哥！”张英杰眼睁睁望着周戎的身体又向下倾斜几分，目眦尽裂，“快放开我！”

司南举枪瞄准，喝道：“跳——！”

八九式重机枪怒喷火舌，子弹将一圈丧尸扫得飞向四周！

这简直就是拿命来搏。几个人同时从高处跃下，落地瞬间更多丧尸扑上来，被周戎和张英杰两人的冲锋枪打得脑浆飞迸！

“跑！”司南大吼，第二梭子弹穿越百米空间，将消防通道安全门击得粉碎！

四个人在丧尸潮中拔腿狂奔，春草和张英杰两人打头，周戎殿后，靠着火力压制硬生生杀出一条血肉泥泞的路，弹壳像烟火绽放般划出无数光弧。

混乱中所有人都感觉到丧尸躯体撞上了自己的前胸、四肢和肩背，但根本无暇查看有没有被咬，只能疯狂向周围倾泻子弹，成排的丧尸刚一接近就被打得向后横飞！

短短百米眨眼就到了尽头，司南厉声喝道：“让开——”

春草和张英杰配合默契，同时向左右急转，毫不间发的冲锋枪子弹扫出水平扇面。

与此同时司南一托八九式，子弹带就像凌空飞舞的巨蟒，重火力将安全门前的丧尸潮硬生生撕开了裂口！

张英杰吼道：“你们走！我殿后！”

司南一把抓住周戎后领，铁钳般的力道把他活生生拖向张英杰：“别啰唆，跑！”

周戎踉跄退后，被张英杰和春草同时拉住，几乎纵跃扑出大厅，冲进了消防通道。

从他们冲刺到落地不过短短两秒——但就在这两秒内，失去了火力压制的丧尸潮一拥而上，眨眼间吞没了孤零零的殿后者。

周戎猛地回头：“司南！！”

那嘶吼竟有些撕心裂肺，他挣脱春草，不顾一切地往回跑！

春草和张英杰不约而同飞扑出去，从身后把他拦腰抱住。

就在这个时候，突然连发机枪惊天打响，大厅中丧尸同时飞向四面八方，头颅断肢漫天落下，一道劲瘦身影拔地而起——

司南几乎踩在所有丧尸头顶上，他背挂五十公斤装备，但每一次纵跃都闪电般敏捷，霎时冲进了安全门！

“你们愣着干什么？！”司南怒吼，满头满脸都是丧尸的血。

周戎一呆，旋即拔腿冲上楼：“别让它们追上来，快跑！”

大厅里的丧尸茫然片刻，紧接着重新发现目标，摇摇晃晃追进安全门，在黑暗的消防楼道里展开了一场追逐战。

避难所每层之间有六道楼梯衔接，四个人身上军械加起来有小二百公斤，但上楼速度堪称百米赛跑，很快把膝关节僵硬的丧尸甩出去了老远。

周戎边跑边从胸口内袋抽出电子识别卡，每经过安全门就停步刷一下，但没有一道门能刷得开。春草简直火冒三丈：“怎么回事，应急电源停了吗，还是中央电脑出故障了？！”

“电力供应不足！所有门禁都关闭了！”张英杰喝道，转身一阵扫射，将追在身后的丧尸打得摔下楼去。

司南把周戎挤开，举起重机枪就要轰门，枪管却被周戎徒手抓住了：“等等，顶层广场有摆渡车，跟我来！”

他们现在处于中心交通枢纽区，病毒暴发时起码挤着上万人，在所有轻轨全部停运的情况下，从这上万丧尸中杀出血路抵达西B区的可能性趋近于零，必须借助交通工具。

周戎一马当先冲上楼，就在他落脚的那一刻，突然头顶传来巨响——轰！

地动山摇，墙灰落下，又是一声更近的——轰！！

张英杰脚底趔趄，一梭子弹霎时斜着扫上了天花板。

司南和春草都站住脚步，正在此时，只见周戎犹如巨禽当空，抓住上层扶梯一跃而下。

他落地时连个顿都没打，起身把司南一裹，就势往楼下冲：“全体折返！！”

春草：“怎么回事？！”

周戎：“猩猩！！”

野兽疯狂的咆哮几乎贴着他们头顶响了起来。

上层楼梯四分五裂，水泥碎块砸了四名特种兵满头满身。夜视镜绿莹莹的背景里，一头足有三米高的丧尸大猩猩从黑暗中探出头，獠牙滴着鲜血，浑浊双眼一翻，直勾勾盯住了他们。

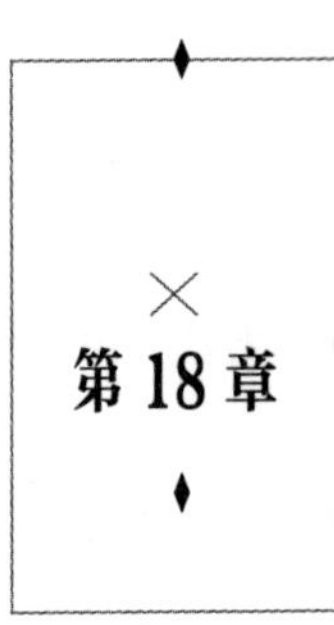

第18章

春草：“这他妈也行，猩猩能长这么大？！”

张英杰：“丧尸追上来了，戎哥怎么办！”

周戎：“不知道！老子出任务从没这么点背过——！”

司南：“别说了……快跑吧。”

丧尸猩猩一声惊天动地的怒吼，挥拳打碎了上层楼梯转角，四个人同时连滚带爬摔进下一层，跟摇摇晃晃挤上来的丧尸潮来了个面对面。

春草和张英杰拼命扫射丧尸，然而前仆后继的活死人军团根本毫无畏惧，在枪林弹雨中一步步蹒跚逼近了他们。

周戎反手射击大猩猩，试图打通向上的道路——但在拥挤混乱的楼道里，普通子弹对丧尸猛兽完全没有作用，反而更激怒了它，它猛地跃起直向众人砸了下来！

水泥台阶无法支撑丧尸猩猩这一砸的重量，当即碎成无数石块，将四个人同时飞震而起。

春草惨叫：“戎哥！想想办法！”

周戎的怒吼响彻楼道：“司南——”

司南重重落地，黑暗中一抬重机枪，对楼道墙壁倾泻出暴雨般的子弹！

极度紧凑的射击距离让金属弹头、弹壳和水泥石块混在一块砰砰乱蹦，要不是特种兵小队在野战服里都穿着防弹衣，此刻就已经被刮得遍体鳞伤了。

饶是如此其他三个人还是被枪林弹雨逼得近不得身，只能拼命护住头脸。

倏而枪声一停，只见混凝土墙壁已经被机枪打成了蜂窝，司南一脚在墙上踹出了大洞，里面赫然是通向楼层内部的通道！

周戎转身对丧尸潮疯狂扫射，喝道："你们先走，快！一个个进！！"

司南、春草、张英杰依次迅速钻进通道，周戎最后一个，半边身体刚进去就感觉后脚一紧，竟然被丧尸抓住了，他咬牙往死里踹了好几脚，才勉强挣脱爬了进来。

"吼——！"

丧尸猩猩的视力在黑暗中明显不行，骤然失去目标后极度焦躁，猛地甩手撕开了几个丧尸的身躯，将摇摇欲坠的墙壁撞出了更恐怖的龟裂。

"墙撑不住！"周戎吼道，"快走！"

避难所主要分为十一层，但楼层之间还有狭窄的隔断层、消防层等，平时只有工作人员例行检查，民众不得进入——他们从楼道打通进来的就是这样一层空间。

四个人在空荡荡的走廊上飞奔，突然身后地动山摇，整面楼道墙都被丧尸猩猩撞塌了！

春草跑得上气不接下气："说好打《生化危机》，咋混进《金刚》副本了，行不行啊这次？！"

"它追过来了！不成得赶紧想个办法！"张英杰单肩背包，跑起来哐当哐当响，简直苦不堪言，"戎哥我觉得你包里应该还有穿甲弹，咱仨掩护你找找？"

周戎断然道："来不及掏！穿甲弹在弹匣最底下，本来准备爆破生物研究所用的！"

"这次点儿咋这么背？！"春草不可思议道。

司南沉默一阵，道："逃命的时候不要那么多话了！"

走廊已至尽头，四名特种兵同时急转，突然周戎从激光夜视镜边缘瞥见了什么："等等，这边！"刹那间周戎喜极而泣，"——垃圾车！"

避难所垃圾集中处，一辆压缩式垃圾运输车静静停在门口，散发出令人无法忽视的异味。

天无绝人之路。

张英杰一拳打碎车窗玻璃，从方向盘下扯出两红两蓝四根线，手指微微发抖，逐一对接。

片刻后引擎轰鸣启动，其他三人飞身攀上车斗。在丧尸猩猩从走廊另端闪现的那一瞬间，卡车轰然蹿了出去！

周戎坐在垃圾车斗上，迅速从战术包里翻出穿甲弹，接过八九式重机枪。司南翻身靠近，周戎就势以他的肩膀为支点架起枪管，眯起眼睛瞄准。

司南磐石般纹丝不动，而周戎的身体随卡车不断颠簸，瞄准镜里只见丧尸猩猩奔跑起伏，离卡车越来越近。

车斗另一侧，春草紧密注视着他们，一声不敢吭，冷汗顺脸颊滑到了尖削的下巴。

“吼！吼！吼——”

丧尸金刚飞跃而起，裹挟腥风凌空砸下！

——如果时间静止的话，那将是一幕非常恐怖的画面。

丧尸猩猩重达数吨的身躯就像山丘，黑影将卡车上三人完全笼罩，利爪缀满血腥腐肉，离司南的眼珠不到一尺。

就在这刹那，瞄准镜红点亮起。

周戎扣下了扳机。

嘭！

丧尸猩猩巨大的头整个炸裂，爆了漫天！

周戎在松开扳机的那一瞬间就起身、翻转，将司南一把按在身下，紧紧抱住，下一秒大猩猩带血的脑浆喷了他整个后背。

卡车不要命地加速逃离，丧尸猩猩无头的身躯半空翻倒，重重摔在身后，眨眼间消失在了远处。

五分钟后，垃圾车上。

“呕……”

司南筋疲力尽地翻身坐下，终于什么也吐不出来了，勉强喝了口水。

周戎郁闷道："有那么难闻吗？"

"呕……"

春草回过头，粗喘着抹了把嘴，肯定道："是的，戎哥。"

周戎报复性地往他们那边挪，两人立刻齐齐后退，春草怒道："别过来！保持距离大家还可以当父女！"

周戎有种被嫌弃了的失落感，从车斗顶上探下身，敲了敲驾驶室车窗："英杰！停车让我进去坐会！"

驾驶室里没有回答，卡车平稳向前行驶，浑然好似什么都没发生过。

周戎无奈地坐起身，额角直抽，野战服背后全是黏腻半干的脑浆，混合着车斗内不知多长时间没处理过的垃圾，那味道简直销魂无比。

"小司同志，"周戎清了清嗓子，准备开始以理服人，"让我们来假设一种情况。"

"如果刚才不是哥舍身护住了你，现在被丧尸脑浆糊个满脸的应该是谁？被队友孤立、嫌弃、受到极大心理打击的应该是谁？在士气如此低落的情况下……"

"戎哥喝水。"小司同志忙不迭道。

周戎不满地接过水瓶，喝了两口，差点被自己满身的腥臭味熏吐了。

"我们从这里穿越隔离层，二十分钟后抵达西 B 区，即是紧急联络处的正上方。这里有一道垃圾处理人员专用的升降机，垂直向下六十米即可到达指定区域，然后进行爆破。"

周戎的手指停在平板电脑地图上，做了个红色标记。

春草举起手。

"小草同志请发言。"

春草远远坐在车斗另一端，扯着嗓子吼道："如果遭遇更多金刚——怎么办——！"

"凉拌。"周戎冷冷道，"真以为我们是来秋游的吗？"

春草忍不住嘀咕："怎么感觉最近出任务老走霉运呢，是不是该去庙里拜拜？"

司南一直抱着周戎的八代单传亲儿子，坐在边上专心校对瞄准镜，这个时候突然插了句嘴："我一直想问，你们说的金刚是什么？"

周戎怀疑地打量他，司南回以冷静澄澈的目光。

"金刚是远古变异大猩猩。小司同志，你看过《骷髅岛》吗？"

司南摇头。

"《生化危机》呢？"

司南又摇头。

"《反恐精英》总打过吧……"

司南说："我不玩游戏。"

周戎仿佛发现了新大陆："作为一个在二十二世纪茁壮成长的青少年你居然不看剧也不打游戏？小司同志，你的学生时代都浪费到哪去了，有什么痛苦和难言之隐想要对组织倾诉吗？"

春草懒洋洋道："你不懂的啦戎哥——司小南这种长相的，学生时代都忙着谈恋爱去了，不是跟清纯学妹看星星看月亮谈诗词歌赋人生理想，就是跟甜美校花看电影骑单车手拉着手上自习课堂，跟你们几个军校屌丝不一样的啦呵呵——"

司南说："我没谈过恋爱。"

空气突然陷入安静，只听见垃圾车有节奏的颠簸声。

半晌周戎缓缓道："虽然不早恋是好事……但小司同志，人偶尔还是应该有点消遣的，否则精神压力太大容易出现问题……话说出去后你真不想找个没人的地方跟戎哥一起咬耳朵吗？适当放松身心很有必要的喔。"

"我有消遣。"司南回答，"睡觉。"

良久后春草捂着鼻子往周戎身边挪了挪，小声道："我觉得他说的睡觉应该就是睡觉。"

周戎："我也觉得。"

垃圾车在空旷的隔离层内转了个弯，向西轰轰疾驰，绕过前方的发电机组和配电房，角落里是封着黄黑两色警戒胶带的工作人员专用升降机。

卡车一停，顶上三个人同时跳下地面，周戎扛着几十公斤装备边跑边说："你们知道吗？我总算想起来小司同志给我的感觉是什么了。白鹰部队，就是去年跟我们打过十九对八战损比的那个……"

春草："啊！对！"

张英杰："A 国人又爱装活儿又糙，不行！戎哥把扳手给我！"

周戎"嗨"了一声："要什么扳手。"旋即徒手抓住门缝，咬牙一使力，肩背肌肉暴起，硬生生将电梯层门扳开了。

电梯井里黑洞洞的，周戎拿战术手电晃了几下，深不见底的黑暗吞噬了光线，隐约只见底部反射出粼粼的波光。

“怎么回事？”周戎喃喃道，“地下水反灌上来了？”

张英杰从迷彩裤口袋里掏出一只小小的感应器，丢进电梯井里，片刻后平板电脑上显示出了探测深度——57.6 米。

他们的目标楼层在水下两米，需要潜水作业。

“戎哥，下不下？”

周戎用力往里一指：“少废话，下！”

春草利索地架好钩索，用八个吸盘将索头固定在电梯井壁上，张英杰戴上皮面隔热手套，抓住绳索一跃而入。

这次顺序换成了张英杰、周戎、司南、春草，四个人自上而下排成一行，分别在东南西北四面井壁上踩踏借力，旋转下滑。

“白鹰部队。”周戎唏嘘道。

周戎长腿在墙面上一蹬，就势下滑两米，张英杰在他脚下笑道：“演习开始前这帮人可牛了，说什么‘全员格斗机器，没有喜怒哀乐和自我情绪，每个士兵都被训练成绝对服从的战斗程序’……”

“特瞧不起我们这帮游手好闲的特种兵，结果还不是打出了个十九比八？”张英杰向下一跃，“丢人呐！”

司南面无表情道：“原来我在你们心中的形象这么差。”

张英杰连忙赔笑否认，周戎感叹道：“不过他们那个变态教头还是很厉害的，演习结束后找人单挑，把 118 的总指导打折了四根肋骨——虽然这种行为本身只是为了挽尊而已……到了，英杰准备下潜，司小南你刚才是不是踹了我一下？”

司南止住下滑，两手紧抓绳索双脚踩住井壁，专心致志盯着自己的手套，像是突然进入了沉思模式。

“你这是典型的恃宠而骄！”周戎怒道。

周戎用战术手电一照身下积水，只见黑幽幽的也不知道有多深，便从裤兜里摸出电子雷管抛给张英杰：“小心，这是我们最后一支存货了！”

张英杰打了个“收到”的手势：“闭气潜水我能坚持五分钟，固定好就上来。”说着手一松，扑通跳进了水中。

通向紧急通信处楼层的电梯门在水面下两到三米，需要找支点固定雷管、设置编码器，这项工作必须由潜水成绩最好的张英杰来做。

水面上方，三个人静静悬空，犹如一根绳子上吊着的三只蚂蚱。

片刻后周蚂蚱忍不住要蹦跶了：“小司同志。”

小司同志翻了翻眼皮。

“为什么你没谈过恋爱？”

“你不懂的，戎哥。”春草悬在最上，望着黑暗深沉道。

“这种事就像收卷后大家聚在一起，那些哀叹自己完全没复习的同学，肯定都是每天偷偷看书到凌晨的学霸。如果你相信他们的话，放榜后排名会好好教你学会做人……

“而学霸呢，他们会看着自己的名字出现在年级前五，羞涩地说‘我真的没有看书！’‘运气太好了！’甚至会说‘我怎么比上次又退步了零点五分呀！’——但他们这样说的目的只是为了羞辱你，因为只有你考了倒数，只有你诚实地面对自己完全没有看书的事实……”

周戎忍不住抬头道：“闺女，虽然你的学生时代听起来很惨，但哥在军校一直是学霸的。”

春草愕然。

“哥当了四年全校第一，毕业还拿了块勋章，哪天我找出来给你看。”

春草久久没有发言，表情如遭雷劈。

哗啦一声水花四溅，张英杰从最底部冒出头，笑道：“好了，戎哥拉我一把！我上去再引爆。”

周戎费劲巴拉地调整好姿势，两腿大张地踩在左右侧墙壁上固定好身体，弯腰去拉半个身体沉在水中的张英杰——然而就在这时水面突然浮起一连串气泡，迅速由小变大，仿佛有什么东西正急速上浮。

周戎眉梢一跳：“快上来！”

张英杰也明显感觉到了不祥，猛地拉住绳索。但就在他要使力起身的刹那间，黑水面上突然伸出几只惨白浮肿的手，纷纷拉住了他！

“英杰！”

"——丧尸！！"

张英杰拔枪砰砰扫射，但子弹入水根本打不中目标，仓皇中他整个人被丧尸拉了下去！

嘭！重响伴随水箭彪射，只见周戎连想都不想，反手从背后抽出冲锋枪，凌空跳进了水中。

第19章

入水那瞬间周戎只有一个感觉——好冷。

地下水冰冷刺骨，他奋力上游两下，活动开筋骨，借着头盔照明灯的光，看见脚下不远处张英杰被两团惨白巨大的影子缠住了，左冲右突都挣不开丧尸的纠缠。

周戎怕击中张英杰，感觉瞄准丧尸后才开了一枪，但水下射击令子弹角度产生偏斜，子弹只击中了丧尸的后背！

根本无济于事！

剧烈动作令氧气消耗加剧，张英杰那口气终于憋不住了，肺里的空气被挤出一连串气泡，他无声无息向下沉去。

周戎心里骂了声，果断下潜，一头被水浸泡成巨人观的丧尸返回来抓他，另一头却冲着张英杰向下追。

周戎反手用枪托将丧尸重重击退，反作用力让他的背一下撞上电梯壁，继而反弹回来。丧尸大张着几乎已经被泡融化的嘴又凑上前，被周戎用枪口抵住上颚，周戎一梭子弹将头爆得粉碎！

丧尸拖着乌黑的血线迅速下沉，周戎感觉氧气已经到顶了，但此时容不得分毫迟疑，他一头扎向张英杰消失的方向。

在诸多溺水的情形中，跳井是最不可能施救的。因为井壁光滑没有受力点，狭窄的空间内人也很难挣扎上浮。像周戎这样加速下潜会导致水压骤升，耗氧量瞬间就达到了极限。

肺部急剧抽搐，周戎咬紧牙关憋住最后的氧气，突然身侧水流剧烈涌动，先前追逐张英杰的丧尸浮了上来！

周戎脑子里只剩下最后一个念头，血性顿起，一拳狠狠击出！

这要是在陆地上，周戎的右拳冲击力最高四百公斤，上擂台起码能干倒个小拳王。然而缺氧和水流遏制了相当大一部分打击力，丧尸胸膛被打得整面塌陷，随即又摇摇晃晃扑向他。

周戎眼前阵阵发黑，挣扎着端起枪，扣下扳机！

胡乱射出的几梭子弹把水底打得一片浑浊，丧尸头颅和身躯爆出无数棉絮状组织，终于彻底漂了开去。

这时周戎甚至已经感觉不到自己四肢的存在了。他收回枪，机械性地往下沉，双手竭力摸索，终于在底部碰到了一只动也不动的脚。

硬底军靴，腿，武装带战术包……是张英杰！

简直就像强心针瞬间打入体内，周戎拼着最后一点力气把人托起来，竭力蹬腿向上浮。

——紧接着他脚一沉！

两只冰冷僵硬的手从电梯井底部伸出，抓住了他的脚腕。

水流向上斜冲，一头被泡得恶心松软的丧尸幽魂般升了起来，隔着迷彩裤对周戎的小腿一阵猛咬！

周戎疯狂蹬腿，水流哗哗作响，但极度缺氧造成的晕眩令他眼前发黑，他甚至无法掏出手枪。挣扎中他一张口，这个微不足道的小动作差点就此结束了他的生命——

因为咽喉松懈，肺部最后的空气瞬间被绞了个干净，大量气泡一下喷了出来。

这就是……结束了吗？

哗——

强光自上方打下，一道人影迅速下潜，霎时与周戎擦肩而过！

周戎真正已到强弩之末，涣散的视线几乎看不清什么了。昏迷前的最后一幕是那人口中咬着一把匕首，直直扑向丧尸，照明灯映出他冰冷俊秀的面容。

——是司南。

周戎闭上眼睛，终于彻底失去了意识。

“还有脉搏……”

“撑住！”

“动了！他动了！”

周戎猛地睁开眼睛，挣扎坐起，呛出一大口水。

这一咳简直天昏地暗日月无光，差点把肺撕成碎片从喉咙里绞出来。半晌周戎终于狼狈不堪地止住咳嗽，不停粗喘，沙哑道：“英杰他……”

春草惊喜道：“戎哥没事！——哎，司小南？！”

周戎一抬头，只见司南跪在自己身侧，在听到“没事”两个字的那一刻无声无息向后软倒。

周戎这一惊不小，慌忙伸手抱住，却只见司南全身湿透、脸色苍白，已经昏了过去。

“体力透支了，”春草脸上写满了疲惫，“咱俩换着手给你们俩做了十多分钟人工呼吸和心肺复苏。”

周戎靠在墙角，让司南的头枕在自己腹部，筋疲力尽地打量周围。他们已经到达西 B 区了，这里应该是某个工作人员办公室，混凝土墙面上溅的都是血，满地文件纸张散乱，合金门紧闭，走廊外隐约传来丧尸们沉闷空洞的吼叫。

张英杰一动不动地躺在他身侧，乍看像死了一样，仔细看胸膛却在有规律地轻微起伏。

周戎开口先呛咳了两声，呛水后喉咙剧痛，勉强问：“这是怎么回事？”

“电梯井空间有限，我跟司小南怕你们俩施展不开，然而等了两三分钟都没动静，只能跳下去找。结果发现你被丧尸缠住了，司小南用匕首绞烂了咬你的那头丧尸的脑子，然后我爆破电子雷管，我们一道被水冲出了电梯井……”

“不过爆破时冲击力太大，你跟英杰都撞到了头，”春草担忧地望着张英杰，“该不会傻了吧。”

周戎想起什么，低头一看自己的小腿。

迷彩裤管已经被咬得破破烂烂，但托全身式防弹衣的福，皮肉并没有受伤。

“英杰他有没有被丧尸……”周戎低声问。

“没有，他被冲出来的时候戴着防毒面罩，肯定是被丧尸拽下水的第一时间就护住了头脸。不过他的衣服被咬烂完了，全身多处擦伤挫伤，一时半刻也来不及检查。”

周戎翻身探了探张英杰的脉搏，发现虽然微弱但还平稳，这才松了口气。

突然他发现张英杰鼻腔下有一丝没完全抹掉的血迹，蓦然意识到什么，抬手一摸自己鼻子，果然也被水压爆出了满手的血，登时头就大了：“怎么回事？！刚才司南——”

司南侧脸枕在周戎身上，昏昏沉沉，人事不省。

“爹，你今儿走了大运。”春草有气无力道，“你没看到抢救你的时候司小南那状态，他已经不行了，神智都不清醒了，体外心脏按压时我都怀疑他能徒手把你肋骨摁断。我叫他休息一下，让我来换手，结果对着耳朵吼他都听不见……”

周戎听得呆了。

“而且，”春草真诚道，“你们俩跟丧尸跳了那么久的贴面迪斯科，那味儿也是够感人的，话说回来司小南可能是被你们俩熏昏的也说不定……”

周戎终于彻彻底底松弛下来，背靠着墙角，长长出了口气。

司南在昏睡中显得有点难受，一直在不安地辗转反侧。周戎抱着他往上挪了挪，一边轻轻拍打他的背，试图用这种方法进行安抚。

良久后司南终于略微安静下来，呼吸渐渐深长，然而眉心还是不自觉地皱着。

他面相还十分年轻，因为混血的关系，眉目较常人更为立体一些，皮肤浸水后有种寒意逼人的白。

但他眉间过早地有了纹路，仿佛总是微微皱着，心事重重的样子。

周戎给他喂了些水，用大拇指腹拭去水迹，在唇角边留下了轻微的红印。

“我疏忽了，在电梯井里没看到轿厢的时候我就该想到的。”周戎低沉道，“避难所病毒暴发断电的那一瞬间，电梯轿厢直接摔到最底部了，里面有个别人没摔死，伤口被含有病毒的地下水浸泡后感染变成丧尸，一直在电梯井底部活动……幸亏大家都没事，否则。”

他声音一顿，没有再说下去。

“否则怎样，你赔命吗？”春草懒洋洋笑起来，“别傻了戎哥，生死有命，这种事大家都懂的。”

周戎失笑，不再提这个话题，司南在他怀里不安地打了个哆嗦，慢慢睁开了眼睛。

周戎俯身凑近，只听他小声呢喃：“你有味道……”

周戎顿了顿，笑着拍拍他的脸：“地下水里都泡过了，你还指望闻起来像香水吗？有味道是正常的好不好。”

司南闭上眼睛，片刻后又睁开，重复几次后终于清醒过来，坐起身问：“几点了？”

春草正靠在对面，用谴责的目光注视她的便宜爹，闻言点了点夜光表盘：“十一点半，距离我们进入基地已经五个半小时了。”

“很好，休整完毕，准备出发！”周戎一脚踹上张英杰的屁股，后者纹丝不动兀自酣睡，甚至发出了轻微的鼾声。

周戎无可奈何，只得让春草把张英杰扛着，自己背春草的装备，摇摇晃晃站起身。

“我们现在在基地通信处入口，紧急卫星通信室在这里。”周戎在地图上做了个红色标记，说，“直线距离二百米左右，需穿越两道走廊加一道合金安全门，小司同志负责爆破。”

“发送卫星通信后，预计两小时内可转移至E区，生物病毒研究所在这里……这是高危区域，不要恋战，一旦确认无法攻坚则立刻撤离。撤离路线按我们之前计算好的，中心区域轻轨站入口集合，如果颜豪那组没有全军覆没的话，回去我们就可以坐新装甲车了。”周戎把平板电脑晃了晃，“——有什么问题？”

没人举手。

春草艰难地拖着张英杰，后者两脚只能拖在地上。司南盘腿坐着揉眼睛，揉得眼角发红，明显还没完全清醒。

“不错，大家都非常斗志昂扬！”周戎一拍掌，意气风发道，“下面请大家跟着我，向着胜利的曙光进发！”

周戎啪一转身，突然司南的声音从身后传来：“戎哥。”

周戎回过头，还没来得及说什么，就被紧紧拥抱住了。

司南的脸几乎埋在周戎颈窝里，不说话也不动作。他维持这个姿势足足过了十多秒，终于抬起头，如释重负地拍了拍周戎绷紧如岩石般、精悍又火热的背。

“太好了，你没死。”

司南退后半步，看着周戎的眼睛，认真道：“我不会让你们任何人死的。”

然后他弯腰捡起战术背包，绕过周戎一动不动的身体，径自走了。

空气凝固了很久很久，周戎的眼睛终于一眨，就像开关通上电一样总算活了过来。

“草儿，”他仿佛整个人飘忽在云端里，“爸爸给你最后一次机会……颜豪和爸爸，你到底站谁？”

然而春草却同情地打量他，慢慢摇了摇头：“我只知道将来他发现自己被我们欺骗了之后，你一定会很惨，一定会比颜豪惨……”

第20章

也许是幸运值跌倒谷底后就会否极泰来，又或者是大难不死必有后福。周戎把战斗神经绷到极致，端着枪从走廊拐角微侧过身，却发现这一层走廊上根本没多少丧尸。

春草随手点射灭掉几个踉跄走来的活死人，皱眉道：“怎么回事，难道都躲起来了？”

前方走廊照明灯全灭，伸手不见五指。周戎拿战术手电一晃，整条通道空空荡荡。

远处尽头一间办公室门口闪烁着微弱的红光——那是卫星保密通信处，他们此行的目标。

“保持警戒，”周戎轻声道，音量近乎耳语，“正前方十二点方向一百米，司南准备爆破。”

三个人排成一列，周戎开路，春草断后，司南换手背着张英杰，贴着墙根谨慎前进。

突然周戎脚步一停。

“怎么了？”司南小声问。

周戎没有回答他，手指轻轻抚过满目狼藉的墙面，手电光从化作齑粉的砖石和内里钢筋深深的内凹上仔细扫过，既而投向前方。

“你看这像什么？”片刻后他问。

一道黄光映照中，墙壁表面翻出数道长长的破坏痕迹，水平向黑暗延伸。

司南表情微微起了变化：“野兽爪痕……”

周戎点头，简短道：“也许这就是附近丧尸很少的原因。小心前进。”

司南一手扶着张英杰垂在自己肩侧的胳膊，一手从战术背包外侧口袋里摸出硝化炸药包。转过拐角，周戎确认楼梯间空无一物之后，招手示意司南上前，指指对面在黑暗中散发出红光的入口。

“周戎。”司南突然说。

周戎锐利的目光扫视前方，头也不回：“干什么？有事叫戎哥没事叫周戎，挑食偷懒还整天想洗热水澡，一批评你就咬耳朵要抱抱，做人不能这么爱撒娇……”

“门是开的。”司南道。

周戎猛地转过身。

卫星通信处门户大开，坍塌的砖石废墟垒起半个人高，合金板静静坍塌在废墟中，扭曲成了难以想象的形状。

周戎的目光缓缓投向室内，黑暗中数不清的机柜架翻倒在地上，残缺的尸体横七竖八，最深处控制台上，隐约喷溅着大片血迹。

“很好，”周戎镇定道，“今天组织省了一个炸药包。”

卫星通信处兼有两项原则，一是保密，二是紧急。

灾难暴发时，有生力量紧急撤入这处由合金大门和重重钢锁保护的建筑，一边通过卫星向其他军区避难所发送求救信号，一边通过监视系统进行内部检视，搜索东A区的幸存者。

然而这座堡垒还是被攻破了，三人踩着砖石跨越废墟，手电光芒所至，满地被野兽撕裂的、高度腐烂的尸体。

“钱少将。”突然，春草极其轻微地叫了一声。

散发出幽幽微光的显示屏前，半边身着军装的尸体歪在控制台上，双眼大睁，鲜血与内脏已然干涸，满是皱纹的手无力地垂落，铮亮的六四式滑落在地面上。

周戎站住脚步，许久后无声地出了口气，缓缓抬手向那死不瞑目的尸体敬了个军礼。

“118部队的头，今年六十多，按理说早能离休了。他说自己还能再干几年，明年118征召新血，没他把关不放心，想最后再亲自坐镇一次……”

司南从满地狼藉中找出一把四腿尚存的椅子，把尚在昏睡的张英杰放在上面，春草抱着冲锋枪幽幽叹了口气：“当年戎哥无处可去的时候，也是他拍板把戎哥要来118的。钱头这人吧不说完全没毛病，但知人识人方面确实有一手……”

“周戎怎么会无处可去？”司南问。

“不清楚，据说得罪了中央上的人吧。”

司南点头不语，春草瞥见他的神色，好奇地问：“你在想什么？”

他们两人端枪警戒，搜索卫星通信处内部残存的丧尸，司南扭头看了眼背对他们坐在通信台前的周戎，微微一笑：“我只是在想……周戎这种见人说人话、见鬼说鬼话的性格，竟然也有得罪人的时候。”

周戎从钱少将尸身上摘下身份识别卡，扫描后进入机密通信程序，深吸了一口气。

通信日志翻滚着从屏幕上一列排下，按密级、来源、部门和日期顺序依次排列。周戎过滤了密级较低的那一部分，剩下的从头开始翻阅，惨淡荧光映在他刚毅俊美的面孔上。

“2190年9月15日14：27GMT+8

118单位第一、第四中队确认全员牺牲，第二中队失去联络。”

“2190年9月16日20：37GMT+8

118单位第三中队确认全员牺牲，第八中队失去联络。”

“2190年9月17日16：26GMT+8

118单位第五、第七中队被召回，无法确认航班DC918及目标人物Z之下落。”

“2190年9月18日18：29GMT+8

目标人物Z缺失，B军区研究所进展停滞。经研究决定，开启病毒源体S级样本。”

周戎的眉心不可察觉地一跳。

他知道目标Z就是118特种部队奉命去接的任务对象，看来不仅第六中队无功而返，其余七支中队也都陆续覆灭或失败了。

——但病毒源体样本？

丧尸病毒到底源自何方，这在目前堪称人类生死之谜，B军区研究所从哪得到的S级源体样本——难道在这座避难所沦陷之前，人类已经确定了丧尸病毒的来源？！

周戎手指不住颤抖，迅速拉下第二页。

“2190 年 9 月 28 日 01：23GMT+8

病毒原液分析及生物实验取得突破性进展，已初步从实验对象黑猩猩体内获得原始抗体，注射实验观察进行中。”

周戎死死盯着“抗体”二字，直到他看见了下一条通信消息，状态显示还未发出，时间和上条是同一天：

——2190 年 9 月 28 日 20：25GMT+8。

“玩火终将自焚，尽管在开启 S 级病毒源体样本的那一刻我们已有预料，却没想到结果来得如此之快。

“生物实验所用的十八只黑猩猩在注射后三小时内同时发生了变异，作为新一代超级病毒的携带体，迅速感染了整座避难基地。东 A 区两万避难民众基本被感染，部队沦陷，电力、水源和基础通信相继断绝。最后的研究力量撤入卫星通信堡垒，经过 DNA 分析，我们没有从异血种幸存者中发现隐藏的任务目标 Z。

“上天并未眷顾人类。

“军区已无存在的必要，请发射核弹清洗避难所。唯一万幸之处是 E 区研究中心被防核罩所覆盖，请在摧毁避难所后，派遣军队深入 E 区，取得数百名顶级生化专家用性命换取的最新研究资料……

“这将是一场旷日持久的战争，人类存亡受到了有史以来最严峻的挑战。

“但我们无所畏惧，今日所流的每一滴热血，都是为了迎接明天更璀璨的希冀。

“——钱国强，9 月 28 日晚，至崖海总军区。”

周戎微微喘息，霍然起身，折叠椅在地上划拉出尖锐的摩擦声。

司南和春草同时回头，只见他面对着显示屏，一字一顿道：“我们现在立刻出发去北 E 区。”

春草愕然道：“不是一级高危区域吗？”

“军区研究所，”虽然周戎竭力平静，但语调还是带着难以掩饰的颤抖，“对丧尸病毒的研究取得了突破性进展，甚至提取出了原始抗体……”

春草的瞳孔猛地缩紧，甚至连司南的呼吸都霎时一顿！

周戎输入通信密码，按下确认键，将钱少将生前最后的消息发送了出去。

然后他沉思片刻，拿起麦克风，清了清嗓子："2190 年 10 月 26 日，零点零八分，这里是 118 部队第六中队长周戎少校。

"我和我仅存的五名队员，以及一位自愿加入敢死队的民间志愿者，经过六个小时艰难跋涉，深入到完全沦陷的B军区，看到了已确认牺牲的钱国强少将的临终讯息。

"接下来我与两名队员及志愿者，将按钱少将临终前的指示前往E区生化实验室，尝试取得珍贵的病毒研究资料及原始抗体。

"我们四个人分别是周戎少校、阳春草中尉、张英杰中尉及志愿者司南。不论我们是成功完成任务或是死在中途，都请按照原定计划向B军区启动核弹清洗。如果活着走出基地，我们将立刻携带抗体赶往崖海总部。

"上天并未眷顾人类……我们将竭尽全力，独自走完这段征途。"

周戎低沉的语音，成为了卫星通信报废前发送出的最后一段通信。

他注视着屏幕，直到消息成功发送的绿灯亮起，才徐徐呼了口气，放下麦克风准备关机器。

——然而就在他手指碰到开关的那一瞬间，突然叮咚一声，屏幕底部亮起了表示收到来信的黄灯。

周戎的第一反应是：难道崖海总部的反馈立刻就回来了？

紧接着他打开解码器，意识到那果然不可能，解码后读出的消息竟然是十分钟前一封来自A国军方的国际密函！

"戎哥？"春草收拾好装备，遥遥唤道。

周戎头也不回："等等，马上就好。"

密函通过解码器后，其文字内容一排排显示在屏幕下角，明显是战时通信简单明了的密电风格，省略了所有外交辞令，甚至连语法都用得非常清晰直接。

周戎外语很好，不需要再过翻译机，自己直接就能看懂——

"贵国军方台启。

"近日我国一名重要人员在贵国北方地区走失，鉴于全球混乱时期的特殊性，请贵国立刻全力协助寻找。

"此人为东方裔混血，二十六岁，异血种男性，以下附有近照。当你们找到此人时，他可能会有精神分裂、迟钝痴傻、伴随有感官功能退化等现象，请务必将其控制并注意保持距离。”

周戎嘴角抽了抽，继续往下看。

“这名抓捕对象具有潜在反社会人格，破坏性极强，犯有多项一级谋杀罪，行事风格冷血且绝大多数时候难以预测动向。不要企图使用任何刺激手段来令他恢复神智，切忌！以免贵国军方人员受到无谓的伤亡。

“若此人已被病毒感染且丧尸化，请将其击毙并彻底焚烧，所有被他直接咬伤的感染者亦需立刻焚烧至病毒完全分解。反之请将其严密控制保护，此人对于全球抗病毒研究将有关键性意义。”

署名是一长串头衔，周戎注意到签字发出通函的那人跟 A 国前任副总统同姓。

他心中隐隐意识到了什么，迅速点开图片，屏幕显示加载中。

地板微微震动，门外走廊尽头传来沉闷的粗喘，仿佛野兽嗅到了猎物的气息。

“戎哥……”春草尾音有些发抖，说，“好像有东西来了。”

国际卫星通信变得非常缓慢，图片加载已至 90%，周戎嘶哑道：“等等，很快就好，很快就……”

“吼！”

声音急速逼近，地动山摇，手电光中映出一头巨大的黑影——

司南蓦然厉吼：“小心！”

图片加载 99%。

一头全身腐烂至黑红的猩猩四肢狂奔，轰然撞上了门口的废墟！

这一撞简直惊天动地，重达数吨的金属砖石混凝土碎块，就跟天女散花似的爆了起来。混乱间三人被气流冲去不同方向，周戎顺着控制台打了个滚落地，飞速抓起冲锋枪，砰然开火！

丧尸猩猩的视力在黑暗中不管用，但嗅觉和枪声令它立刻锁定目标，它掉头就冲了过来！

周戎飞身后退，千分之一秒内还用余光瞥了眼屏幕——他清清楚楚看见，屏幕上的 99% 变成了 100%。

紧接着劲风当头而下，周戎几乎贴着猩猩前掌闪了出去，就地滚进控制台后。

春草和司南同时开火，枪口狂喷火舌，飞舞的子弹带被迅速卷进供弹机。丧尸猩猩在枪林弹雨中暴躁到了极点，重重挥出一掌，将周戎身侧的钢筋机架拍成了齑粉！

无数钢铁碎片瞬间爆裂，周戎被打出数米摔倒在地，只觉头侧一痛。

鲜血就像开了闸的自来水，哗一下从发间流过了他的脸颊。

第21章

占地面积达几百平方米的通信处里枪弹横飞，到处是迸溅的灯管玻璃和碎砖瓦砾，整面整面的显示屏被扫射成齑粉，激光夜视镜里除了迷雾状的深浅绿色，几乎什么都看不清。

春草拼了命爬上主机顶端，一边开火一边跃起，想跳上丧尸猩猩的后颈打它后脑。但她人还在半空，就被猩猩挥臂重重一撞，炮弹般直摔了出去！

“吼——”

周戎满头满脸都是血，爆种者血液的味道极度刺激了丧尸猛兽的狂性。它不顾远处司南激烈喷火的冲锋枪，一脚把设备和铁架踩成碎片，挥掌就向周戎拍了下来。

周戎连滚带爬退后，眼角瞥见八九式重机枪半截被压在废墟里，他就地滚去伸手拽，这一下竟然没拽动！

正当他就要被当头那一掌拍成肉泥的时候，突然身侧传来一股大力，有人斜着扑过来，拉着周戎滚了好几圈，猩猩的前掌紧贴着他耳侧拍碎了地面。

“英杰？！”

张英杰气喘吁吁，似乎十分难受：“快、快跑……”

周戎拉着他起身，根本来不及站稳，猩猩拍进地板里的前臂就跟大卡车似的扫过来，把他们俩同时撞飞了！

司南有生以来头次感受到这么强烈的惊怒："周戎！"

这时候周遭满是枪烟，可视条件极差，几步以外就完全看不清东西了。司南根本无法分辨周戎是不是已经被猩猩撕成了碎片，情急中刚要前压，冲锋枪声一哑。

没子弹了！

微冲 1250RPM 的射速令枪膛烧出了肉眼可见的红，他身上还有子弹匣，但这时根本来不及上。

就在这哑火的一秒钟内，猩猩冲着周戎张英杰飞出去的方向，又追了过去！

司南急剧喘息，那一刻他大脑罕见的空白，几乎什么都没有想。

他反手从战术包下拽出刚才爆破没用的炸药，狠狠掷向猩猩，同时抽出匕首在掌心一划！

黑火药撞在猩猩后背上，爆炸发出一连串巨响，当即把它震得血肉乱掉，它的注意力果然转了回来。

司南胸腔起伏，张开的掌心鲜血纵横，他紧盯着丧尸浑浊的眼睛，一步步向后退去。

尽管没有任何理论证明，但公认的事实是，丧尸对爆种者和异血种具有追逐本能，对异血种的血液味道又更加敏感一些。

周遭出现了极为短暂的安静。春草在几十米外昏头涨脑地爬起来，通信大厅另一侧，周戎用手肘艰难地支撑起身体，血糊得满脸都是。

两秒钟后。

猩猩仰天长啸，毫不犹豫一头冲向司南！

司南掉头就跑，闪电般冲出大厅，身后地面颤抖狂震，丧尸猩猩紧追不舍地跟了上来！

"我操他妈……"周戎带着满身瓦砾，摇摇晃晃站起来，总算从无数重物下拔出八九式重机枪，一边上装甲弹一边沙哑吼道，"草儿！英杰！还活着吗？"

春草开口就是一阵带血的呛咳："怎么跟司南去了？快追……咳咳咳！"

周戎伸手去拉张英杰，但刚一碰到，就只见张英杰触电般震了下，往后一避。

"怎么了？"周戎问。

走廊外丧尸猩猩的吼叫越来越远，时间万分紧迫，微光中只见张英杰面色晦暗灰白，嘴唇干裂，眼圈出现了浓厚的青黑。

他终于放弃了什么似的，短促地笑了一下："你不该救我的，戎哥。我被感染了。"

周戎霎时呼吸一顿。

张英杰撩开裤脚，只见袜子边缘有块皮肉蹭破的地方，被地下水泡出紫黑，已经开始溃烂了。

"你那是什么眼神，戎哥？"张英杰笑道，"别这样，来，给我把枪……最后这点时间别浪费了，让我再陪大家一程。"

"战士不该自杀，也不会变成怪物，让我以一个士兵的身份战死吧。"

司南飓风般冲下楼梯，刚落地便抓住扶手，借力翻身纵跃下一层——他手掌刚从扶梯上松开，下一瞬铁质扶梯就被丧尸猩猩撞飞了出去！

刚才冲出通信处后他没有顺来路往回跑，而是从相反方向冲进了楼道。虽然是仓皇中无法选择路径，但无形中狭窄的楼道空间对丧尸猩猩产生了一定的阻碍。

他跑出楼道后一头扎进走廊，足足过了五六秒猩猩才咆哮着撞裂楼层，追了下来。

急速奔跑中司南根本看不清周围的东西，甚至连反手掏枪的间隙都没有。他都不知道自己的极限速度能有这么快，途中遭遇了几拨丧尸，他竟然光凭速度就冲了过去。

异血种的血液强烈刺激着猩猩的捕食欲，高逾四米、重达数吨的巨型怪兽就像碾路机，轰隆隆跟着碾压下来，将随后的几拨丧尸全部压成了淋漓的血泥！

几道曲折走廊转眼就到了尽头，迎面一个岔路口，左右都笼罩在浓郁的黑暗里。

司南脚步一缓，连续六个多小时激烈运动又没有进食，内脏抽搐带来难以忍受的剧痛。

就那零点零一秒的停顿，丧尸猩猩从身后扑来，当即把司南拍得摔上了墙！

嘭的一声闷响，司南直直喷出一大口血。

他感觉自己简直是被坦克撞了，强烈的痛苦淹没了所有感官。眩晕中他从墙壁滚落地面，恍惚看见丧尸猩猩对自己奔来，身下的地面在剧烈震荡。

不，他想，我还有很重要……很关键的事要做，不能就这样结束。

其实他自己都不知道这潜意识从何而来，也说不清所谓关键的任务是什么。司南双手颤抖，从腰后抽出六四式手枪，对空一个点射。

金属通风管应声而落，把丧尸猩猩砸得趔趄！

司南踉跄爬起来，拖着几十公斤军械往前奔，边跑边迅速给冲锋枪换上弹鼓。丧尸金刚完全被激怒了，三两下把比人还粗的通风管扯成了碎片，简直就像超音速战斗机一样掠到身后，张开血盆大口就对他的背影咬下来。

腥臭口气已至头顶，司南脚步陡然一拐，两步踩上墙面，借力凌空翻身。

他的身体在半空中三百六十度翻转，几乎紧贴着猩猩低下来的头顶，一下骑在了它后颈上！

丧尸猩猩疯狂扭动，不断撞击周围，墙壁灯管纷纷坠落。致命的颠簸让司南头破血流、全身撞伤，但他双腿紧紧绞住丧尸后颈，咬牙用冲锋枪抵住了这怪物的后脑。

旋即他按死扳机，狂风暴雨般的子弹霎时直接射进了它头颅里！

嘭——

持续十多秒毫无间隙的极高膛压，令冲锋枪管到达强弩之末，终于毫无疑问地爆膛了！

爆炸那一刻司南的意识极为恍惚，被掀飞出去时甚至都没感觉任何疼痛。半空中他的身体带出一瓢血线，飞出数十米后，直直掉进了岔路尽头的深坑——

“生化重地，擅入立毙。”

黑暗中绿色的指示灯幽幽闪烁，亮如鬼火。

砰一声惨烈撞响，司南落到坑底，霎时喷出一口血箭。

他的耳朵被血蒙住了，鼻腔中不断涌出热流，身体微微痉挛战栗。他竭力睁眼想保持神志清醒，但视线越来越涣散。

黑暗如铺天盖地的羽毛，轻柔地掩盖了所有意识。

“Noah……”

“Noah！”

女子快步穿过花园，蹲下身，抱住了背对着她的小男孩：“你在做什么，为什么不进去？”

阴霾的清晨，微风夹带着泥土咸腥的气息。花园铁架下墨绿森然，然而黄玫瑰已经凋谢，满是硬刺的枝头只剩寥寥数片枯瓣。

“爸爸不喜欢我。”

小男孩注视着脚下，刚被翻过的泥土尚自新鲜，他又低声重复了一遍：“爸爸不喜欢我。”

女子按着小男孩的肩膀令他转身，美丽忧郁的眼睛注视着儿子。

她穿着深粉色丝绸的连衣裙，五官秀丽深邃，亚麻色秀发微微卷曲，浅色瞳孔犹如纯净的琥珀。那种战胜岁月的美貌令人怦然心动，但当她注视着什么的时候，眼底却总有种带着淡淡的忧愁：“为什么呢，Noah？”

小男孩抿着嘴角，半晌才小声说：“他抓我。”

女子拉起儿子的手，轻轻捋起衣袖，只见手腕上几道抓痕触目惊心，血肉泛出微微的青黑。

“爸爸累了。”很久后女子道，“他方才睡下了……跟妈妈回去吧。”

小男孩不再抗拒，被母亲牵着手，向花园深处走去。

“妈咪。”

“嗯？”

“为什么爸爸睡在木头盒子里？”

不远处教堂顶端，彩绘玻璃镶嵌在墙壁上，十字架刺向阴沉的天穹。这次母亲沉默了很久很久才停下脚步，俯身亲了亲儿子柔嫩的眉心：“有一天爸爸会离开木头盒子，永远回到我们中间……”

她的声音里带着一点点悲伤，但仍然十分轻柔，说：“那一天不会太远。”

“咳……”

“咳咳咳！”

“咳咳！”司南猛地呛出一团浓血，双手发着抖撑起身。

有好几秒时间他不知道自己在哪里，想不起发生了什么，甚至连神智都出现了短暂的混乱。

但紧接着过去几个小时的记忆飞快闪回，剧痛也密密麻麻爬回神经，受伤的内脏令气管痉挛，让他哇地呕出了胃里最后一点水。

丧尸猩猩有没有死？

那个叫周戎的……吊儿郎当跟兵痞似的又意外很靠谱的家伙得救了吗？

司南好不容易止住干呕，想着周戎，狼狈不堪地俯在地上喘息，慢慢坐起身。

就在这时，他突然听见前方传来一声——咚。

这声音在静寂的空间里格外清晰，司南一抬头。

这是一座位于地底的圆形玻璃实验室，头顶不封，边缘有升降机通向上层空间。环形合金墙壁泛出白光，映亮了中间约有足球场大的试验场地。

又是一声隐隐更响的——咚！

司南望着试验场正中的景象，瞳孔不自觉缩紧，终于明白了刚才昏迷中的自己是被什么惊醒的。

那是一具棺材。

黑漆松木，略带泥土，仿佛刚从二十世纪的西方庄园中起出来，在这座现代化生物医学设备环绕的试验场中，简直说不出的突兀。

更突兀的是，一柄巨大的白银十字架斜斜刺入棺盖，十字架边缘有花叶雕饰，已经磨损氧化得非常厉害，几乎将整座棺椁拦腰切成了两个部分。

咚！

棺盖向上一顶。

咚！！

泥土簌簌而落。

司南站起身，趔趄着退后，胸腔因为恐怖的预感而急剧起伏。

咚！！！

巨力让棺盖咔嚓开裂，白银十字架翻倒在地面，发出沉重的撞击声！

司南反身冲向升降机，用力按键，控制面板毫无反应！

砰——！

沉重的棺盖裂成两段，伴随着又似魔鬼又似野兽的惨叫，棺椁中的黑影翻身坐了起来！

司南紧紧注视着它，一个极度恐怖的猜测从心底升起，寒意笼罩了四肢百骸。

第22章

战术手电光打在破裂的墙壁上，周戎观察片刻，向右示意：“这边。”

三人贴着墙角快速前进，张英杰步伐有些踉跄，春草回头去扶，却被他避开了。

“我自己行。”张英杰气喘吁吁，自嘲地笑道，“待会我就……就不认得你了，别把队友害了，离我远点。”

春草巴掌大的脸上满是泪痕，一声不吭。

最前方周戎眼眶通红，却没有回头，声音也非常平稳：“英杰撑着点。我们赶在两小时之内出去，你还来得及……至少回到地面上。”

他们穿过通道，顺着被丧尸猩猩破坏殆尽的楼梯向下，张英杰笑道：“来得及吗？其实我无所谓的，人死灯灭，在哪儿不一样？就是我特别想知道老婆孩子还活着没，只要还能再见她们一眼……”

他们通过连接着一间间实验室的长廊，突然春草停下脚步，往头顶安全指示灯上打了束光，不可思议道：“你们看，E 区。”

三人同时抬头。

“北 E 区”绿底白字，歪歪斜斜地吊在黑暗里。

司南被丧尸金刚追逐，误打误撞跑进 E 区了？

周戎苦中作乐：“很好，起码节省了行动时间，这边。”

张英杰稍微停步喘了两下，周戎不顾他的躲避，伸手把他一扶，低声道："E区有最新抗体研究资料，或许还有残存的原始抗体成品。从基地覆灭的时间来看，抗体未必已经过期，如果还有效的话……"

张英杰立马说："我不打那个。戎哥，别开玩笑了。用全世界的希望换我一人存活，我将来死后会下十八层地狱的。"

"如果有两份……"周戎嘶哑道，"如果有，我一定给你打。"

张英杰还想说什么，周戎一拉他："走。"

手电光照出前方的岔路口，高达六米的天花板上，通风管断裂垂落，像扭成麻花的巨蟒一般悬在半空中。周戎看了眼手里的平板电脑地图。

——向左是试验场，但没明说是什么试验场；向右是机密生化资料室，重要等级为红色S级。

周戎一时无法决定走哪个方向，突然春草耳朵动了动："有声音。"

黑暗中，张英杰粗重的喘息勉强一顿。

楼上渐渐传来动静，听声音似乎有一群人轰隆隆由远而近，间或传来特种兵们非常熟悉的消音器枪响。

三个人一抬头，几秒钟内这动静已经滚到了他们头顶，天花板上震荡出无数细小尘土。

周戎突然意识到什么，面色骤变："妈的！别！"

但他的怒吼无济于事。

头顶枪声大作，那阵势简直跟导弹贴地爆炸差不多。钢筋混凝土天花板轰然塌陷，周戎、春草和张英杰连滚带爬四散开，另三名特种兵裹挟碎砖，从天而降！

颜豪落地打滚起身，声嘶力竭怒吼："别让它们下来！开火！开火！！队长？！"

周戎恨不得当场给他一脚，但这时候已经来不及了。源源不断的丧尸跟着他们，从被轰出大洞的天花板上摔下这层，开始向四周迅速扩散！

周戎边扫射边大吼："你们到这来干吗？！"

郭伟祥："支援你们！"

周戎："滚蛋！"

丁实："被丧尸追的！"

颜豪扛着重型突击步枪，甩手扔出一只半人高的弹药袋，交火间隙回头大吼：“无路可走！只能打穿地板！别说了，都是意外！”

周戎双手把弹药袋抱在怀里，混乱中抓出手雷，往下饺子似的天花板顶上一扔，怒吼：“全体卧倒——！”

伴随轰隆隆滚雷般的巨响，头顶半条走廊都炸塌了。

好不容易会合的六个人还没来得及叙旧，就被爆炸产生的冲击波推向了不同方向，紧接着钢筋砖头暴雨般砸落，将岔道口堵了个结结实实。

足足几十秒后，震动停止，漫天尘土在黑暗中扩散。

“咳咳咳……”周戎用力推开压住自己的碎砖，狼狈起身。

“还活着吗？”

好半天才听前方不远处发出呻吟，是打不死的春草闺女：“活着……”

周戎加大音量：“英杰！颜豪！祥子！丁实！还活着吗？！”

“呃……”右前方是郭伟祥，“我胳膊脱臼了……”

丁实：“嘶嘶嘶……”

周戎：“脱臼的自己解决！”说着随手点射掉周围几个半死不活的丧尸，打起手电。

他们被爆炸冲向了岔路右侧，即机密资料室——如果颜豪和张英杰没被压死，应该就是往相反的试验场方向去了。

周戎试着叫了几声，没有回应。

在他身前，通道被坍塌的混凝土块堵得水泄不通，废墟中压着也不知道多少丧尸血肉。在他身后，合金长廊一望无际，他们已经进入了E区中心地带，接下来就是被封锁的核心重地——机密生化资料室了。

周戎的手电垂落在身侧。

合金长廊虽然满地狼藉，墙壁、天花板却没有破损，看不出任何被暴力破坏过的痕迹——也就是说，当司南被丧尸猩猩追逐来到岔路口时，他选的是此刻被废墟阻隔的另一条路。

他去了试验场。

周戎抬起一大块断垣扔到边上，又扛起钢筋，挪到旁边。

他就像受困的野兽试图从牢笼中撞出一条路来，喘息沙哑，眼眶通红，良久后摇摇晃晃直起身，死死盯着眼前看不到顶的废墟，然后突然清醒了。

啪！

他甩手狠狠给了自己一耳光。

春草正走到他身后，脚步倏而顿住："戎、戎哥……"

周戎背对着她，半晌慢慢转过身，面容已经恢复了平静，只有尾音还带着剧痛后难以掩饰的嘶哑："全员准备，去机密资料室。

"爆破关闸后，搜集一切病毒研究资料及原始抗体，出发。"

与此同时，岔路口另一侧，颜豪捂着流血不止的肩膀咬牙起身："英杰？"

张英杰已经从满地碎砖断瓦中爬起来了，正靠在墙根下不断咳血。颜豪以为他被压伤了内脏，踉跄过去蹲下，还没来得及开口，就被张英杰猝然一推。

"你……"

哇的一声，张英杰呕出了满口黑血！

颜豪惊呆了。

张英杰勉强抬起头，胸膛中传出破风箱似的粗喘。他脸色已经很灰败了，眼珠布满红丝，眼圈青黑发紫，嘴唇满是干涸造成的皲裂。

"我……我待会要是不认得你了……"张英杰指指自己太阳穴，惨笑道，"从这里给我一刀，干净点……"

颜豪表情空白，嘴唇颤抖着摇头。

"刚才没来得及唠两句，但总算又见了大家一面，还好你们都……"

张英杰话音未落，颜豪扑通跪下，把他紧紧拥抱住了。

颜豪发不出声来，肩膀乃至手臂剧烈颤抖，热泪夺眶而出。

其实这时候张英杰意识已经有点恍惚了，他想推开颜豪，但在这几十米深黑暗的地底，在硝烟未散的人间地狱中，战友滚烫的拥抱和热泪又让他难以抬起双手。

半晌他终于发着抖，拍了拍颜豪的背。

"别这样，至少大家都还好好的……至少大家还在，118 编制还在，是不是？"

"你们要完成任务，"张英杰哽咽了一下，说，"你们一定要带资料和抗体走出去，知道吗？你们一定能抵达崖海，等总部研制出疫苗后，整个国家、整个地球……"

颜豪失声痛哭。

“你听我说，颜豪！”张英杰推开他寸许，盯着他的眼睛一字一顿道，“你不能这样，知道当初为什么上面把戎哥空降来当队长吗？因为你心细，你不舍得，你总顾及着所有人……要是戎哥现在会怎样？他绝不会浪费时间在哭上！”

“起来，往前走！”张英杰扶着墙艰难地站起身，目光望向前方，咬牙道，“我这个士兵的任务还没完成，怎么能死在这个地方！”

第23章

砰！

子弹打在丧尸包满绷带的头上，溅出一蓬尘土。

砰！

丧尸步伐趔趄，随即继续向前走。

十米，五米，三米。

“砰砰砰”三声，司南把打空的六四式手枪扔了，呼出一口滚烫的血气，挥拳击向对方太阳穴！

人在危急关头往往会爆发出惊人的力量，司南这记重拳足以媲美职业拳击手，毫无保留打在了丧尸额角。

这要是个人头，此刻已经裂了。但这个从棺材里撞出来的丧尸，只是微微偏了下头，抓起司南砰地挥了出去！

稀里哗啦连串撞响，司南的身体飞了十多米才砸到墙，落下来又撞翻了一片设备器材，最后重重坐在了满地玻璃金属碎块里。

司南无声地爆了句粗，眼球因充血而难以看清，朦胧中只见丧尸向他一步步走来。

这丧尸全身包裹厚厚的灰黄绷带，活像个木乃伊，面部五官完全遮挡，只有一张嘴里露出染血的利齿。它动作虽然不是很灵活，但也不像外面的普版丧尸一样关节僵硬、肌肉干涸，相反拥有难以想象的巨力，甚至连子弹直接打头都无法造成任何伤害。

司南缓慢摇头，这到底是什么玩意？！

圆形地下试验场里除了断电的升降机外，再没有其他可供攀爬的东西，难道今天要死在这里？

丧尸越来越近，司南挣扎起身，匆忙间只见身下有一排手指粗的玻璃短管，基本都被自己压碎了，殷红浆液爆了半身，看起来跟血似的。

他无暇思考这是什么，躲开丧尸当头捣来的铁爪，闪电般向边上猛扑。

“嗷——”

丧尸的动作竟然比他想象的还快，一把抓住他的腿就往后拖。司南狼狈不堪，所幸蹬腿时力量比挥拳大，竟然在被咬前一刻挣脱开了，他立马爬起来往前冲。

他也没法跑出试验场，只得绕着环形的合金墙壁跑，丧尸就在身后紧追不舍。有好几次司南都感觉到自己衣服后背被勾住了，但危急关头他又硬挣了开去，借着大型仪器勉强躲避丧尸的追杀。

丧尸毕竟不是活人，在错综复杂的设备中不甚灵活，砰砰咣咣不知道撞碎了多少机器。昏暗中一个追一个逃，绕着足球场大的试验场跑了七八圈，司南真正已到强弩之末，到最后几乎边跑边咳血。突然脚下一绊，他被不知哪里伸出来的电缆绊倒，整个人摔了出去。

丧尸一脚踩碎铁椅，腐朽的气息贴在了身后。

司南反抽匕首，像空气中一条无声的游鱼，整个身体没骨头似的翻了过来，双手将刀刃抵在丧尸咽喉。

丧尸低头嘶吼，利齿简直贴在了司南头顶，然而刀刃却愣是切不进它脖颈！

司南平生从没这么贴近死亡过，每一秒僵持都漫长如年。他的手臂肌肉暴起青筋，因为用力过度，连指甲缝都洇出了鲜血。

丧尸的嘴一厘米一厘米靠近，几乎挨在了司南眼睫前！

就在这时，头顶传来一声：“司南！”

颜豪！

颜豪单膝跪地，扛着突击步枪：“快离开那！”

司南身体仰天卧倒，借着刀刃抵住丧尸脖子的力量，贴地向后一滑，直冲了好几米。

丧尸起身欲追，与此同时颜豪扣下扳机——

9毫米铅芯穿甲弹射出，准而又准地击中丧尸，霎时把它打飞了出去！

这一配合堪称绝妙，颜豪一击得手，立刻把突击步枪交给张英杰，掏出绳索抛下坑底：“司南！上来！”

司南喘息两口，艰难地爬起来。

他全身上下都是血，甚至连耳朵都被血块塞住了，只要靠近身侧十米，他的真实人种身份必将暴露无遗。

——但眼下要是还顾忌这些就是矫情了。司南踉踉跄跄穿过试验场，向颜豪那边走去，正要伸手去抓绳索的时候，突然斜里扑过来一道野兽般的身影。

嘭！

司南被当头撞翻！

丧尸被穿甲弹打得全身迸裂，暴躁无比，两下抓住绳索，以迅雷不及掩耳之势把颜豪从坑顶拽了下来！

这变故令人措手不及，张英杰根本没时间瞄准射击，颜豪就以倒栽葱式滚下了十多米深的巨坑，一头摔进了巨型离心机里。

这还不算完。

绳索另一端是绑在他腰上的，丧尸抓着尾端发狠一拽，颜豪连声都来不及吭，就被巨力拉扯得飞了过去！

张英杰怒吼：“颜豪！”

他的手指碰到扳机，又触电般松开——丧尸抓住了颜豪，这时候射击，穿甲弹未必能把丧尸打死，但绝对能把颜豪当场轰成血泥！

司南猝然回头：“不……”

他瞳孔缩紧又急速扩散，眼底倒映出一团血光。

丧尸对着颜豪的颈动脉，一口咬了进去！

颜豪的痛叫顿时响起，血流如注，迅速将丧尸半边脸上的绷带染得通红。

司南踩着满地锋利的金属碎片扑上去，一手去推丧尸沉重如钢铸的身躯，一手去抓颜豪。慌乱中颜豪把司南狠命推开，颤抖着掏出手雷，往丧尸怀里一塞——

四秒静寂，旋即地动山摇！

颜豪护着头脸被远远掀飞，丧尸摔到墙上，滚落在地。

“我操你祖宗——！”

张英杰红了眼，一梭穿甲弹打在丧尸身上，火光中丧尸猛地弹起。不待它落地，张英杰又填上新弹，将丧尸胸膛爆开！

司南颤声道：“颜豪！”

颜豪视线涣散，在血泊中全身抽搐，断了不知道多少根骨头，胸腔呈现出可怕的塌陷。

冲破囚笼的爆种者血液气息在短短几秒钟内冲顶，浓烈得几乎化不开，司南因为错愕而趔趄了下——但紧接着，随着生命急速流失，那气息又迅速而不祥地衰败了下去。

司南跪在他身侧，发着抖脱下外套，用力堵住颜豪颈侧出血口。

颜豪喃喃了句什么，但其实没发出声音。

他的耳朵、鼻腔、喉咙都被血堵住了，意识飘飘忽忽，犹如浸在温暖的深海。有人在用力按压他脖颈，他知道那是司南。

对不起，他想。

我们骗了你，但……

“别说话，”司南剧喘道，“没关系，别动……别说话。”

四发穿甲弹打完，张英杰跪在地上破开新弹夹。但这时他身体情况真的不行了，压装的时候手一颤，子弹竟然掉在了地上。

他急忙去捡，就在这几秒钟缺少火力压制的空隙中，丧尸竟然发出一声尖啸般的吼叫，摇摇晃晃又站了起来！

这丧尸半边胸腔都被打没了，左臂只剩几丝肌肉纤维吊在肩膀上，但竟然还没死，简直跟坦克似的拔足就向司南的背后撞了过去！

喀哒一声弹夹压上，张英杰举枪瞄准，但怎么也瞄不准了。

他的视线已经很模糊，这个距离看目标会分裂成重影，枪口稍微偏离就有可能击中颜豪和司南。

仿佛这将死之躯中最后的热血都冲上头顶，张英杰喘着气站了起来。

反正我要死了，我怕什么？

我他妈还有什么好怕的？！

他憋住呼吸，犹如愤怒的狮子，抱着重机枪从坑顶跳了下来！

丧尸穿过试验场，被神兵天降的张英杰当头扑倒在地，发出连串怪叫。紧接着张英杰跨坐在它身上，濒死的怒吼震耳欲聋，把突击步枪硬顶在了它嘴里！

砰！丧尸绷带散架。

砰！！丧尸七窍爆血。

砰！！！

丧尸尖锐狂呼，一挥臂把张英杰扔了出去！

张英杰撞在满地狼藉中，一动不动了。

丧尸就像一堆胡乱搭架、摇摇欲坠的骨头，头颅几乎全碎，半块乱糟糟的大脑暴露在外面，眼耳口鼻糊成了团。它站在那里，茫然望向四周，似乎找不到目标。

“你给我……”司南站起身，眼前阵阵发黑，苍白的面孔沾满了血，刹那间他像一头诡异又凶狠的怪兽。

“你给我去死——！”

司南掷出军匕，刀刃在半空呼呼打旋，深深插进了丧尸大脑！

噗一声脑浆四溅，丧尸终于抽搐两下，栽倒在了地上。

试验场静悄悄的，司南跪倒在地，继而仰天摔倒。

有刹那间他觉得自己也死了。

他的眼皮从没这么沉过，仿佛只要一闭就能立刻坠入平静的深眠。只要一闭眼，他就能立刻摆脱透彻心扉的痛苦，生离死别的沉重，以及满目疮痍的世界。

那沾满鲜血的眼睫缓缓合拢。

五秒钟后，他猝然呛咳，再次睁开了眼睛。

司南忍着剧痛翻过身，满是鲜血的双手哗啦一下按在金属玻璃碎片中，感觉到某种黏腻的液体流过指缝。开始他以为是血，紧接着发现不是。

那是之前被他砸碎大半的试管中的殷红溶液。

那一瞬间空气凝固，司南怔怔盯着余下几支三段式金属试管，混沌中突然闪过零碎的画面。

机舱剧烈颠簸，惨叫声此起彼伏，座椅泼满鲜血。

驾驶舱门砰然关紧，蜂拥而来的活死人消失在门外，冷冻箱里摔出一支血红注射器……

司南打了个寒战，大脑突然一片空白，旋即撕裂般剧痛！

“啊……”

他抱着头蜷缩身体，记忆似乎从深海中冒出点端倪，但转眼又消失得干干净净！

“血清，”他喃喃道，“血清，血清，血清……”

冥冥中就像着魔一般，司南鬼使神差地捡起试管，从乱七八糟的仪器台上摸索出注射针头，几乎连滚带爬来到张英杰身边，甚至都没试他在不在呼吸，抖着手把整支试管里的溶液全部打进了他的颈静脉。

然后他如法炮制，跌跌撞撞跪在剧烈倒气的颜豪身边，将另一整支溶液打进了他的手臂血管！

明明是很漫长的几分钟，对司南来说却一下就过去了。

他跪坐在那里，额角砸裂，半边冰凉的侧脸上凝固着鲜血。他手臂、双腿、腰腹间满是大片大片红色，干了的是褐红，湿润的是鲜红，半干不干黏在身上，仿佛因为染色技术拙劣而深浅不一的赤色画布。

他用外套紧紧堵住颜豪侧颈出血口，此生从未用过这么大的力气——仿佛在与虚空中无形的命运赛跑，仿佛在拼命地、紧紧地，用双手握住死神狰狞的镰刀。

“啊……啊啊……啊……！”

司南猝然回头，望向张英杰。

药液在张英杰体内急剧发生反应，但却是最坏的反应——他全身血管凸起、发青，仿佛被人掐住了咽喉，眼珠直勾勾瞪着上空。

紧接着在司南绝望的注视下，他身体向上竭力弓起，喉咙爆出最后的血沫，骤然摔下来不动了。

——他死了。

他凝视着无穷无尽的黑暗，目光空洞无神，脸却微微转向司南和颜豪，仿佛想最后再看战友一眼。

直到生命消逝的最后一刻，他都保持着人类的清醒和痛苦，没有任何丧尸化迹象。

司南发不出声，紧攥着刚给颜豪注射完的空针筒，脖颈一寸寸艰难扭转——

在他身后，颜豪濒死的挣扎陡然加剧，一时之间异常清晰。

第24章

“不要死……”司南喉咙里噎着血，茫然道，“不要死，求你，不要死……”

颜豪身体上弓，面部扭曲，裸露在外的手臂、脖颈处血管暴起，就像青色的蚯蚓爬满全身，那样子看上去非常瘆人。

司南把他的上半身抱起来放在自己腿上，紧抓着浸透鲜血的外套，用这种抬高出血位的方法，绝望地试图让奇迹发生。

“啊啊……啊！”

颜豪爆发出最后的痉挛，胸膛抽搐起伏，刹那间司南的嘶吼堪称尖锐：“颜豪！撑住！你看看我，颜豪！！”

“啊——”

有那么几秒钟，司南像被人迎面狠狠打了一掌，耳边嗡嗡作响，什么都听不见。

他眼睁睁看着颜豪的呻吟像被掐住般戛然而止，身体骤沉，突出体表的血管平复，所有濒死的抽搐和挣扎都同时消失不见。

安静了。

世界化作虚无，带走所有光芒和希冀，从黑暗深处飘渺远去。

司南犹如坠进了冰冷的海底，颓然向后一靠。

咣当！

离心机早被撞得支离破碎，被他的后背一压，登时稀里哗啦塌了满地。

颜豪整个人一抽，爆发出惊天动地的痉挛："咳咳咳——！"

司南简直像被一针肾上腺素直接捅进了心脏，差点弹跳起来，一把抓住颜豪肩膀："颜豪！颜豪！醒醒，坚持住！坚持住！！"

外套掉在地上，颜豪侧颈创口迅速凝结、干涸，形成黑红色的血痂。他胸腔倒气起伏，挣扎中眼皮竟然微微睁开了，艰难地动了动嘴唇。

司南三下五除二脱了上身所有能脱的衣物，自己只留一件单薄的黑色背心，其余一股脑裹在颜豪身上给他保暖。他把手指按在颜豪微弱的颈动脉上，感觉奇迹正缓慢发生，原本几乎消失的脉搏重新恢复了跳动！

颜豪发出一点声音。

司南的耳朵贴在他唇边，用尽全部注意力才能听清他说了一个字："杰……"

张英杰死了。

司南心口一沉，滚烫的情绪瞬间被泼了盆冷水。

"没事……"司南嘶哑道，别开了目光，"你们都没事……放心。"

颜豪几不可见地笑了下，尽管他干裂的嘴角连翘起都做不到，随即他昏了过去。

司南疲惫至极，但颜豪还处在极度危险的情况中，他不敢放任自己晕过去，只能紧咬舌尖来保持清醒。

地下试验场温度极低，刚才激烈搏斗时感觉不到，现在人一坐下来，又大量失血，很快寒意就从四肢百骸里蹿了起来。司南摩挲手臂，牙齿不断打战，哆哆嗦嗦打量周围，琢磨着有什么办法能上去，但绕着整座圆形空间逡巡了几圈都毫无办法。

难道真的只能等队友来救？

但周戎人呢？

"周戎……"司南试探着叫了一声，"周戎！"

他向坑顶张望，声音大起来："周戎！

"周队长！

"春草！丁实！郭伟祥！"

司南几乎愤怒绝望了："戎哥！！"

"吼——"

坑顶远处传来咆哮，枪声骤然大作！

司南没想到叫"哥"真的有用，霎时就呆了，只听重机枪声如狂风暴雨，紧接着轰然一声重物倒地！

周戎大吼："司南！"

周戎夺路狂奔，从坑顶边缘探出上半身，看见坑底情况的那一刻几乎都瘫了："呼、呼，走廊出来一头猩猩，我们本来想绕过去，你一叫就……"

"英杰走了。"司南嘶哑道。

周戎一僵，春草、丁实、郭伟祥三人纷纷冒出头，都怔在了那里。

很难形容那是什么心理，刚才还能冷静思考脱身路径的司南在看到周戎从坑顶探出头、听到他狼狈又沙哑的声音时，突然就克制不住了，热泪一下夺眶而出。

他断断续续叙述经过，尽量简单扼要，短短几句话间却哽咽了数次。周戎目光落在不远处张英杰的尸身上，闭上眼睛，良久后低沉道："我们在机要室下载了所有病毒研究资料，你发现的红色试管应该是原始抗体，作用不稳定，效果因人而异……"

"现在，司南。"周戎睁开眼睛，清晰地发出了他的指令，"搜索剩余抗体，捆在颜豪身上，尽量小心地送上来。"

司南已经虚脱了，使力好几次才站起来。

设备台上专门放抗体的冷封层已经被他彻底砸碎，剩余四支抗体用了两支，所幸剩下两支三段式金属试管触手冰凉，应该是设备本身自带制冷。

他用自己沾满鲜血的衬衣把这两支珍贵无比的抗体包好，想了想又换成了张英杰的外套，然后固定在颜豪身上，把他尽量平抬起来，放在周戎他们用衣服临时做成的简易担架上。

"我们必须赶快离开这里，颜豪他们从军械库开出一辆装甲车，现在停在顶层北出口……"

丁实和郭伟祥合力把担架拉上地面，周戎感觉到颜豪鲜血中不可忽略的味道，话音略微一顿。

——但他的神情还是很平稳。

他从战术包里摸出军用强心剂，一针打进颜豪体内，转向坑底对司南道："从这里上去起码要两小时，大家的状态都到极限了，动作必须尽快。”

周戎亲手拿了绳索，抛进坑底，示意司南上来。

但司南双手撑在膝盖上，良久没说话，突然转身向另一个方向走去。

——他想带上张英杰的遗体。

周戎想说什么，又咽了回去。

小队里没人说话，静默将空气变成酸涩的凝胶，堵住了所有人的喉头。

突然司南脚步停住，前方阴影中，张英杰似乎动了一下。

刹那间司南还以为自己眼花看错了，但接着砖石摩擦的喀啦声响起，张英杰以一个很古怪的姿势向后一蹿。

是那头丧尸！

它竟然还没死透，想拉走张英杰的尸体！

周戎：“别过去！”

司南：“站住！！”

周戎被司南用疯狂都不足以形容的嘶吼震了下，紧接着就看见司南勃然暴怒，利箭般扑向丧尸！

这头丧尸竟然还知道避人，拖着张英杰就跑。司南赤手空拳拔腿就追，真是把生死都置之度外了，毫不犹豫从翻倒的仪器堆、打碎的玻璃片中踩过去，巨大的设备挡在路中间，被他咬牙硬撞了开去，发出轰隆重响。

“枪！”周戎从郭伟祥怀里抢过八九式，瞄准欲射。

但在昏暗的可视条件下，丧尸溜得飞快，根本无法锁定目标。正焦灼间只见丧尸逃到试验场墙角，也不知道怎么回事，身躯一矮，拖着张英杰就凭空消失了。

司南追过去一看，下水道！

咀嚼声从地底传来，司南霎时红了眼：“老子今天跟你一块死在这！”接着纵身就跳了下去！

周戎破口大骂，把八九式往郭伟祥怀里一丢：“别跟来！”

春草：“戎哥？！”

周戎抽出匕首，一把反握，大腿枪套里拔出六四式，犹如猛禽一跃而下！

可能是排水量极大，试验场下水道四通八达。司南栽进齐膝深的水里，踉跄了下，看见不远处黑影一闪，立刻跌跌撞撞追了过去。

他的速度不算慢，暴怒下甚至还非常敏捷，但下水道里极其黑，拐弯迎面就是四五条岔路，没绕几下就完全看不到丧尸的踪影了。

司南环视周围，突然身后水声迸溅，回头只见一道人影闪过，是周戎！

周戎喝道："别过来，小心！"

话音未落，丧尸号叫在眼前响起！

周戎在黑暗中眯起眼睛，眼底光芒锋利森寒。丧尸已经被炸得面目全非了，甚至连脑浆都完全爆了出来，但不知为什么还能动，看见周戎后抛下张英杰，怪叫一声就撞向他！

周戎纵身抓住下水道上方横梁，一个漂亮的引体向上，丧尸从他身下冲了过去。

水声哗啦四溅，周戎松手落下，反手挥匕，动作计算精确到毫秒，把掉头回来咬他的丧尸砍了个正着！

丧尸尖啸趔趄，又扑上前，狭窄至极的空间里几乎全是水花和它的锐爪。在这种恶劣的可视条件下周戎的激光夜视镜已经不能用了，但他且战且退，游刃有余，光凭声音就能判定丧尸在哪，突然以左脚为支点一个旋身，后背紧贴在了丧尸身前，重重一记肘击！

简直是闪电都不足以形容的动作，丧尸被当胸击飞，哗啦掉进了水底。

周戎动作快到仿佛原地消失，眨眼间又出现在丧尸边上。丧尸伸长脖子来咬他，周戎面无表情，伸手简单利索，把匕首往那怪物利齿间一卡。

嘎嘣！

钨钢军匕被硬生生崩掉了一个角，刀身死死卡在了丧尸嘴里！

周戎一脚踩在丧尸胸前，沾满血泥的军靴重逾千钧，哗啦一声把丧尸踩进了水中。紧接着手枪咔嚓上膛，对准它的咽喉扣下了扳机。

砰！

砰！

砰——！！

每颗子弹都精确打在同一点上，六枪打空，丧尸脖颈断裂，整个头轰出了几米外。

周戎把空枪随手一扔，暴力拆卸了头顶的不锈钢下水管，向下狠狠一掼！

丧尸的身体被当胸贯穿，死死钉在了下水道底！

地底不断震动，水波一圈圈向远处扩散，闷声轰响久久不绝。

周戎长吁出一口气，收回脚，再也不看丧尸一眼，转身向主管道走去。

正在这时岔路尽头人影一闪，跌跌撞撞向远处跑去，周戎在后头吼了一声："司南！"

周戎拔腿就追，谁知司南却置若罔闻，径直冲过转角就不见了。下水道中激烈的追逐并没有持续很久，很快周戎在十余米外再次发现了那筋疲力尽的背影："司南！停下！"

咣当一声金属撞响，司南钻进一道铁门。

周戎立马站定脚步："别关门，我不过去！"

司南扶着铁门，似乎有点犹豫。

他的身姿形态很明显能看出受过训，即便是在这么狼狈的情况下，腰板都挺得笔直。从扬起的下颌到修长的脖颈，再到深陷的锁骨、绷紧的肩背，所有裸露在外的肌肤都在昏暗中反射出微光。

周戎紧紧盯着他。

如果仔细看的话，周戎的腰腿肌肉其实是呈现出一种紧绷状态的，仿佛猎豹能随时一跃而起，闪电般按下自己的猎物。

但他一开口，声音又奇异地和缓，甚至还有点示好的意思："别害怕，我不伤害你，也不碰你。"

周戎掌心向外高举双手，落落大方展示自己沾满了鲜血的身体——极具侵略性的味道在下水道中飘荡，雄性气息强横霸道。如果要比较的话，颜豪的血液气息简直都堪称柔弱了。

"基地要核爆了。"周戎缓缓道，"你必须跟我们撤退。"

司南还是一动不动，仿佛什么都没听见似的，看不清是什么表情。

其实周戎能猜到他的想法。

在性别比极度悬殊的现在，像司南这种外貌的人，即便是无质者，从小到大都必定有过很多和性意味有关的不愉快的经历。末世后人类进入丛林法则，所有法律和秩序都彻底崩溃了，对他来说被一群强势的雄性爆种者环绕，说不定比被一群丧尸环绕还要危险。

但周戎没有放弃。

“过来。”他目光紧盯司南，用一种安抚又柔和的命令口吻，一字一顿道，“要撤退了，跟我走。”

第25章

下水道里充满了死寂，只有水珠声声滴落，荡出轻微的回响。

司南略一偏头。

隔着十余米距离，周戎能看见阴影在他侧颊边缘勾勒出深刻的轮廓，从挺直的鼻梁到嘴唇、下颌，仿佛剪影画一样。

“你们走吧。”突然他开口道，“我回地面入口，开旧车回去。”

周戎还没来得及劝说，就只见他把铁门锒铛一关，紧接着扣了锁。

周戎大怒，冲过去一把抓住铁栏：“司南！”

咣当几声铁门摇晃的巨响，回音未息，司南却早已踩着水退出了好几米，冷冷道：“你干什么？”

“你一人太危险了，跟我们走！”

“不用管我！”

周戎看着他满是血迹又俊秀生冷的面容，简直难以理解。

进来时还主动贴在他耳边小声嘀嘀咕咕、在坑底见到他立刻哭出声来、看见张英杰遗体被夺后疯狂暴怒的司南，突然又变回了他们在T市第一次见面时的状态，疏离、冷淡甚至提防，甚至时刻保持十多米距离。

仿佛经历完生死后，他所有鲜活甚至激烈的感情都唰地消失了个干干净净，重新缩回了无形冰冷的壳里。

司南对爆种者这么不合常理的提防让周戎产生了一些非常不好的猜测，但他不愿意细想，只得长吸了一口气："小司同志，从这里上到入口起码要两个小时，你孤身一人，又没有武器……"

司南手一伸："给我。"

"什么？"

"枪，车钥匙。"

"你！"周戎隔空点着他的鼻子怒道，"你适可而止一点！自己的战友都信不过？！你……"

"不给？"司南冷冷道，转身欲走。

周戎立马卸下乌兹微冲，从后腰摸出他们开进B市那辆旧生化车的钥匙："你过来！"

司南却不容拒绝："扔过来。"

时间一分一秒流逝，司南的态度简直像坚冰一样毫无动摇。周戎琢磨片刻，实在无计可施，只得从铁栏中把车钥匙和微冲扔了过去。

他想了想又不放心，叮嘱道："基地排水系统很复杂，E区附近可能还有丧尸猩猩。你在这里等着，我上去拿一个信号弹，遇到危险立刻……"

他话还没说完，司南捡起车钥匙和冲锋枪，转身走了。

周戎一口恶气当即哽在喉咙里："喂！你到底上哪去？！"

司南头也不回，平淡道："化肥厂见。"

周戎听着地道中脚步声越来越远，最终虚脱地出了口气。

人和人之间的距离确实是这样，一方面无止境的追赶，只会导致另一方更急迫警惕的后退——他这么自嘲地想着，转身顺来路向后走去，却突然抽抽鼻子，感觉到一丝奇异的味道。

下水道里酝酿多年的臭味醇厚且悠远，混杂生铁门锈蚀、四面墙壁发霉，简直就像各种异味的原子弹反复肆虐他的鼻粘膜。但在这无差别轰炸中，刚才司南站立的地方，隐约又有些说不上来的气息。

他形容不出那是什么，只觉心底有些驰荡。

但脚步稍顿，又被气势汹汹的下水道异味盖过去了。

“戎哥！”远处传来春草的叫声，“你在哪？没事吧，司南呢？”

春草等不及下来找了，周戎回过神，咳了一声：“没事……我在这，过来帮把手。”

周戎和春草两人齐心协力，把张英杰搬了上去。司南跳下水道跳得早，张英杰的遗体并未受到太多损坏，只是双眼还大大睁着，周戎想帮他合上，但怎么也合不拢。

丁实说他们老家有一种说法，人死不瞑目是因为心里还有挂念的事情，于是周戎蹲在地上瞅着张英杰，念叨说：“英杰啊，颜豪活下来了，大家都活下来了，我们准备拿资料和抗体去崖海。等任务完成后哥几个偷架直升机，去东北接你老婆孩子回避难所，以后有哥一口吃的，就有你老婆孩子吃的，有哥一口气，就有你老婆孩子的好日子……”念叨完之后他再伸手一抹，张英杰圆睁的眼睛缓缓闭上了。

进来的时候七个人插科打诨，离开却只有四个站着，一个昏迷不醒，还有一个永远醒不来了。

周戎他们先返回中心区再往上走，途中遭遇几波丧尸潮，但颜豪他们带了大量补充弹药，几轮扫射加手雷就扫荡了个干干净净。

到达地面的时间比他们估计的早了半个小时，周戎一看防爆装甲车，“嘿”了一声：“你们可以啊，这都能开上来？”

郭伟祥说：“人工爆破了几道门才开上地面，本来想折返回去偷架直升机，这不，被丧尸逮着了吧。”

“所以这是人心不足蛇吞象，老实等在原定地点不就完了？不过你们也真能跑，从南区一路跑到北，当初没送你们上奥运会真是我国田径队的损失……哟呵，还有迫击炮！”

春草说：“得了吧戎哥，你哈喇子都快流出来了。”

周戎笑了笑，把迫击炮扛在肩上试了试，又反手扔回车后厢，砰地关上车门：“出发！”

装甲车在原地调了个头，呼啸着冲过基地停车场，轰隆一声把拦路闸撞飞，径直向南飞驰。

凌晨六点，天光晦暗，灰蒙蒙笼罩在血色大地上。周戎绕着铁丝网外延转了个弯，前方是他们进入基地的下水道口，来时开的那辆破生化车还停在大路边。

一道背影靠在车门前，觅声回头。

司南明显已经换洗过了，不知从哪找了套防暴警察制服，脚下踏着黑皮厚底短靴，挎一把乌兹微冲。

他看上去好像在等待日出，或者只是单纯待着休息。那张俊美侧颊上干涸的血迹已经被洗净，因为全身黑衣，面孔被反衬出一种生冷的白，在装甲车擦肩而过时隔着车窗，与周戎平静对视。

周戎居高临下俯视他，眼底夹杂着审视的神色，旋即司南的身影被远远抛在了车后。

后视镜里，司南钻进车门，生化车终于缓缓驶进了大路。

两辆车相距不到二百米，一路前后紧随，周戎几次抬头都能遥遥看见后车的影子。天光渐渐大亮，沿途每到大型超市和加油站周戎都会停车，带人下去寻找物资、补充食水，司南也跟着停车，却不下去，坐在驾驶室里睡觉。

周戎在凌乱的货架上翻了翻，把电池、食盐、肥皂、回形针等零碎东西搅和搅和装在纸箱里，抱着走出超市门，顺脚把一个趺趺撞撞走来的丧尸踢得仰面翻倒。

他摸出消炎药丢给丁实，示意喂给颜豪，然后转身一看，春草正踮脚趴在生化车的车窗边，伸长脖子跟司南说话。

周戎看得很不是滋味，原地琢磨了会儿，回超市点射了几个丧尸，绕到食品专柜去，翻出几袋子蜜饯揣在了怀里。

"闺女！"周戎站在两车之间吼道，把蜜饯举起来摇晃。

春草抬头一看，果不其然嫌恶道："甜滋滋的！谁要吃这个！"

周戎清清楚楚看见司南咽喉滑动了下，仿佛咽了口唾沫。

"那算了。"周戎失望道，揣着蜜饯施施然走了。

他们沿途停下七八次，扫荡了三环内十多家超市，总共用人力扛出来上吨米面油粮、几十箱日用杂物，堪称战果斐然。

颜豪的情况不见转坏但也没有转好，一直在昏迷，傍晚时还有点发烧。周戎想去打劫医院药房，但公立医院是丧尸重灾区，他们只有四个完整战力，加很可能会划水蹭经验的司南是四个半，有T而无奶，实在没有打公立医院副本的实力，因此只得作罢。

所幸夜幕完全降临前他们终于找到一家民营美容整形医院，医生护士都变丧尸跑光了。于是周戎带着他的便宜闺女，大摇大摆闯进药房，也不管认识不认识，反正看见药就全兜了回来。

“甭试了！”周戎一脸惨不忍睹，“你这辈子都没戏，别想了！”

春草抻长脖子站在镜子前，拎着硅胶假胸，往自己胸脯上比画。

“你说咱这一路，有没有可能救出个整容医生啥的。”春草若有所思道，“不是说女爆种者大多身材火爆吗？怎么我的胸就没动静，我觉得我可能是个假爆种者……”

他们俩一人抱俩医药箱，春草脖子上挂着她的硅胶假胸，出了整形医院的门。只见丁实在持枪警戒，郭伟祥在路边电线杆下撒尿，而他们身后的装甲车厢被打开了，司南正探身进去，似乎想翻找什么。

周戎：“咳！”

司南立刻不翻找了，顺手从车厢里摸出一瓶水，边喝边快步走向后车。

“你们俩真不说话了？”斟酌了一下，春草低声问。

周戎不答反问：“你们刚才趴在那嘀咕什么？”

“也……也没什么，他不喜欢爆种者，觉得跟爆种者待一起不安全……我说我比你们弱，他说是的，然后就没了。”

周戎点头不语，春草同情道：“我觉得司小南以前可能受过什么刺激，如果病毒没暴发的话，其实他适合去搞个无质者人种权益促进会，呼吁人权平等搞搞公益慈善啥的……”

夜幕降临，众人回到装甲车上吃晚饭。

因为积累了很多物资，小气鬼周戎终于难得大方了一次，开了啤酒和十多个肉类、蔬菜罐头，用面包蘸着豆瓣酱吃。司南还躲在生化车里不愿意过来，春草就拿了吃的喝的去找他，片刻后她回来说：“他不要啤酒，问还有没有豆瓣酱。”

“他真的要跟我们绝交了吗？”郭伟祥失望道。

周戎说：“你告诉他，绝交就没豆瓣酱。”

春草领命而去，这次很快就回来了：“他说‘没有就没有，走着瞧。晚上睡觉想要两张毛毯’。”

周戎刚想说“绝交就没有毛毯”，发现全车人都用谴责的目光盯着他。

周戎一阵无言，才道："给他三张！"

北方十月底的夜晚已经很冷了，几个人挤在装甲车后舱深处打地铺，只有周戎跟众人隔着一段距离，睡在最外靠车门的位置。

三更半夜，月朗星稀。

车门被悄没声息地滑开了，司南全身裹在毛毯里，只伸出右手，在车门边装食物的纸箱里窸窸窣窣翻检什么。

他的声息比捕猎时的猫科动物还轻微，然而纸箱里并没有预定目标，甚至没其他零食，豆瓣酱只剩了个瓶底儿，塑料袋里堆满了超市散装没夹心的苏打饼干和小面包。

司南目光平移，见周戎背对着他，稳定地打着鼾，迷彩裤口袋里仿佛鼓鼓囊囊塞着什么，露出了一个包装袋尖角。

司南不发出任何声音，伸出两根手指捏住了那个尖角。

他刚要微微使力把包装袋抽出来，突然周戎翻身抬手，按住司南后腰闪电般一带，整个人裹住，摁在了自己身下！

咚！地铺被司南后脑撞击，发出了一声沉闷的敲响。

不远处郭伟祥挠着屁股翻过身，喃喃不清地嘟囔了几句，仿佛在说红烧肉什么的。

司南眉心紧锁，月光下紧抿的双唇呈现出微红，一声不吭盯着周戎。

他们俩维持着这个姿势没动，几秒钟后，周围再次恢复了安静。

周戎注视着司南琥珀色的瞳孔，眼底浮起高高在上的笑意，嘴角一勾。然后他从裤袋里抽出那袋苹果蜜饯，晃了晃，俯在司南耳朵边缓缓道："你这个……"

话音未落，手上一空，蜜饯已经没了。

司南把他一推，呼噜卷起毛毯，冲回生化车上没了动静。

第26章

翌日清早起来，周戎倍觉头大——生化车不见了。

他拎着枪在空地上转了两圈，仰天怒吼：“司小南！

“司小南你给我滚出来，不跟你开玩笑，快！！”

引擎声由远及近，生化车从长街另一头缓缓驶来，停在了火冒三丈的周戎面前。继而车窗摇下，驾驶台上堆着奶粉、糖果和脱水蛋糕，司南挎着冲锋枪，一手捧着个蜂蜜罐子，吃得脸颊微微泛红。

周戎一看他肩上沾着黑红腐血，明显刚单枪匹马打劫过超市，当场就炸了：“擅自脱队！目无纪律！司南同志，你要是正式队员我就上手揍了！这么不告而别想没想过后果？！”

司南冷冷盯着他。

“看什么看？！你要是不肯服管，就给我……”

周戎还待再骂，突然司南劈头盖脸扔过去两条烟，然后迅速升起车窗，一踩油门开向大路。

“喂！混账！”周戎被两条烟砸了个正着，跳着脚在车后咆哮。

司南认真生气了。

周戎终于结束了他的物资搜刮之旅，怀里揣着两条烟，黑着脸在前开车。两辆车一前一后从高速公路驶出B市，当天傍晚天黑前他们回到城郊工业园，生化车突然超前，拐了个弯从侧路直奔化肥厂后园区。

难道要分道扬镳？

周戎猛打方向盘追上去，远远缀在司南后面。几分钟后只见生化车在厂区后门一停，司南拎着点吃的，跳下车来，三下五除二就从围墙上翻了过去。

周戎让春草过来看着车，自己悄没声息跟下来，助跑两步跃上墙，又跳上围墙后的银杏树，鬼鬼祟祟往下一看。

司南径直前行，顺着荒径走向无水氨处理厂附近，荒草包围中有一座早已废弃的货车库。

一道纤细身影正蹲在车库后窗下的空地里，听见脚步声后一回头，惊喜万分地迎上前。

——是吴馨妍。

隔着这么远的距离，也听不见他们在说什么。周戎看了半晌，心里颇没滋味，长长出了口气。

我妄想什么呢？他自嘲地琢磨。

人家明显就是个无质者人种权益保障协会的，不仇视爆种者就不错了，还能指望什么其他的？再说他这样的长相身手，在这种末世里，愿意贴上来的小姑娘该不知道有多少吧。

周戎喉咙里有些发酸，反手勾着枝杈跳上围墙，从后门跃了出去。

“回来了？”冯文泰难以置信道。

手下点点头。

冯文泰夺门而出，几乎一路小跑着下了楼，来到厂房前院。空地上已经聚集了十多个人，都是当初跟特种兵们从T市逃出来的幸存民众。冯家的三个保镖也守在那里，隐隐挡住了那些人，虎视眈眈盯着外面。

铁丝网里停着一辆军用防暴装甲车，周戎等人疲倦狼狈，抬着受伤昏迷的颜豪和装张英杰遗体的袋子，正从车上陆续下来。

冯文泰看见他们满是脏污的衣着和精神状态，就什么都明白了，心里登时一沉。

然而那个姓周的队长一回头，嘴角略勾，眉眼流动的全是戏谑：“冯兄！别来无恙，咱家一切都还好吧？”

不待冯文泰回答，他转头吩咐手下：“物资清点入库，做个登记，英杰的遗体先安置起来等我处理。”

随即他向人群一招手，朗声笑道：“郑医生！我兄弟受了点伤，麻烦您带两个人搬他上去看看！”

除了这几名特种兵，三十几号幸存者原本就隐隐以郑医生为首，闻言自无二话，立刻上前去小心接过了颜豪的担架。

“哎——才走几天，恍如隔世！”周戎活动了下因长时间开车僵硬的脖颈骨，发出喀哒一声脆响，先向围观群众招手示意，然后笑着拍了拍冯文泰的肩，“这几天真是，辛苦冯兄了！给你记一大功！”

凝血暴露在空气中一段时间后就会失去血液气息，就像尸体过几天后就留不下指纹一样。周戎身上过分强烈的气息早就散了，不然他就像个长脚的激素原子弹似的走来走去，司南是绝不能接受的。

但冯文泰不知道。

冯文泰只觉得周戎一回来就立刻摆出当家做主的姿态，让他原本就失望的心态更加有些微妙。但他也不愿意这就表露出来，闻言含笑道：“都好、都好，职责所在，没什么辛苦不辛苦的。周队长联系上郭副部长了吗？”

周戎摇摇头。

冯文泰笑容淡了些：“那……我们这是……”

周戎勾着他肩膀：“来，我们去食堂，边走边说。”

“事情就是这样。”十分钟后，食堂饭桌前，周戎耸了耸肩。

正是吃晚饭的时间，所有幸存者都在排队打饭，橱窗里只有杂粮稀粥和煮土豆。不远处冯文泰的保镖坐在另一张小桌上，各自后腰都佩着枪，面前是白饭配四个小炒，有荤有素，开了两瓶啤酒。

周戎恍若没有看见：“接下来我们要离开化肥厂，所有幸存民众乘坐中巴，前往崖海总部。我们已经拿到了病毒研究的最新资料，对研发疫苗有着至关重要的意义……”

“你们的人死了一个，还有一个重伤？”冯文泰打断道。

周戎说：“是的。”

“还有一位长得很……的小兄弟呢？”

“丢了。”周戎言简意赅。

“也就是说，你们现在只有四个人。”

“是的。”

冯文泰沉默片刻，再开口时换了语气，有些微微的冷淡：“恕我冒昧，周队长。我们现在最好是待在化肥厂，不要轻举妄动，由您向崖海总部发射定位讯号请直升机来接。如果您说的资料真有那么重要的话，政府一定会主动来接我们……”

“没有政府了。”周戎平静道，“定位讯号无法接收，在联络上崖海之前，对方总部是否沦陷存疑。”

“那么我们就应该去东北。”冯文泰立刻说。

“鄙人家在东北有些地盘，还有一座粮食加工厂，如果老家养着的那些弟兄们还活着，组织起来就是一支相当可观的武装力量。再者，北方严寒天气会限制丧尸的行动，不论从哪方面角度来说都比南下去人口稠密的沿海地带来得安全。”

冯文泰明显早有打算，此刻娓娓道来，又话锋一变：“周队长和几位弟兄为国尽忠，固然可敬，但在这种时候人还是要多多为自己打算。如果周队长愿意带着手下人加入我们的话，冯某绝不敢怠慢诸位，抵达东北后一定确保诸位过得舒舒服服——荣华富贵什么的在末世里就不用说了，起码也不会比末世前差，你看如何？”

春草、郭伟祥和丁实登记好物资，端着饭盒进了食堂，远远就看见冯文泰和周戎对坐在角落里，冯家几个保镖不怀好意地围在边上喝酒。

春草立刻向前走了两步，却见周戎手背在身后，对她摇了摇。

“怎么说呢，”周戎笑了起来，“作为特种兵，国家培养那么多年，眼下正是最需要我们的时候……”

冯文泰不耐烦：“道理我懂，但周队长也得为自己手下的弟兄们考虑考虑。你们已经有两个人牺牲了，国家能给他们什么？奖章？抚恤金？连整座B军区都能沦丧！政府怕是连自身都顾不了了吧，国家还能发出抚恤金吗？”

“冯老板，”周戎调侃道，“颜豪还没死呢。”

冯文泰一哽。

周戎察言观色，在他发作前适时咳了一声：“话说回来，如果我们启程北上，这满屋子的男女老少又怎么办？”

冯文泰环顾周围，远处人群正排队打饭，不少人晃晃碗里的稀粥，又望向冯家保镖们的炒菜啤酒，露出不满的神色。

“我们的库存不多。”他压低声音道。

周戎静静盯着他。

“这么些人都带上，怕是半路上食物就吃完了，这天寒地冻的万一补充不了物资，怕是所有人都得交代。”

冯文泰斟酌片刻，终于又开了口：“依鄙人看呢，那些不方便行动的、身体比较弱的，还是留在化肥厂里比较好。另外还有些可能不服管的，为了避免逃亡半路上内部起争执，干脆就让他们出去自谋生路，也不失为一种两全其美的办法……”

周戎也不吭气，越听笑意越深。

冯文泰的意思很明显。女人、老人和孩子都没必要带了，看上去比较刺儿头的也最好丢下。他是爆种者，目的地又是他的老家，说不得到了东北地头还得指望他开仓放粮，那么只有愿意归顺他、服从他的才能带着一起上路。

至于化肥厂里积累的粮食物资，那必然是要全部带走的。

等回到老家以后，冯老板自然能带着大家东山再起，组建一个等级严明的乌托邦——当然，到了那时候，最开始就跟随他的周戎等人一定不会被薄待。

“冯老板真是高瞻远瞩啊。”周戎拍着巴掌感叹道。

冯文泰谦虚地笑了笑。

“但是，”周戎诚恳道，“我们还是要去崖海。”

“为什么？”

“丧尸保留很多基础的生物本能，其中一项就是趋暖。冬天一旦来临，大量丧尸集结南下，此时北上会和难以计数的丧尸潮撞个正着，此乃其一。”

“其二，”周戎不正经的笑容渐渐消失，那张眼窝深邃、五官锐利的面孔上，终于浮现出了他真实的神情——桀骜又充满戾气，不论看什么都是目光自上而下，带着头狼般说一不二的压迫感，“张英杰用生命换来的病毒研究资料必须送去军方那里，即便崖海总部沦陷，我们也会再次上路，直到找到军方的那一天。”

“在这条路上，我们不会放弃任何一个幸存民众。老人、女人、孕妇、孩子，只要遇见，有多少我们就救多少。粮食吃完了就去种，物资没有了就去找，只要我们这些兵在，国家就在，没有任何人会被抛下。”

周戎靠上椅背，微扬起头，浓密锋利的眉梢挑起，居高临下审视着冯文泰。

他刀刻般的薄唇、深色结实的脖颈，迷彩服都掩盖不住的肩臂肌肉轮廓，以及右肩单挎的冲锋枪，无一不彰显着盛气凌人的雄性力量。

冯文泰被压得有点喘不上气，待回神时，才意识到自己竟然被一个无质者士兵威胁了，顿时有点恼羞成怒："你说得好听，你们这些兵还不是……"

"你可以去游说你想带走的人。"周戎淡淡道，做了个"请便"的手势，那姿态竟有几分优雅，"愿意跟你们走的，我绝不拦着，只是子弹一颗都不能带，去吧。"

冯文泰霍然起身，几个保镖跟着站了起来，纷纷把手按在后腰上。

不远处三个特种兵立刻走上前，各自都背着冲锋枪，春草冷冷咳了一声。

周戎深陷在椅背里，仿佛对眼前剑拔弩张的气氛毫无觉察。

冯文泰咬牙盯着他嘴角那可恶的弧度，想放狠话又没胆放出来，半晌只得一挥手，怒道："走！"

冯家那几个保镖紧跟着老板出了食堂，春草慢慢踱过来，目光阴狠地望着他们的背影："姓冯的按捺不住了。"

"我知道。"周戎打断了她。

他沉思片刻，缓缓做了安排："今晚大家带人轮流值夜，粮仓、车库和前后门都看好，注意冯文泰的行踪。司南开的那辆生化车窗被换过，不是防弹的了，东西武器都从上面挪下来，搬到装甲车上去锁好。"

他说一句春草点一下头，突然周戎像是想起了什么："司南呢？"

"刚回宿舍拿了铺盖毛毯，说晚上在后厂区睡。"说起这个春草也倍觉古怪，"他跑那去干什么？"

周戎想起等在后厂区车房后的吴馨妍，默然不语，眼神晦暗不定。

他那生冷的神情让三个队员有点发怵，春草趴在椅背上小声问："戎哥？"

"小司同志是成年人——你们几个有闲心管人家的事，咋不想想自己啥时候脱单？"周戎起身揉揉春草的头发，嘿地一笑，又恢复了平常吊儿郎当的姿态，"闺女乖，给爸爸拿几个土豆来，辣椒酱油别忘了。"

"那个是我的。"司南冷冷道。

吴馨妍一僵，伸出的手自觉转向，放弃了那瓶蜂蜜，转向真空包装卤鸡蛋。

司南抬起一只眼睛，对卤鸡蛋的独占欲显然不强，浓密的眼睫又耷拉下来。

废弃车房里没有灯，冬夜里一片黑暗，窗缝里传来寒风呼呼的声音，仿佛成群丧尸在远方呜咽。

吴馨妍吃着卤鸡蛋往毯子里缩了缩，显然有些耐不住静寂，没话找话道："哎……你为什么那么爱吃甜食？"

司南面对外人的时候很少主动开口，但也有问必答，说："不知道。"

"只要是甜食你都爱吃吗？"

"不是。"

"不觉得齁吗？"

"不觉得。"

"……"

"我的身体需要糖分。"司南平淡地说，"我经常低血糖。"

吴馨妍顿时松了口气："我刚才在想，都说经历过很多苦处的人才喜欢吃甜的，你要是有一肚子悲情故事的话那我可真招架不住，呼——幸好是我想多了。"

司南一阵无语，说："你正常点。"

司南从口袋摸出那袋没舍得吃完的苹果蜜饯，又仔细开始吃，黑暗中传来窸窸窣窣的咂摸声。

过了会儿吴馨妍的声音又响起来，这次有点犹疑不定："你说，今晚那姓万的真会来吗？"

"会。"

"为什么？"

司南含着半块蜜饯，含含混混道："如果周戎问你上哪去了，冯文泰一定会说你自己跑了，失踪了。他那姓万的保镖知道，等明天周戎找别人问清楚情况后，自己就没机会对你下手了，所以一定会抓住今晚这个最后的机会。"

"而且你也说了那姓万的今天跟踪你到这儿，"司南咽下蜜饯，舔了舔黏腻腻的手指，"今晚等所有人都睡下后，他一定会来。"

吴馨妍脸色苍白，点了点头。

地下两卷铺盖并排，司南和吴馨妍各自裹毛毯窝着，中间放着一堆零食。吴馨妍吃完了卤鸡蛋，想吃个巧克力，手上刚捡起一块就突然意识到什么，虚心请教问：“我能吃吗？”

“可以。”司南说，“巧克力是我唯一不吃的东西。”

“为什么？！”

司南还没来得及回答，突然不远处传来一阵轻轻的脚步声，紧接着停在了后窗下。

来了！

吴馨妍整个人一哆嗦，寒气从五脏六腑里蹿了起来，求救的目光立刻投向身侧，却见司南所有所思地向后一瞅：“周戎？”

他满怀狐疑地裹着毯子站了起来：“你站在那干什么？”

后窗下始终没出声的人一声咳嗽，果然是周队长那很有特点的醇厚男低音，只是不知怎么听起来略心虚：“哟，小司同志！我……我睡不着随便走走，你吃了没？”

司南冷漠以对。

吴馨妍战战兢兢打招呼：“周、周队长，晚、晚、晚上好……”

司南冲她一摆手，示意不要理。

周戎十分尴尬：“晚上好、晚上好，你们俩咋不回宿舍？黑灯瞎火在这窝着多冷啊？”

“我们……”吴馨妍刚说两个字，司南又冲她摆手，这次连眉头都不高兴地皱了起来。

吴馨妍一脸疑惑。

她歪头看着司南，司南皱眉瞧着她。

周戎在窗外呵呵几声：“你们还是回宿舍吧，不要紧的，这天儿在外面冻感冒了可怎么办？哥是过来人，大家都懂，你们小年轻呵呵呵……”

吴馨妍深深觉得自己应该解释，很应该解释。然而司南的脸色摆明了就是不让她开口，两人无声的较量持续了好几秒，吴馨妍终于憋不住抓狂了：“你们到底是怎么回事？！”

司南说：“他对我狂吼。”

窗外的周戎无言以对。

“还说要揍我。”司南冷冷道，“到底谁揍谁？我让他一只手。”

吴馨妍目瞪口呆。

周戎的尴尬简直上升到了人生顶点：“司小南！哥错了，来给你赔礼道歉行不？早上不该吼你，别生气了，我给你找了点吃的……”

塑料包装袋声响，是周戎从怀里掏出了什么东西。

“喏，”他说，“出来，给你带了一大块巧克力。”

司南：“……”

第27章

长久的静默后，吴馨妍终于觉得自己憋不下去了，她咽了口唾沫，声音听起来十分气若游丝："那个，周队长……

"要不那个巧克力，您先放在……"

她话音没落，司南从毛毯里钻出来，披上外套，竟然推门出去了。

吴馨妍再次恢复到目瞪口呆的状态，半晌没回过神。

"干什么？"司南口气十分平淡，"快点，我赶时间。"

司南里面只穿一件黑色修身警用T恤，双手抱臂，防暴制服外套搭在肩上。他那张脸上的神情和周戎第一次见到他——在装甲车里无视了递到面前的水，转手一言不发卸了颜豪的枪——那个时候特别相似，连站立的姿态都别无二致。

周戎心里叹了口气，把巧克力往司南外套兜里一塞，转身向回走。

十，九，八，七，六，五……

数到零的那一瞬间，身后果然传来司南的声音："你没事吧？"

周戎站住脚步，却没回头，不轻不重地叹了口气。

司南终于走上前，修长浓密的眉毛又皱了起来，眼神狐疑地打量周戎："你没事吧？"

周戎无精打采："司小南。"

司南说：“我名字中间没有那个‘小’字。”

“小司同志。”周戎从善如流地改了口，问，“你觉得咱们还是朋友吗？”

这个问题实在复杂，主要是司南平生接触到的其他异血种非常稀少，也无法验证“一个爆种者和一个异血种之间是不可能存在真正的友情的”到底是不是伪命题；但他接触过的爆种者却非常多，多到他就算已经失去了记忆，经年累月的提防和反感都还深深存在于潜意识里。

他眯起眼睛打量周戎。

周戎一手插在裤兜里，穿鞋身高一米九，在月光中投下颀长的影子。

周戎不是那种筋肉发达的体格，更多是常年特训出来的悍利和匀称——这种特质在司南身上也非常明显。但司南的肌肉层比较削薄，周戎肩更宽，极有雄性爆种者的力量感。

他的五官则有种糅合了微妙邪气的英俊，尤其挑眉一笑的时候，挡都挡不住的桀骜更是扑面而来。

这种面相和老百姓心目中正气凛然的兵哥哥相距甚远，如果军方选正面形象出去宣传的话，他这种气质的，应该会在第一轮就被刷下去才对。

但如果脱了军装，他又像个风度翩翩的小开，出入任何场合都会收获很多含情脉脉的注视的那种。

他跟其他人不一样，司南心中突然冒出这么个念头。

他自己都不知道这诡异的认知从何而来，但在这月光下，确实有种难以形容的滋味，突然在内心深处微微一动。

司南别开目光，说：“是吧。”

周戎微微低头，不依不饶问：“是什么？”

“是……朋友吧。”

周戎几乎贴在司南面前，两人鼻尖相距不到数寸，彼此都能从对方眼底看见自己的影子。

“是吗？”周戎慢慢道，“但哥怎么感觉被你嫌了似的，话不愿意说了，车要开两辆了，耳朵也不咬了……”

感觉到他说话时气流拂过自己侧颊，司南不由向后略微一避。

但周戎却立刻再次靠近，薄唇又弯了起来：“还是说，现在知道戎哥是爆种者了，怕戎哥了？”

司南后腰还向后折着，实在避不过，只得转回脸来正视他。

“我说，”司南垂下眼睫，慢吞吞道，“要我是爆种者，指不定谁怕谁吧。”

周戎微愣，听他又补充了一句：“不信试试看，让你一只手。”

周戎放声大笑。

“小司同志，有理想是好事……”周戎用力揉司南的头发，又按着他的头靠近自己，笑得几乎喘不过气来，“但哥觉得吧，哈哈哈哈，这种事儿，哈哈哈——”

司南一挣没挣开，周戎拍了拍他的头，带着笑容注视他：“很好，那哥等你。回去吧，别让小女朋友等太急。”

司南还没反应过来，周戎已经放开了他，顺着来路大步向后走去了。

无法言喻的感觉再次涌上心头，司南解释不清那是什么，怔忪片刻后突然想起来，扭头吼道：“说了她喜欢颜豪——！”

周戎的背影一个打跌。

司南注视那身影消失在夜幕里，直到完全看不见了，才一声不吭地收回目光。

“哎呀，忘告诉他那姓万的事了。”他突然想起来，“早知道叫他留下来帮把手。”

白白放跑了一个壮劳力，司南内心颇为惆怅，掉头慢慢往后车房走。

这时候已经九点半了，远处化肥厂工人宿舍喧杂渐息，人们又结束末世里一个惶惶不可终日的白天，陷入了暂时忘却一切恐惧的沉眠。

银杏树阴影下，后车房黑黢黢的，铁门间有一处不引人察觉的缝。

司南目光敏感地顿住。

紧接着车房里咚的一响，女声尖锐大喊：“救命——！唔……”

挣扎、粗喘和低沉的叫骂同时响起，司南反手从大腿边抽出匕首，一脚蹬开门，果然只见黑暗中一个粗壮男子按着吴馨妍，嘴里不干不净地叫骂什么。

男子听见声响回过头：“什么人？少管闲事！给老子让开，就当……”

“等你呢。”司南说。

姓万的保镖还没理解这三个字里如释重负的意味是什么，就只觉咽喉一紧，被钢铁般的力量勒住后领，随即身体一空。

等他发现自己正离地向后腾飞的时候已经太迟了。

“啊啊啊啊——”

保镖脊背撞上地面，根本来不及爬起来，就被一脚踩着胸膛按了回去，随即——

“咔嚓！”

那一脚踩断了他的肋骨，保镖的惨叫划破天际。

周戎刚回到化工厂，坐下来喝了口水，例行关心了下颜豪，还没起身去巡查库房，就听见出了事。

——轰！

前门被重重踹开，其力之大甚至令地面都震了两下，还没完全睡下的人们纷纷惊起，汇聚到走廊向下望去。

空地上，司南的吼声振聋发聩：“冯——文——泰——！”

他将手上的人形血葫芦往前一推，后者踉跄摔倒，发出“嘭”的重响！

吴馨妍披头散发，发着抖紧挨在司南身后。

人群的惊呼此起彼伏，冯文泰带着五个保镖迅速奔下楼，见到空地上那满身浴血、惨不忍睹、几乎找不出一块好肉的手下，难以置信道：“万彬？！”

“你他妈干什么？！”“想找死！”几个保镖勃然大怒。

司南把瑟瑟发抖的吴馨妍往身后一拢，反手一亮，钨钢军匕滴滴答答往下掉着血。

“弄死这小子！”

“妈的反了！大伙一块上！”

几个保镖拔枪上前，高处人群登时发出恐惧的呼喊。

就在这混乱的紧急关头，楼梯尽头突然爆起一梭子弹，巨响让所有人吓得大叫！

“住手！”

周戎的厉喝响彻空地，只见他单手举着冲锋枪，枪口向上，手指兀自扣着扳机。

在他身后，春草、丁实、郭伟祥三人端着重机枪和突击步，冷冷注视着冯家的人。

在令人窒息的静默中，周戎一步步走下楼梯，沉声问：“这是怎么回事？”

特种部队军械库的重机枪和半路偷来的派出所民警配枪不是一个级别的威慑力，冯家那几个保镖顿时哑火了，各自含恨退散开，隐隐护在冯文泰身前。

空地上那个叫万彬的保镖不断抽搐，鲜血从多处伤口流淌到地面，汇聚成了一摊血注。

“周队长，”冯文泰隐隐含着怒火，“你的人竟敢……”

周戎淡淡道：“没问你。司南，给我个解释。”

但司南浑然没听见他的话似的，只盯着不断痉挛的血葫芦万彬，目光中隐隐有些令人不寒而栗的东西——残忍，漠然，钢铁般无机质，仿佛此刻在他脚下呻吟挣扎的不是个人。

现在的他与平常的他判若两人，如果仔细观察的话，仿佛就像灵魂陌生的背阴面，正尖啸挣扎着，试图从那躯壳中缓缓苏醒。

但他这种变化并不明显，至少在场这么多人只有周戎察觉到了。

他此时的状态不知为何让周戎心中一凛，周戎低沉喝了声：“司南！”

“他、他一直纠缠我……”吴馨妍带着哭腔的声音响起，许多人纷纷向她望去。

“你们临走前他就纠缠我，说要跟我处朋友，多亏司南哥帮我找了藏身之处，但还是被他跟踪发现了……他今晚来强、强迫我，我喊救命的时候，司南哥出手相助……”

大庭广众之下说出这些显然让吴馨妍十分难堪，但她还是鼓足了勇气：“他身上藏了枪，差点杀死我们，还说本来就打算完、完事以后把我拖出去喂丧尸……”

人群一下炸开了，议论声嗡嗡响起。

周戎冷冷道：“冯老板，你还有什么话说？”

“一面之词岂能相信？”冯文泰立刻生硬地反驳，“这女的自己也说万彬想找她处朋友，谁知是不是她一口答应了，再勾搭外人来玩仙人跳？”

吴馨妍厉声道：“我没有！”

“你没有，”冯文泰反唇相讥，“你没有万彬为什么不纠缠别人，偏偏纠缠你？”

“我……”

“这么多女的就找你，我看是你先勾引万彬的吧？”

“你胡说八道！”

“是胡说八道还是揭破了事实，小姐你自己心里清楚。”冯文泰不乏讽刺地打量她，语调却轻柔而绅士，“恕我冒昧，小姐，一个普通女孩子能勾搭上万彬这个爆种者，还勾上特种兵来陪你玩仙人跳这么老套的把戏，你这手段为人，可是相当不干净呐！”

吴馨妍气得全身乱颤，冯文泰又向周戎一瞥：“都说苍蝇不叮无缝的蛋，周队长你说说，怎么偏偏就挑在这时候出了事？这时机可是……”

冯文泰正要借题发挥，吴馨妍却再也忍不住，上前就一巴掌呼了过去！

"啪"的一声，冯文泰抓住了她的手腕，刚要把她狠狠推开，突然吴馨妍肩膀被人一按——是司南。

不仅冯家那几个保镖，冯文泰自己都没反应过来。

司南飞起一脚，把冯文泰当胸踹飞了出去！

"冯总！"

这一脚简直碎金裂石，冯文泰那么人高马大，却足足飞出去近十米才落地。

几个保镖同时冲上去，七手八脚扶起他，只见冯文泰嘴角不断溢出血来，顿时就疯了："这小子要杀冯总！"

"妈的，杀人啦！"

"你们还不快跑？当兵的杀人啦！"

人群仓皇后退，胆小的发出尖叫，孩子惊声大哭，现场顿时乱成了一锅粥。

冯家手下那个向司南磕过头的保镖卢辉，趁乱砰地放了声空枪，在枪响后半秒钟的安静里突然大吼："赶尽杀绝——！那些兵想夺权，要对爆种者赶尽杀绝！

"还不快跑？他们要开枪啦！"

空地又大，场面又乱，惊恐中的民众不会注意到第一枪是谁放的，闻言更加慌乱推搡。

就在这百分之一秒的混乱里，卢辉隐藏在人后，把枪口对准了司南——

砰砰砰！

冲锋枪爆出火光，卢辉惨叫出声，半条手臂被活生生炸飞！

"戎哥！"丁实和郭伟祥同时惊道。

周戎一抬枪口，硝烟未散。

在他周围，人群争先恐后奔回屋里，女人护着孩子缩在里面，胆大的男人们只敢虚掩着门，战战兢兢往外望。空地上满是撞翻的桌椅和带着血迹的脚印，冯文泰在手下的翻滚惨叫声中，发出愤怒濒死的咳嗽。

"戎哥，"春草端着枪轻声道，"控制不住了，得想个法子。"

“别过来！”冯家剩下的四个保镖举着手枪，不断发抖吆喝，“别、别……大家一起上！”

周戎呼了口气。

那口气似乎是如释重负，又有点无可奈何。紧接着他向前走了两步，站在空地正中，向身后三个特种兵一勾手指：“看来确实有这种爆种者，看见对方是无质者就不肯服——

“弟兄们，今儿咱让冯总服气一下。”

周戎袖中滑出一把瑞士军刀，铮然弹开，刺破掌心。

春草、丁实、郭伟祥同样划破手掌，鲜血顿时涌出，四名特种兵极度浓厚的属于爆种者的血液气息瞬间挥发，迅速笼罩了整片空地！

冯家几个人脸色剧变，连冯文泰都惊骇地停止了剧咳。

司南猝然别过目光，闭住呼吸，向后退了半步。

第28章

“放下枪。”周戎一字一顿道，冲锋枪口指着冯文泰。

卢辉血流如注，在地上痛苦地翻滚着。其余三名特种兵的重机枪口分别锁定冯家保镖，保险栓打开，食指扣在扳机上。

“我数到三，放下枪，没有人会死。”周戎的目光从保镖脸上逐一扫过去，缓缓道，“但谁先开火，你们就都死定了，我保证你们会死得比一团肉泥好不了多少。

“一……

“二……”

“三”未出口，最前一个保镖已经颤抖着把手枪放在地上，喀哒一声。

小小一把手枪带来的依靠感远不如九百发每分钟射速的重机枪，更别提后者沉甸甸的枪身足有半人高，互相对峙时，那巨大的杀伤威胁力几乎是压迫性的。

有一就有二，其余两个保镖也屈服了，发着抖把手枪扔在了脚边。

周戎说：“踢过来。”

三人都把手枪提到空地中央，周戎向后使了个眼色：“春草。”

少女把突击步向背上一横，上前捡起手枪，卸下所有子弹装在了军装裙兜里。

剑拔弩张的气氛终于消失了，走廊上男人们终于心惊胆战地打开门，女人们也探出了头，紧张注视着空地上的动静。

郭伟祥和丁实的枪口还对着冯家的人，周戎却扔了冲锋枪，高举空空如也的双手，对着民众转了一圈，冷峻的视线从每一张提心吊胆的脸上扫过。

“明天，”他开口道，声音贯彻中庭，“我们将离开化肥厂，带领大家启程南下，去军方崖海总部避难所。

“灾难来临前，我们118单位第六中队为执行一项绝密任务而从B军区来到T市，因为任务内容的关系，所有人都伪装成了无质者。灾难来临后我们一路带领大家逃亡北上，没有时机也没有必要向大家解释原委，直到今天。

“但希望大家明白的是，我们会平等地对待这支队伍里的每一个人，包括男人、女人、老人、孩子……灾难来临后所有秩序与法则都不存在了，现实变成了弱肉强食的黑暗丛林；但在我们这支区区四十人不到的队伍里，人类社会所有法律、义务和权利都仍然存在，仍然通用。

“在南下的路上，我们会遇到更多幸存者，男女老少、老弱病残，会有爆种者，甚至也可能有异血种。”周戎略一停顿，又道，“但不论队伍扩充到多少人，我们都站在同一立场上，就是互相保护、扶持、并肩前行，将生存的火种延续下去。”

他望着一张张神态各异的脸，指向郭伟祥他们手中的机枪：“这些枪支是为了保护你们而存在的，枪口将会永远向外，请所有人见证这一点。”

漫长静寂，毫无人声。

紧接着人群中第一道掌声响起。

幸存者们仿佛突然反应过来似的，掌声四下而起，越来越响。

周戎低头致意，旋即小声吩咐春草：“请郑医生过来给那俩保镖看看，别真让人死了。”

他说的是那个万彬和卢辉，春草应了一声。

姓万的爆种者还趴在地上，血都要流干了——他要不是个爆种者现在估计已经血流过多翘辫子了，那场景确实很有冲击力，连见惯各种惨象的周戎，眼角都不禁跳了两下。

他能看出万彬身上那些刀口的不同之处：基本都不是格斗伤。

那是刻意施加痛苦而形成的——虐伤。

司南远远站在空地一角，嘴唇紧抿，单手扣着匕首，垂在身侧。

周戎与他对视，心中突然升起一种非常奇异的感觉，潜意识中突然浮现出几段话：“抓捕对象具有潜在反社会人格，破坏性极强，犯有多项一级谋杀……

“行事风格冷血且绝大多数时候难以预测动向，不要企图使用任何刺激手段来令他恢复神智……”

周戎极其轻微地打了个激灵。

“周队长。”突然郑医生急匆匆上前。

周戎一回头，只见郑医生脸色都变了，额角满是冷汗，郑医生轻轻道：“那个孕妇王雯……刚才被枪声惊动，要早产了……”

按周戎自己的话说，他年轻时天不怕地不怕，神挡杀神佛挡杀佛，怀揣着一个手榴弹就敢去炸暴恐分子的坦克炮膛，要不是后来因为工作性质被迫沉稳了，他能把天都捅出个窟窿来。

但他确实从没见过孕妇难产。

周戎匆匆让人把冯文泰连同那几个倒霉保镖捆起来，丢后车房里去关着，然后搓着手上了宿舍楼。到处都乱糟糟的，几个年龄大些的女人围在床边，王雯披头散发，发出轻轻的呻吟声。

“她没惨叫啊？”周戎满头问号，“你是不是要热水剪刀，还有棉布，喊‘用力’什么的？”

郑医生没好气道：“电视剧看多了吧周队。三十二周早产，现在这种情况很危险了，快让人煮沸水消毒纱布，保持照明，保持室内温度……快，快去！她已经阵痛了！”

周戎赧然道：“的确只在电视剧里看过。”

周戎忙不迭请人去准备东西，烧水消毒，搬来电热暖气和柴油发电机。郑医生不是专业妇产科医生，面对早产很多程序也不甚顺手，女人们便争相提供自己生产时的经验，为王雯鼓劲加油，还跑去厨房临时开火，准备给她熬产后的热汤喝。

所有幸存者都动员起来了。连在外守夜警戒的男人们都期待着，忐忑不安地议论着，仿佛这即将诞生在冬夜中的新生命，喻晓着某种遥远而微渺的希望。

“可以的可以的！”郑医生满头是汗，空出一只手来指挥旁人，“再亮点，保持照明！”

周戎悄没声息退出人群，左右看了一眼，皱眉问：“司南呢？”

郭伟祥平白无故喜当爹，莫名其妙多了个便宜儿子，正在走廊上踮着脚往里张望，漫不经心道：“回他宿舍去了吧。”

“我去看看。”周戎简单丢下这一句，钻出了人群。

“司小南？”

宿舍门紧紧关着，周戎拍了两下：“小司同志？”

里面没有回答。

周戎有所有宿舍单间的钥匙，迟疑两秒后他开了锁，推门而入。

司南侧卧在宿舍单人床上，月华从窗外一泄而入，在他的背影上映出青白微凉的光。

他睡着了。

因为姿势的关系，他头略微向里蜷着，修长的脖颈隐没在衬衣后领中，侧腰因为深陷进去，形成了一片弧形的阴影。

那阴影说不出的缠绵暧昧，让人忍不住顺着身段继续往下看，但起伏处却隐没在了毛毯里。

周戎站在床侧，半晌后鬼使神差地抬起手，旋即停在了半空中。

突然司南动了动，似乎有些不舒服，在床单上磨蹭了几下。

他往枕头深处缩去，侧颊因为这个动作暴露在了月光中，只见他脸颊有些泛红，眉心竟然拧着，鼻尖微微冒着汗珠，让周戎不由一愣。

“嗯……”

司南呼出一口气，尾音带着不安的颤动，仿佛陷在某种迷离混乱的梦境里。随即他翻了个身，脖颈因为仰后而抬起，衣领凌乱半搭在清晰的锁骨上。

周戎目光不由自主向下探去，却发现他皮肤表层有些潮红，伸手一捧额头，发现司南的体温非常高。

发烧了？

“司南？”周戎低声唤道。

“……”

周戎咽喉发紧，喉结剧烈地滑动了一下，伸手把司南的上半身抱了起来，轻轻拍拍他的脸：“醒醒！你病了，起来吃药！”

但平时很警醒的司南陷入了混沌中，半晌才迷迷糊糊睁开眼睛，随即又闭上了。

“司南？”

“走……”

周戎贴近他的嘴唇，只觉司南挣扎起来，他沙哑道：“你走开——！”

他的动作出乎意料的剧烈，竟然从周戎怀里挣脱了，随即卷着毛毯在床单上蜷缩成了一团。

因为挣扎，他的衬衣下摆滑到了后背，一小段皮肤暴露在外，突起的脊椎骨在肌肤下清晰可见。周戎闭上眼睛深吸了口气，才强迫自己用严厉的口吻道：“闹什么脾气！起来吃药！”

“走开！”

周戎伸手抓着他火热的肩，强迫他翻转过来面对自己。

“怎么？”周戎低沉问，“这么大人了，害什么羞？”

他一手抬起，似乎想要摸司南汗涔涔的额头，却被后者猝然抓住了手腕。

周戎看着他泛红的眼角，而司南与他对视，一声不吭。

片刻后周戎终于忍不住低下头，几乎贴在他耳边问：“你到底想什么样，嗯？跟哥说说看。”

司南仍然紧抓着他的腕部，既不放松，也不推开。

如果仔细观察的话，他的下颌显出了极其紧绷的线条，那是紧咬着牙关，一丝也不敢松的缘故。

周戎半跪在床侧的姿势动了动，再开口时男低音已经十分沙哑了：“你想让我走吗？”

司南嘴唇略开，呼吸让它满是水汽，显得非常润泽，但还是不肯开口。

周戎看着他的眼睛，微微笑了一下：“嗯？司小南？”

司南紧抓着他不断发抖，仿佛过了很久，突然溃败一般，手指微微一松。

“——戎哥！”门外响起“噔噔噔”的脚步声，紧接着不远处走廊上郭伟祥大喊，“戎哥你在吗？出事了！”

周戎猝然回头，沉声问：“怎么？”

“你在哪？！大事不好！”

郭伟祥喘了口气，声音竟然微微发着抖：“冯文泰抢走中巴车，撞破了铁丝网，现正准备往北跑！”

第29章

周戎眉峰剧烈跳了两下，仅仅半秒钟后简短道：“我知道了。”

周戎不顾司南微许的抵抗，一手环背一手卡腿弯，把司南打横抱了起来，把他往浴室一放，转身拿起花洒打开，冬夜的冷水就往司南脸上冲。

“唔……唔！”

司南当然不干，挣扎扭打持续了十多秒，终于他一把打掉喷头，喝道：“滚出去！”

他全身上下都是水，皮肤因为浸透冷水而泛着光，眼底却仿佛要烧起来一样——气的。

周戎立刻举起双手：“对不起。”

周戎的T恤也全湿了，紧贴在身上，显出上半身紧实的肌肉线条。

“对不起，”周戎恳切重复了一遍，自嘲道，“要不你揍我两下消消气？”

话音未落“砰”的一声，司南一记重拳，把他的头打偏了过去！

“混账。”司南冷冷道。

周戎搓了把脸，把手伸过来——司南还没来得及躲，就感觉到他在自己头发上用力揉了几下。

他沙哑笑道：“好了，扯平了。”

随即他站起来咳了一声，再开口时嗓音已经变得非常正常：“小司同志，三分钟时间整装换衣服，带上武器楼下集合！”

周戎跨过他走出了房间，郭伟祥正站在走廊上等着，一见他出来，视线上下一扫，登时大出意料："戎哥你……你这是……"

"老子想穿衣服洗澡不行吗？"周戎顺口骂了句，问，"现在情况怎么样了？"

"啊？哦，冯文泰他们打晕守卫，抢走了中巴车钥匙，北面铁丝网完全被撞塌了……"

周戎大步流星走向楼梯，内心长叹了一声。

深夜十二点半，厂房北面。

人们行色匆匆，奔跑来回，手电光在夜幕中扫来扫去。大片带刺的铁丝网倒塌在齐膝深的枯草中，春草指挥男人们用几股绳钩分别挂住铁网，亲自拉住一股，喝道："三、二、一——！"

"起！"

众人齐心协力，变形的铁网被缓缓拉起，发出不堪重负的吱呀声，随即在惊呼中裂成几块，轰然倒回了泥土里！

周戎站住脚步，开口时冒出了明显的白气："现在几度？"

"零下五度，"郭伟祥说，"今晚降温。"

最后一丝月光不知什么时候消失了。暗夜广袤，无星无月，失去了铁丝网保护的厂区一望无际。

远处黑暗伸手不见五指，仿佛魔鬼悄悄张开的巨口。

周戎内心突然升起不安的预感，但他隐藏起了自己的心神不宁："看着冯文泰那几个人的守卫呢？"

守卫被重物狠击后脑，被发现的时候头破血流，倒在车房后的草地里，到现在都没有醒来。周戎探了探他的鼻息和脉搏，低声骂了句。

郭伟祥用厚毛毯盖住守卫帮他保暖，说："丁实已经开车去追他们了，估计也快……"

"不可能，来不及。怎么能让守卫保管中巴车钥匙？！"

"车钥匙本来是郑医生保管的，刚才他接生换了身干净衣服，连着钥匙交给这人了——他们俩关系好，没想到匆忙中正好把他派去看守冯文泰他们……"

周戎知道现在不是追究责任的时候，高声打断了郭伟祥："春草！组织抢修铁网，问司南拿黑火药来埋到公路上，快！司南呢？！”

春草撒腿就跑，郭伟祥立刻说：“我去开车把大丁叫回来！”

“不。”周戎断然道。

他似乎突然听见了什么，抬手止住郭伟祥，缓缓向前走去。

荒野尽头，北方B市，寒风从无边无垠的黑夜中席卷大地，带来远方冤魂悲哀的哭号。

郭伟祥注视着周戎的背影，忐忑不安又不敢开口，正迟疑时，只听他轻轻吐出两个字：“不好。”

引擎声由远及近，公路尽头突然亮起车灯，紧接着丁实撕心裂肺的声音随风而至：“戎哥！让所有人快跑——！

“大批丧尸南下，从B市向这边来了，两公里外很快就到！”

空地上人人色变，恐惧的叫声响彻夜空！

“安静！没事！不用怕！”混乱中响起周戎的厉喝，刹那间镇住了所有人，只听他道，“厂区外五百米范围直径，所有人去埋黑火药和硝化棉，快！郭伟祥安排产妇跟伤员上车，搬运所有军械，把装甲车开出来！”

“丁实！准备接应民众转移，粮草带不上就不要了！”

所有人应声而动，每张面孔都夹杂着恐惧和焦急，人群中周戎回过头，对正掉头向车库狂奔的郭伟祥喝道：“记得英杰——！”

他的吼声压过了一切喧嚣：“别把英杰丢下！”

郭伟祥鼻腔一酸：“是！”

丁实风驰电掣而来，猛踩刹车在周戎身边停下，喘息着摇了摇头：“追不上，根本追不上，他们往北边去了，看方向应该会和丧尸群正面对上。”

“数量？”

丁实的声音微微发抖：“骤然降温让丧尸集体南迁，难以计数，成千上万。”

周戎当机立断：“去库房领喷火器和三枚信号弹，返回道路前沿，第一波丧尸抵达一点五公里处发射一枚，一公里发射第二枚，五百米发射第三枚，然后立刻返回接应所有幸存者，厂区宿舍楼下集合。春草！”

春草正指挥男人们去公路沿途放置炸药，忙得满头大汗：“是！”

“第二枚信号弹亮起时令所有人立刻撤回，少回一个，拿你去抵！”

“是！”

周戎站在空地上，一只手紧紧按着眉心，片刻后想起了什么：“司南呢？”

“司南！”他抬头大吼道。

他的目光从奔走忙碌的人群中掠过，却没发现那熟悉又沉默的身影，心里登时微沉：生气了？

不应该，现在绝不是赌气的时候，司南也不是那种人……

“干什么？”一道冰冷的声音响起。

周戎回头一看，司南一身防暴警服，脖子上挂着他那爆炸实验室的钥匙，手里提着两打硝化甘油瓶，正皱眉站在他身后。

“就知道你没跑，”周戎心下大松，伸手就在他脸上捏了下，“真是戎哥的小宝贝儿……”

司南偏头躲了过去，怒道：“你是不是想喝硝化甘油！”

周戎占他便宜占顺手了，刚想回一句“只要是你喂的哥什么都敢喝”，突然远处嗖一声信号弹升空，发出明亮夺目的光芒。

丧尸潮到达一点五公里范围内了。

搬运炸药的人们几乎是狂奔来回，周戎再顾不上贫嘴，亲自搬了司南的“飞火流星”，把威力巨大的硝化甘油半埋在丧尸潮前进的道路上，又大吼着让人去催郭伟祥。

嗖——

第二枚信号弹升上天空！

春草震耳欲聋的咆哮在远处黑夜中响起：“全体撤离——！快快快！！”

幸存者疯了一样地往回跑，周戎却从肩上卸下突击步，端在身前，逆着人流大步前行。

“周队长！”突然，混乱中响起尖锐到变了调的女声，“周队长，不好了！”

周戎现在一听到“不好了”三个字就条件反射性地打哆嗦，回头只见吴馨妍跌跌撞撞从厂房宿舍方向狂奔而来，跑得头发披散满脸涨红：“周、周队，郑医生，郑医生让我告诉你……”

“产妇无法转移。”她趔趄着停住，喘了口气，绝望道。

“她走不了，她难产了。”

第30章

“推！用力推！”郑医生满手是血，声音已经叫得哑了，“坚持住！坚持住！！”

产妇的嗓音也完全哑了，她汗流满面，拼命摇头，痛苦让她的表情看起来甚至有几分骇人。几个有孩子的女人围在边上，有的在合十祷告，有的已经克制不住哭出了声：“你再用点力呀！”

“坚持，一定要坚持住！”

郭伟祥推门而入：“快走，走走走！丧尸潮来了！”

女人们面面相觑，产妇的惨叫更尖锐了，刹那间就像利刃般切割着每个人的耳膜。

郭伟祥顾不得管这些，上去就要把产妇抱起来，郑医生慌忙阻止：“你要干什么？”

“来不及了，去车里生！我来抬！”

“她动不了！会大出血的！”郑医生吼道，“我不走，我要把孩子接生下来！”

郭伟祥急促喘息，郑医生吼完那一嗓子，声嘶力竭地转向产妇：“用力！坚持住啊！”

窗外不远处，第三枚信号弹拖着长长的尾焰升上夜空，映亮了每张茫然又绝望的脸。

尸潮到达五百米外了。

生化车从公路尽头疾驰而来，进门一个漂移，在刺耳的摩擦声中停在人群面前。周戎哐一声把后车厢门踹开："上上上，快！"

"挤不下！"丁实从驾驶室探出头，"我先送一批去宿舍楼下，让他们上祥子的装甲车，回来再带剩下的人！"

的确载不下，生化车最大载量有限，照这个容积看来，现场起码得有十个人必须等下一批。周戎的目光在人群中扫视一圈，果断道："剩下的先跟车跑，跑到哪算哪，不会丢下你们的！女人先上，你！"

吴馨妍直起身喘气，被周戎一把拉住胳膊，粗鲁地搡进了车里。

"年纪大的腿脚慢的，你！你！还有你！"

一个老头被推了两步，慢吞吞站住了，催促声立刻四起："快啊！""赶快，别磨蹭！"

"我不上了。"老头缓缓道，"我六十八岁了，能跑到这已是万幸，厚着脸皮活下去做什么？还是让年轻人先上，我……"

焦急的众人立刻打断了他："挤得下！上！""别说了老爷子，快上吧！"

周遭人几乎把老头推了进去，车厢很快被挤得满满当当，周戎和司南合力才勉强把后门关上。

现在空地上除了周戎、春草和司南，还有九个青壮年男子，除了极个别是刚才想挤没挤上去的之外，大部分都是无家无眷的年轻人，自愿退后留下来的。

周戎喘了口气，穿透力极强的战术手电往北方一扫，茫茫夜幕中鬼影憧憧，尸潮腐烂的腥臭已经顺着北风，清晰可闻了。

"各位，"周戎向那九个神情各异的幸存者一欠身，喘道，"谢谢你们，煽情的话不多说了，跑吧。"

他话音刚落，不远处轰一声巨响。

丧尸前潮踏入雷区，旋即引发了惊天动地的连环爆炸！

如墨的黑夜里，一场以分秒计的生死追逐正在上演。

公路北方，爆炸逐步向前推进，活死人军团步伐踉跄而目标明确，一排排支离破碎的残躯倒在路上，铺成了腐肉和黑血混杂起来的层层地毯。

更多的丧尸号叫着，踩着这层地毯向化肥厂继续前进，前仆后继，不知疲倦。

而远处B市方向，一望无际的尸潮涌动，构成了铺天盖地的海浪。

郭伟祥把宿舍楼里剩下的所有人，除了郑医生和产妇之外全护送进装甲车，又接收了丁实送来的第一批幸存者，整辆车几乎要挤爆了。

丁实几乎是风驰电掣而回，车还没停稳，就只见十多个人以冲天火光为背景，浩浩荡荡地狂奔而来。

"产妇呢——！"周戎喊道。

丁实几乎要哭出来了："生不下来！转移不走！我让祥子开装甲车先往南边去了！"

"春草司南，带人上后座！"周戎一把打开驾驶室门，示意丁实挪位，"我来开，快去宿舍楼下接产妇。为什么不转移到车上生？拆个门板抬走就好了啊！"

丁实："不知道，祥子说挪动会大出血……"

周戎："你们不懂，电视剧里都这么演的！一上门板立刻就生下来了！"

春草在后车厢里嚷嚷："我知道我知道，《人民的村委会》第二季女主就这么生的，没事儿！"

司南："你们不要显摆自己懂生孩子，真浅薄无知……丧尸过来了！！"

第一波尸潮拖着脚步，尖声哭号，争先恐后挤进了厂区北面铁丝网的缺口。

丁实从副驾驶上一跃而起，搬着火焰喷射器爬上车顶，对准车后扣下了扳机。刹那间火龙咆哮而出，铺天盖地而下，把数排丧尸活生生烤成了碳灰！

周戎猛踩油门，生化车呼啸而去。

春草探出头来吼道："前方两点方向，戎哥小心！"

火焰喷射器引发了硝化甘油的第二轮爆炸，司南精心蚀刻出的千万玻璃碎片爆起，在飓风中割断了无数丧尸的头颅。

然而丧尸实在太多，剩余的铁丝网也无法支撑，很快在排山倒海的活死人军团面前坍塌了。四面八方的尸潮以包抄之势，向整个厂区聚拢而来！

周戎一手方向盘一手升降挡，生化车连续数个漂移，以堪比 F1 赛车的漂亮动作冲出一条血路，将数个丧尸无情地绞成了碎骨。

"嘶——"一声轮胎摩擦的锐响，生化车稳稳停在厂区宿舍楼下，周戎朗声命令："春草上去接产妇！丁实，注意掩护！"

春草背起突击步，踹开车门就往下冲，突然肩膀被拍了一下，司南沙哑的声音道：“我跟你一起。”

后视镜中，周戎眉心一跳，欲言又止。

然而这微不足道的细节却没人发现，司南回头冲周戎一挥手，拎着冲锋枪跳下了车。

——他不会发现周戎眼底那一瞬间复杂的感情，或者即便发现了，也不会有时间和心情，去细细咂摸那混合着愧疚、悲哀和自我质疑的情感。

丁实再次开启火焰喷射器，将车后跟踉追来的丧尸瞬间清空。他刚要换八九式重机枪再行点射，突然车厢中人群爆发出惊叫：“后面！后面！”

丁实回头一看，只见司南和春草前脚刚冲进宿舍楼道，紧跟他们后脚就冒出一股尸潮，也不知道是从哪儿钻过来的，几秒钟内就在宿舍楼和车头之间的小块空地上蔓延开来，堵住了待会产妇从宿舍楼撤退的路。

“妈的！”丁实抄起火焰喷射器，扣下扳机，没反应。

——高能汽油燃尽，没火了！

“戎哥！”丁实差点当场精神失常，再一回头，只见车尾后的丧尸潮也越来越近，离他们只差不到百米了！

他们开的装甲生化车已经千疮百孔，防弹车窗在进入T市中心的时候被春草一个火箭炮震碎，后来全换的普通玻璃。

更别提这辆车底盘低，一旦被尸潮前后包抄，满车的人都再难求生！

在满车人恐惧的尖叫声中，周戎虽然神情镇定，脸色却难以掩饰地发白，冷汗从他总是硬扎扎的、从不妥帖的鬓角滚滚而下。

“司南注意，司南注意。”他打开车载扩音器，沉声问，“你们可能无法撤退，通报产妇情况，通报产妇情况。”

与此同时，宿舍楼内。产妇濒死的惨叫一声急过一声，郑医生半边身体染满了血水，眼底布满血丝，突然爆发出狂喜的吼叫：“看见头了！看见头了！！”

司南和春草望着楼下密密麻麻的丧尸狂潮，彼此对视一眼，两人的眼底都看不见任何欣喜。

“司南，春草。”周戎的尾音微微发抖，“通报情况。”

哗啦！

八九式重机枪在丁实的怒吼声中犹如疾风暴雨，然而最终无法阻挡死神前进的步伐。第一只丧尸撞到车边，麻木挥手捶打，击碎了车后窗。

碎玻璃砰然撒上后座，所有人争先恐后蹲到地上，发出了恐惧的哭喊！

“加把劲！”郑医生撕心裂肺，“用力！再加把劲啊！”

“走吧，戎哥。”司南喃喃道。

他深吸一口气，突然探出窗外，竭力吼道：“快走，戎哥！快走！！”

驾驶室里，周戎闭上了眼睛。

丧尸越聚越多，两侧车窗都被打碎，丧尸们争相把手伸进车里，在幸存者头顶抓来抓去；有些丧尸甚至抓住了车后梯，试图爬上车顶来抓丁实。

周戎睁开眼，踩下了油门。

生化车在尸潮中缓缓掉头，成排活死人被碾进车底，犹如大海中开出一条血腥的航道。

“司小南，等着我。”扩音器中传来周戎简洁有力的声音，说，“戎哥很快就回来。”

司南靠在窗台边，望着生化车缓缓驶远，直至在前仆后继的丧尸中成为不起眼的小黑点。

他嘴唇轻轻一动，似乎想说什么，那声音却极其轻微，甚至连他自己都听不见：“好。”

失去了生化车的丧尸们熙熙攘攘，但茫然无措只持续了数秒，紧接着空气中若有若无的血气刺激到了它们，顺着这血腥味的来源，丧尸群找到了新的目标。

“吼！”

第一只丧尸开始撞击宿舍楼道铁门，紧接着活死人越来越多，铁门发出了不堪重负的吱呀声！

春草脸色煞白，但开口时少女清脆的声音却很镇定：“我还有九百发子弹，你呢？”

“一千六百。”司南回答。

春草点点头：“好，自杀你可以用匕首，不用留子弹了。记得你死之前先帮我，像帮 T 市那妹子那样，利索点。”

司南微笑道：“可以。”

两人相视一笑，同时拔枪指向楼下，悍然开火！

枪口怒喷火舌，突击步枪和冲锋枪交叉扫出子弹暴雨，堵在楼道口的丧尸顿时倒下了一大片。

然而高压火力是有限的，活死人却是无限的。更多丧尸不知疲倦地扑上来，撞击声越来越重，越来越急，终于在几声格外响亮的咣当声后，铁门被硬生生撞塌了！

轰——

连地面都轻微震荡，同一时刻，他们身后终于传来了婴儿嘹亮的哭泣：“哇——！”

“出来了，出来了！”郑医生喜极而泣，抱着婴儿失声痛哭，“终于生出来了！”

楼下丧尸如潮水般挤进楼道，一波接着一波向楼上涌。

司南和春草不约而同破门而出，厉声喝道：“准备撤退！！”

工业区往南，距化肥厂三十公里。

丧尸潮还没蔓延到这里，荒原远处只有零星丧尸游荡。

周戎踩下刹车，前方二十米处，郭伟祥疯了似的从装甲车上跑下来：“戎哥！大丁！春草呢？司南呢？我们的人呢？！”

他像是预感到了什么，问到最后一句时，声音里已带上了难以置信的悲怆。

“他们……”丁实还没来得及回答，周戎拍拍他的肩，打开车门跳了下去，又拍了拍郭伟祥的肩。

“戎哥？”郭伟祥惊问。

周戎单肩背着战术包，拎着重机枪走向公路，在出城方向一望无际的废弃车队里选中了一辆改装吉普车，他拉开车门，将早已腐烂的车主推了下去。

丁实连滚带爬冲下车：“戎哥你要干什么？！”

“我要回去。”周戎淡淡道。

他坐进驾驶席，启动了吉普车，从拥堵的车流中缓缓调头，停在了目瞪口呆的丁实和郭伟祥面前。

“我的队员在化肥厂里，”周戎说，“我答应了司南，会回去接他们。”

郭伟祥摇着头，一个字都说不出来，热泪夺眶而出。

“如果颜豪醒了，让颜豪继任 118 单位第六中队长。如果没醒的话，以后的事你们俩商量着办吧，血清一定要送去崖海。

“找个地方把英杰烧了，骨灰带回去给他媳妇孩子。

“戎哥当队长这么几年，也没给大家争取来很多福利，也没能力带大家飞黄腾达，到头来反而让大家一个个的都把命送了，戎哥对不起你们。”

周戎从车窗中伸出手，挨个抱了抱丁实和郭伟祥的头，笑道：“别哭了，丢人好吗？哥在驾座下藏了两条烟，要是回不来的话，就留给你们俩了。”

幸存者们纷纷从车窗中探出头，茫然而悲哀地望着这一切。

如果有条件的话，让周戎洗把脸换身衣服，他应该是有型有款又俊美桀骜，犹如好莱坞大片里风靡众生的英雄。

但这位英雄现在着实没什么形象，野战服脏兮兮的，军靴底不知道凝固了多少血泥，头发几天没洗了，下巴上还有点儿胡楂。

周戎最后向他们一挥手，那动作说不出的潇洒：“告诉颜豪，他又输了一次。”

说完他发动汽车，改装吉普一路轰鸣，撕裂血腥的夜色，向丧尸包围中的化肥厂飞驰而去。

第31章

“能坚持吗？”春草头也不回地问。

经过几个小时紧张的接生，郑医生整个人已经快虚脱了，眼下怀里抱着嗷嗷大哭的婴儿，背上背着气若游丝的产妇，沉甸甸的重量却似乎给了他无穷无尽的勇气，他肯定道：“能！”

司南轻声道：“小心警戒，上楼。”

春草打头，医生在中间，司南殿后，趁着丧尸从一楼上到三楼的短暂间隙，竭尽全力往高楼层转移。

然而即便全力以赴，这支求生小队还是毫无速度可言，楼下丧尸拖曳的脚步越来越近，终于，走廊尽头的转角处响起哀号，丧尸追上来了！

司南：“开火！”

春草猛地回头，瞄准，两人同时扣动扳机。

郑医生到底是和平年代的平民，被瞬间炸起的枪林弹雨吓得大叫。恍惚中只觉有人用力拉扯自己，但在这种子弹横飞的黑夜环境里，他甚至无法分辨那是人还是丧尸，只能下意识紧紧护着孩子。

“跑！跑跑跑！！”几秒钟后他终于听见有人在自己耳边咆哮，是春草，“楼梯！

上楼！！”

郑医生背着产妇死命地往前跑，春草和司南一边用高火力压制丧尸群，一边拽着他冲到楼梯口。然而正要上楼时，春草变了调的嘶吼突然响起：“这边也有丧尸！小心！”

司南站在楼道中，边对这层走廊上的丧尸倾泻子弹，边往左手边的下层楼梯一瞥。

只见在枪口不断喷吐的火光映照下，另一群丧尸正号叫着，摇摇晃晃地往上走！

形势一下变成了左右夹击，这简直就是点背到了极致。司南一边调转枪口扫射楼下，与春草形成背抵着背的防御姿态，一边头也不回地命令郑医生：“上！往楼上跑！”

然而郑医生毕竟背着一个抱着一个，眼前是枪声大作，黑夜中弹壳横飞，他年纪也不小了，没跑两步就险些绊倒，差点连滚带爬摔下楼去。

王雯竭力睁开了眼睛。

明明是很黑的，但凭借身后狂喷的枪火和不知从哪漏下来的一缕月光，她还是能看见女儿的脸。

婴儿那么小，那么娇嫩，脸涨得通红，不断挣着手脚哭号。

她笑起来，竭力伸出手。

这是我宝贝的小脸儿。

这是我宝贝的小手。

这是我宝贝的腿，蹬得真有劲。

真好，她想。我宝贝一定能长得很强壮，不像她没用的妈妈，死到临头了，还要拖累世上那么多有本事的好心人。

郑医生抓着扶手勉强爬上最后一级，还没来得及站稳，突然感觉有一只冰凉的手拍了拍自己的背。

那其实是有点可怕的，但在危急关头他甚至都没反应过来，就听王雯嘶哑虚弱的声音紧贴在自己耳边，说了两个字：“快跑。”

紧接着他背上重量一轻，王雯竟然挣扎下去了。

“别——”郑医生意识到什么，霎时失声怒吼，只见黑影倾斜纵身，从半人高的楼梯扶手外直直栽了下去！

春草猛一回头：“不要！！”

砰的一声，王雯重重坠进了丧尸群里！

新鲜血肉将蜂拥上楼的丧尸一阻，春草和郑医生都惊呆了。

“跑……快跑，”司南颤抖的咆哮声响起，“别看，快跑——！”

短短半秒的凝固，紧接着三人连滚带爬，趁着丧尸争相分食血肉的空隙间，一鼓作气冲上了楼！

宿舍共有十层，郑医生抱着孩子踉踉跄跄，司南和春草几乎一左一右挟着他奔跑，很快就冲到了顶。

丧尸的速度到底快不过活人，到最上层时他们几乎已经听不见丧尸沙沙的脚步声了，只有空洞的号叫从四面八方响起，在楼梯间久久回荡。

顶层可能是以前化肥厂领导的宿舍间，有铁门从楼道中拦着。司南一枪点射开了锁，让郑医生和春草先上，然后飞快地搬来楼梯间杂物，尽量堵住铁门。

“司南，快！这边！”

春草弄开了走廊中段的一间宿舍，里面是挺大的套房，甚至还有沙发和盆栽。郑医生刚进去就立刻虚脱了，抱着婴儿瘫软在地上，连起身都没了力气。

司南反锁房门，和春草两人推沙发、家具等物，乱七八糟地堵住了门口。

“哇……哇……”

安静下来后婴儿的哭声变得格外明显，郑医生还没来得及哄，春草一屁股坐在地上，憋不住的泪水成串掉了下来：“她为什么要跳？”

司南瘫坐在墙角，不断剧烈喘气，捂住了眼睛。

“为什么要寻死？她刚刚生下孩子，她怎么忍心？”

婴儿似乎感染到了大人的悲伤和绝望，不断摆手蹬脚，哭得声嘶力竭。春草把孩子抱过来紧贴在怀里，难过得不行：“我们愿意保护她的，为什么要寻死？说不定还能活，还没到走投无路的时候呀！”

郑医生捂着脸，肩膀不断抖动，半晌才抬起泪水纵横的脸长叹了一口气：“待会要是丧尸上来，我……让我去引开它们，你们赶紧带着孩子跑。你们是兵，比我这个普通人管用，生存的希望更大……”

“你在胡说什么！”春草激烈反驳，“你是医生，需要你的人更多，知道吗？！”

郑医生颓然道：“我是个没什么用的医生，要是我帮她生得再快点，要是我背她跑得再快点，事情就不会发生了。归根结底是因为我没用，我……”

“你们这么说岂不是我最该死了，”突然司南在角落里冷冷道，“我还什么都不是呢，就是个志愿者。”

郑医生和春草同时喝止：“快住口！”

“所以说不到最后别说这种话，说不定待会周戎就来接我们了。”司南吁了口气，提醒道，“快把孩子哄住。”

——你们周队长真的会回来吗，在这种尸山尸海的局势里？

郑医生嘴唇动了动，却没把这疑问提出来，紧接着就被放声大哭的婴儿吸引去了注意力。

三十二周的早产儿能哭得这么有力其实是好事，但丧尸保留了基本的生物本能，会追逐声音和血气，照这么哭下去，被吸引来是迟早的。

大股丧尸能把底楼的铁门都撞塌，楼梯间的杂物和被反锁的房门又能阻拦它们多久？一旦丧尸觅声追来，他们三人加一个孩子，束手待毙毫无疑问！

郑医生急了，从春草手里接过婴儿，抱着她来回踱步，不断小声哄劝：“乖，乖啊，别哭了，睡吧睡吧，乖……”

然而孩子生下来一口奶没喝着，越哄哭得越声嘶力竭，几乎要闭过气去了。这么小的婴儿，又不能不让她哭，捂嘴必然会把她憋死，郑医生整个人颤若颠筛，一时之间进退两难。

“要上来了。”司南耳朵贴在地板上，抬起头来低声道。

“哇哇……哇哇哇……”

婴儿急促的哭号成了所有人的催命符，郑医生和春草面面相觑，情势随着时间一分一秒过去而越来越紧迫。

“给我。”司南说。

郑医生下意识问：“你要干什么？！”

司南拽下床单，撕成布条，三下五除二把婴儿绑在了自己胸前，打了个死结，推开窗户往下一看。

宿舍楼前的空地上密密麻麻，挤的全是丧尸，根本看不清有多少。远处整个厂区都成了丧尸的海洋，这阵势怕足有上万只，还在不断往南边涌动。

司南转头向上望，窗户顶上是排水管，再上是凸出的楼顶天台。

“太……太危险了……”郑医生颤声道。

司南把枪械肩带拉紧，让冲锋枪固定在自己肩背上，往掌心吐了口唾沫，搓了搓手。

“待在屋里，不要出声，春草照顾医生。”他简单命令，“大家等周戎回来救我们。”

然后他在春草和医生紧张的注视下，半个身体探出窗外，勾手抓住排水管，试了试承重力，猛地一个引体向上。

郑医生：“啊！”然后立刻紧紧捂住嘴巴。

春草探出窗外，随时准备伸手接人。然而司南半空拧腰，侧身弯曲，凭借出色的柔韧性勾上了天台栏杆，然后以单脚力量撑住身体，那动作漂亮得就像体操运动员，抓着窗户上沿的排水管腾起身！

砰！

他的手也一把抓住天台栏杆，翻身跃了上去！

有刹那间他和婴儿几乎完全凌空，两人唯一的支点就是那只勾着栏杆缝隙的脚腕。

春草的心跳都要停了，直到头顶传来司南的声音“完成！”她才骤然松出一口气。

“别怕！”司南站在天台上，喝道，“门关好，别出声！”

婴儿在他怀里哭得喘不过气，司南也不知道怎么安慰，只得用两根手指礼貌性地揉了揉她的小肚子。

他大步走向顶楼和天台唯一的通道——天窗。天窗用木板覆盖，掀开木板后是一架木梯。工人宿舍设施老旧，平常打扫天台的清洁工就是用这架木梯上下的。

丧尸群源源不断涌进这栋楼，已经离他们所处的楼层很近了。婴儿嘹亮的哭声就像开餐的信号，越来越多丧尸争相上楼，带着满身腐臭和血腥，向着木梯蹒跚挤来。

司南端起冲锋枪，扣动扳机的前一瞬突然又想起什么，撕下自己衣角搓成小小的两团，小心翼翼塞进婴儿的耳朵，然后一枪点射打断了梯子。

“吼吼——”

“吼吼吼——！”

丧尸群被两节木梯砸了个正着，发出不甘心的咆哮，拼命向上挥舞双手。

司南在诸多活死人的瞪视中砰地合上木板，松了口气。

幸亏老式建筑实在落后，他刚才就注意到楼道间没有安全梯登上天台，否则除非把婴儿一把掐死，所有人今天都得玩完。

这时已经是凌晨四点半，黎明前最黑暗的时候，月落西天，群星隐昧，大地犹如张开血腥巨口的深渊。

司南冻得打抖，看了下多功能军用腕表，气温零下六度。

婴儿没有厚实的襁褓，此时已经被冻得脸色发青，哭声也微弱了很多。他抱着孩子，找了个稍微避风的拐角坐下，尽量把身体窝成一团，把婴儿小小的身体贴在自己胸腹间，双臂环抱着，竭力用体温维持怀中脆弱的生命。

三十二周，肠胃心肺功能都没发育完全，出生就经历这么多坎坷，实在让人不敢想她能不能活下去。

“你得活下去，”司南喃喃道，“你妈在天上看着我们呢。”

他瞅了眼孩子长着柔软胎毛的头顶，心想这姑娘是不是饿了，但也不敢开口大声询问楼下的郑医生，怕他们一出声就把丧尸吸引过去。思忖半晌后他也没什么好办法，实在是巧妇难为无米之炊，只得舔干净自己的无名指，权当做了个简易消毒，然后给婴儿当奶嘴吮吸。

初生儿有很强烈的生存本能，还真的吸了两下，然而她什么都没吸出来，深感上当受骗，“哇”一声哭得更凶了。

“哎呀我去，”司南想，“这小姑娘还挺挑。”

他心一横，咬破自己的食指，挤出血来，又凑过去喂给婴儿。

这次好歹有温暖的液体了，婴儿小嘴一动一动地吸了两下，又开始：“哇——”但哭号的声音似乎小了些，至少不像刚才那么撕心裂肺了。

司南也没其他办法，只得一边为这姑娘的肠胃功能祈祷，一边持续挤血。很快无名指挤不出来了，就换成小拇指，又换了另一手的无名指。婴儿抽噎着叼住他指尖，就像吮吸母亲的乳汁一样，渐渐安静了下来，竟有了几分温顺的意思。

血液好歹也是有营养的，应该能顶一时饿，但老喂肯定不行。司南怕孩子喝血没喝出问题，被自己手上的细菌弄出肠胃炎就麻烦了，每次喂她之前都先仔细把自己的手指舔干净，结果舔得满嘴火药味儿。

凌晨五点半。

夜幕稍浅，天色微昧。从大楼顶端往下望去，昨夜挤挤攘攘的尸山尸海略微清晰，遍地疮痍的厂区显出了朦胧的轮廓。

司南意识有些昏沉，他打了个哆嗦，把婴儿又往自己怀里贴了贴。

周戎还会回来吗？

其实他也不是十分有底。

周戎回来的动机其实站不住脚，但不回来的理由却有很多。他必须把抗病毒资料和血清送去崖海，他要带领队员保护两车幸存者的安全，他是特种兵中队长，活着以后可以救更多民众……说句诛心的，换作任何一个稍微有点脑子的人，此刻都确实不该回来。

但他是周戎。

他是那个嬉笑怒骂、强横霸道，在这黑暗世间背负希望前行，让团队里所有人用性命去服从的周戎。

司南长长吐出一口白气，抬头眺望远方，目光漫无目的地在丧尸海洋中逡巡。

这是过去的一个小时中他第无数次重复这个动作，然而这一次，他的视线倏然顿住了。

远方公路尽头，雪亮车灯蓦然闪现，随着引擎的轰鸣由远而近。丧尸群来不及躲避便被绞进底盘，腐肉和碎骨铺成长路，在车尾后一望无际。

车头直指茫茫丧海中那座被完全包围的化肥厂孤岛，随即车窗降下，探出黑洞洞的肩扛式迫击炮——

轰！

炮弹所至，尸群炸裂，数不清的活死人被撕裂抛空！

那火光犹如夜幕下绚丽绽放的礼花，顶着排山倒海的尸潮向前推进。硝烟弥漫炮火纷飞，车灯就像一柄来自长夜尽头的利刃，劈开死亡与血肉的大海，在天地间披荆斩棘，所向披靡。

第32章

司南霍然起身。

近处厂区内，炮弹一路震出S形连环爆炸，所到之处尸潮清空，越野车便顶着黑红交织的炮火疾驰而至，一个漂移停在了楼下。

紧接着，周戎肩扛单人迫击炮，从车顶天窗一跃而上，遥遥笑道："司小南！

"春小草！

"戎哥找你们来了——！"

郑医生直直瞪着窗外，如同亲眼见到摩西分海，简直不敢相信自己的眼睛。春草倒一下悲从中来，探出窗外就想吼"你回来送死吗？！"所幸临出口前想起了满走廊丧尸，硬生生把怒吼憋了回去。

"你回来送死吗——！"司南在她头顶喝道。

司小南！世上另一个我！春草热泪盈眶地想。

周戎笑起来："看！哥给你见识下118的黑科技！"

周戎掏出一把形状貌似单手微型冲锋枪、枪口却延伸出三棱箭镞的发射器，春草一见那玩意，立刻拉起郑医生，都顾不得会不会引来丧尸了："快后退！"

一语未尽，两人齐齐退后数步，玻璃窗铮然粉碎。

三棱箭镞拖着绳索，唰地擦过他们头顶，深深钉进了水泥墙！

发射器另一头被周戎用高压磁力底座固定在车顶，绳索连通地面和十层楼房顶端，在苍茫天穹下架起了一座生命的桥梁。司南重新用布条把婴儿绑在自己背上，问春草：“你先我先？”

春草正满屋子找绳子准备捆郑医生：“你！”

司南吸了口气，反手拍拍婴儿的小屁股，低声道：“你妈保佑，你可千万别掉下去。”说完他紧紧战术手套，长空一跃，闪电般抓住了绳索。

风呼啸着拂起鬓发，外套不断凌空鼓荡，三十米高度风驰电掣而下。周戎单膝跪下稳住重心，迎面一把抱住了司南！

周戎：“好！”

下坠力让两人同时卧倒在车顶，司南压在周戎身上，霎时两人只相距数厘米。

丧尸之海如败兵溃退，尚未散尽的炮火缓缓上升，硝烟向天穹远处弥漫，全数映在周戎带笑的眼底。那一刻犹如鬼使神差，又像曾经深深烙印在记忆深处，他们注视着彼此的眼睛。

阴霾广袤的世界在此刻凝固，化作无数支离碎片，纷纷扬扬随风而散。

春草颤抖道：“光……光天化日朗朗乾坤，他们，他们是不是把咱俩忘了……”

郑医生一个劲催促：“趁周队没收绳走人，咱们赶紧撤！”

周戎朗声大笑，司南翻身而起，从越野车顶天窗哧溜滑了下去。

春草反应过来，紧了紧身上的绳索，怕承重量兜不住一个成年男子，便示意郑医生抓紧自己肩背，别到时候床罩布料断裂，把医生整个从半空中摔下去就冤了。

郑医生有点迟疑：“要不……还是我来吧，你还是个小姑娘……”

“别废话，抓紧。”春草笑道。

郑医生想说“我要是有女儿，你年纪跟我女儿也差不多”。但危急关头也顾不了许多了，他只得憋了口气抓住春草双肩——这一抓就感觉到手掌下的骨骼极其硬实，少女纤薄的肌肉层竟然比石块还要紧绷，仿佛蕴含着无穷的爆发力。

春草抓住绳索，站在窗台上，“嘿”一声纵身腾空！

——嘭！

几秒钟后，春草正脸朝下，结结实实摔在车顶，差点被郑医生压了个半死。

“哟，闺女！”周戎收了攀越枪，蹲在边上虚伪道，“给爸爸看看摔着没，疼吗？”

春草一抬头，两行鼻血飞流直下:“你好歹装个样子接一下吧！伪装一下不行吗！”

“你这儿两个人呢，爸爸老胳膊老腿的怎么接得住啊。得了，产妇呢？”

春草闷声道：“跳丧尸群里了，接不住。”

周戎拍拍她的头：“回去再找你算账。”说着起身一炮，把几十米外再度围拢过来的丧尸清了个干净，跳下驾驶座喝道，“走！”

凌晨六点，暗夜渐退，天光微亮。

司南抱着婴儿，坐在副驾驶上睡着了。春草和郑医生天昏地暗地歪在后座上，打着鼾张着嘴流着鼻涕泡，连前方不断响起的迫击炮声都无法震醒他们。

越野车驰过公路，一路向南，身后是茫茫尸海，身前是绚丽的礼花。

原野尽头，第一缕晨光从地平线上乍现时，郭伟祥从车前盖边转头眺望公路，失声道：“他们……大丁！他们回来了！”

“戎哥！”

“戎哥——！”

丁实和郭伟祥两人冲上公路，挥手又叫又跳，身后男女老少纷纷从车上奔出，注视着远处飞驰而来的越野车，悲喜交集。

颜豪昏昏沉沉，挣扎着要起身，被幸存者们小心扶住了。

“回来了！”

“戎哥回来了！”

“周队长回来了——！”

……

越野车披着露水停在路边，车身反射出千万点霞光。周戎打开车门，刚钻出来就被丁实和郭伟祥左右拥抱住了，幸存者含着热泪簇拥上来，女人们争相从司南怀里接过孩子，抱在怀里亲着哄着，男人们踮着脚探头看。

“有吃的吗？真饿死了，我愿意用一个么么哒来换吃的。”周戎笑道，“还有把司小南私藏的奶粉偷出来给孩子冲点，趁他没醒，快。”

气温一夜骤降，严寒令东北乃至整片北方地区的丧尸集结起来，浩浩荡荡向南扩散。

他们必须赶在尸潮前锋之前抵达崖海、进入安全区，否则就会像姓冯的几个倒霉蛋一样，被淹没在十万甚至百万丧尸的洪流中，那辆中巴车注定成为埋葬他们的铁棺材。

幸运的是，除了王雯之外，幸存者们毫发无伤，也没有任何一名特种兵在这场生死追逐中牺牲，他们保留了将资料和抗体送达目的地的完整实力。

不幸之处也很明显——物资不够了。

司南醒了，满脸麻木地就着凉水吃了两包压缩饼干，从咀嚼速度上能感受到他很不快活。周戎蹲在他对面一边啃饼干一边教训："娇生惯养！温室里的花朵，被毁掉的一代！想想当年各种抗洪，地震，救灾，维和……有压缩饼干吃不错了，你那还是带葡萄干的，再不满意跟我换！"

"你说华盛顿将军冬夜横渡特拉华河我比较有认同感。"司南冷冷回答。

周戎看着他嘴边的饼干渣，心里有些痒。但空地周边都是人，周戎来回思量半晌，只得低调地伸出手，揉了揉他额角的头发。

司南梗着脖子把最后一口饼干咽进食道，打了个哈欠，裹紧外套回装甲车上补眠去了。

女人们正抱着孩子张罗着喂奶，捡来木头打着火，小心翼翼热了半瓶水来冲奶粉。司南合衣斜倚在兵员舱侧座上，远远望着那半瓶浓郁温热的牛奶，咽了口唾沫，突然感觉到自己怀里有块硬硬的东西。

他掏出来一看，是巧克力。

"哎，巧克力！"吴馨妍帮忙捡木头收拾早饭，正巧经过车边，顺口说，"给我吃呗！"

司南瞪着她。

吴馨妍无辜回视。

几秒钟后，司南把巧克力收回衣袋，缓缓道："你是女孩子，不能吃那么多甜食，会发胖的。"

吴馨妍默默无语。

春草和郑医生也醒了，春草饿得不行，爬下越野车去找吃的，正好看见一位热心大妈正给半昏半醒的颜豪准备病号餐，立刻流着口水凑了上去。谁料她还没来得及伸手去偷个罐头吃，突然身后平地炸起一声暴喝："阳春草中尉！你给我滚过来！"

春草全身一悚。

周戎休整完毕，要算账了。

“为什么没救出产妇王雯？”周戎一字一顿问。

春草在他面前笔挺立正，垂头丧气，犹如霜打了的小白菜。郑医生搓着手想上前解释，但还没开口，就被周戎狂风暴雨般的呵斥逼了回去：“为什么不自己背着她！为什么不把她捆在背上！为什么撤退那么慢！

“你和司南一共两千五百发弹药，司南打空到最后一发！你为什么没有？！

“你的九百发还剩一百六十四！为什么还剩一百六十四——！”

周戎几乎贴在春草耳边咆哮，空地周围人人震悚，不敢言语。

司南被吼声震醒了，突然开口冷淡地插了一句：“我也在场，当时没抓住她，要骂连我一起骂。”

“骂不起！”周戎毫不留情地怼了回来，“你不是我的队员，没宣过誓，国家又没给你发饷！”

“那点饷够干什么？这里哪个人为你卖命是为了那点军饷？现在118还发不发得出工资？”

众目睽睽之下，司南竟然针锋相对起来，谁也没想到一贯沉默寡言的他口舌竟然如此锋利：“你们工资多少，折算油粮几斤？那谁给我把枪，我去前面市里照着数抢回来，阳春草中尉一个月工资多少我给你抢多少，从此她为我卖命了，干不干？”

周戎：“……”

春草：“……”

被点到名的“那谁”郭伟祥：“……”

郑医生简直目瞪口呆，半晌才鼓起勇气，虚弱道：“那、那个……”

人们纷纷回头望去，郑医生硬着头皮辩解：“他们俩都尽力了，真的特别多丧尸，左右包围……都怪我没把她背紧，她偷偷跳下去的，想让我们快跑……”

很多人面露不忍之色，婴儿被吵醒了，“哇”地大哭起来。

“要是怕累赘的话，为什么还千辛万苦把孩子带回来？不是他们俩……不是他们俩我们都没命了，”郑医生缩了缩脖子，感慨道，“真的都没命了。”

幸存者们向周戎投来隐晦而谴责的目光，大有“你怎能这样，你无理取闹”的意思，周戎没办法了。

“你认错吗？！”

春草蔫蔫道：“认。”

周戎只能偃旗息鼓，想了想又补上一句：“滚那边去不准吃饭！”

春草很尿地走到车边蹲下，臊眉耷眼的，手指揉搓着深绿色军装裙脏兮兮的下摆。

司南下了车想去夺枪，郭伟祥想起这位是单枪匹马杀出丧尸潮的主儿，怕他一言不合真去抢粮食，忙不迭抱着他的枪躲了十多米：“冷静点，你冷静点！”

司南别无他法，不满道：“我也不吃饭了。”说着走回春草身边，也往地上一坐。

周戎无奈道：“我祖宗，你刚刚才吃过好吗？”

颜豪恍恍惚惚被人喂了几口热汤，终于清醒了过来。之前他听见周戎骂春草和司南，一直想开口阻止，无奈却实在发不出声音，眼下终于能捂着肋骨痛苦地咳了几声，沙哑道：“戎哥，戎哥……”

周戎气哼哼地转身走向另一边的生化车：“醒了？你没事吧？”

趁他这一转身，空地边上准备早饭的女人们互相对视，然后之前那位准备病号餐的大妈点点头，往怀里藏了点什么，偷偷摸摸挪过来，往春草手里一塞。

那是俩卤鸡蛋。

春草没来得及说什么，周戎犹如背后长眼般回过头：“干啥呢？”

大妈抢着回答：“没干啥！”

“咳咳咳！！”颜豪立马放声大咳——也真是拼了，本来肋骨就断了几根，这一震的滋味堪称酸爽，差点没把他自己疼晕过去。

周戎只得又回去履行他作为队长的职责：“快快快，拿温水来，把这个夹板在他胸前绑紧……”

大妈万分怜爱：“我可怜的小闺女……”示意春草赶紧吃，然后踮脚溜走了。

春草饿极了，扒开一个鸡蛋皮就开始狼吞虎咽。司南坐在草地上帮她剥另一个，抬头瞥见不远处生化车边。周戎背对着他，半跪在地上，搂着颜豪的头，正招呼旁人帮伤员煮沸水消毒纱布。

那姿态在外人看来，确实是有点亲密的。

不知为何司南情绪略微低落，一声不吭地别开了目光。

“还难受呐？”郭伟祥带着两瓶水从草地另一头踱过来，递给他们俩一人一瓶，笑道，“没事，当着这么多人的面，没把产妇救出来，戎哥肯定得骂啊。骂完了就好了，别往心里去，他知道你们俩都尽力了。”

司南懒洋洋地不作声。

“戎哥刚才那么说，其实是因为心里对你有愧疚。”郭伟祥压低声音劝他，“你不是特种部队的人，应该算受保护的平民，但迫于形势又得把你当敢死队员来使。万一你光荣了，连个升衔抚恤的待遇都没有，他心里对你其实很歉疚……”

——如果郑医生在边上的话，肯定能察觉到不对，进而解释点什么；但春草是个懵懵懂懂的姑娘，嘴里塞满鸡蛋，只会在旁边“嗯嗯”地点头。

“快闭了吧，”司南一手撑着额角，终于忍无可忍地打断了祥子的叨逼叨，“你懂什么？你就是个大公鸡。”

他站起身，随手从兜里摸出巧克力塞给郭伟祥，说：“给你俩了。”

然后司南头也不回上了车，屈起膝盖缩在后座角里，裹紧外套闭上了眼睛。

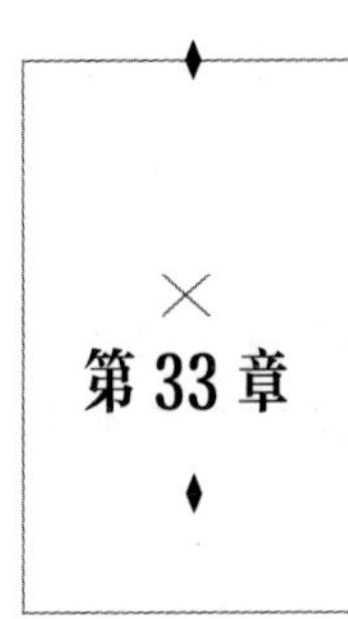

第33章

不明所以的春草和郭伟祥吃了那块巧克力，中途不怕发胖的吴馨妍姑娘也来分了一块。

然而下午司南打着哈欠醒来时已全然忘了，他伸了个懒腰，莫名其妙问：“人呢？”

“往前搜索物资去了，”吴馨妍一边洗衣服一边说，“周队长带着十多个人，看你睡着了就没叫你。”

“因为我不是他们118的呗。”司南立刻冷冷道。

吴馨妍笑道：“说你两句怎么记这么牢？”

周戎他们开走了一辆车，把另一辆停在河边。昨夜乌云那么厚，今天却出乎意料是个好天气，阳光洒在河面上，反射出粼粼的金光。

吴馨妍洗好衣服拿去晾起来，不远处大家收拾东西的收拾东西，准备晚饭的准备晚饭，俨然是末世中难得的祥和气氛。

司南下车来活动筋骨，深深吸了口初冬清凉的空气，看见身后空地上郑医生正给颜豪检查创口，大妈抱着婴儿，在烧热水冲奶粉——不用说，那满杯的是给伤员的，半杯的是给婴儿的。

司南远远看着那包自己连封都没来得及拆的奶粉，内心相当的惆怅，知道自己这一路上都不会再有机会碰到奶制品了。

吴馨妍晾好衣服，去端起那杯牛奶给颜豪，和郑医生两人蹲在铺盖边不知道在商量什么。过了会儿郑医生起身离开，她又跟颜豪聊了几句，用手背捂着嘴笑了起来。

司南摇摇头，揉按酸疼的后颈骨，十分老成地叹了口气。

这些人哪……

这时郑医生拿着一根树枝削成的拐杖回来，示意颜豪挪两步试试。颜豪有些痛苦地坐起身，郑医生一个人没法把他扶起来，吴馨妍想搀，却被郑医生拦住了，逡巡空地后他向司南招了招手："小司同志，来帮个忙！"

司南揉着后颈走过去，还没走近，就只见颜豪向他微笑起来。

司南试了试他胸前的夹板："现在走路会错位吧？"

颜豪低声唤道："司南。"

郑医生说："不会，断口已经接上了，这种干净利落的闭合伤他们爆种者造得住。"

司南不想跳河里去洗澡，大妈们肯定不会准他插手灶台，也没其他事情好干，便顺从地扶着颜豪右臂，和郑医生搀扶着他慢慢向前走。

这时候荒草满坡，余晖西下，远处城镇仿佛熔化在金水中，放眼望去一片金红。司南本来就不太主动开口，郑医生边走边叮嘱颜豪要用沸水、注意消毒，过了一会两人也安静下来，颜豪轻轻咳了一声。

"司南……"

"嗯？"

"那时候……"颜豪复杂地顿了顿，沙哑道，"我好像听见你说，英杰他也活下来了，但我当时恍恍惚惚的也没听真切……"

"我骗你的。"司南小声说。

颜豪叹了口气："没关系。"

过了会儿，他又像是挣扎了很久，才开口涩声问："你就是那时……从我身上，知道我们都是爆种者的吗？"

郑医生本来正有一搭没一搭听着，闻言似乎感觉到了什么，嘴角突然抽搐了几下。

司南一愣："唔。"

他抬头望向颜豪，猝不及防撞上了对方的眼神。

在河面千万闪烁的金点中，颜豪眼底深处流转着某种让司南似曾相识的暖光——

那是在B军区地底隧道两组队员分手，他上前来紧紧拥抱时，眼底燃烧着的欲语还休的温度。

司南低下头想了想，微微蹙起眉头，他那早早就有了细微纹路的眉心又拧起来了。

颜豪一直在注意他神情的细微变化，大概意识到什么，立刻道："有件事我想跟你说，当时……"

谁料司南却委婉地打断了他："我有点事，要不让那姑娘来扶你走走？"

司南松开手，下一刻被颜豪抓住了。

"咳咳！"

两人一同望去，郑医生的表情十分正经："那个，那边孩子哭了，我要去看看，过会儿吃晚饭我再叫你们俩哈！"

司南心说：那孩子哭关你什么事，那孩子一天醒四个小时哭三个半小时，你又不能让她不哭——但他根本来不及阻止，郑医生就脚底抹油逃之夭夭了。

颜豪有点尴尬："你还听吗？"

司南往周围一扫，空地上做饭的做饭洗衣的洗衣，郑医生已经像模像样抱起了孩子，一边拍打一边哄着，完全没人想要过来的意思。

司南叹了口气："听吧。"

他们俩在河岸边坐下来，颜豪胸前绑着医用束缚带，坐姿颇为古怪，司南便把身边的荒草搂起来团成一个枕头，给他垫在身后，好让这个坐姿能稍微舒服些。

"本来在T市的时候就想告诉你的，但大家以为你被丧尸咬了，兵荒马乱的，后来直升机又撞毁在了楼顶上……来到化肥厂后，听你说看不起爆种者，我也就没敢提这茬了。"

颜豪顿了顿，低头盯着自己的手轻声说："我知道有些非常出类拔萃的无质者，确实会看不起爆种者，觉得沙文主义什么的。但我们这支队伍总体都不是那样的人，我也……我也不是，我一直都很尊重你，尤其你救了我的命两次，算上基地里找到抗体给我注射的话，应该是三次。"

司南摇头道："那种情况不能算。"

"那前两次也该算的。"

"前两次就是顺手……"

"我们没必要争这个，"颜豪果断而温和地打断了他，"这末世里每一天都充满重重危机，没有人会拿自己的性命去'顺手'。你可以不当回事，但我却必须得领情，这是立场的问题。”

颜豪跟周戎明显不同——周戎自从暴露自己是爆种者后就再也无所顾忌了，很多时候会让人感到极其强烈的刚硬和压迫感，在对峙时甚至会让人感到一丝压迫性。但颜豪没太大变化，还是很柔和的，即便有时情绪急切也很快就过去了。

司南看着他，从离开 B 军区开始，内心风雨飘摇了无数次的怀疑又再次浮上心头。

我该不该趁这个机会问出口？他想。

但确实有点尴尬啊，万一这俩爆种者就是那种惊世骇俗的关系呢……

他正这么思量着，就听颜豪又说：“有个问题我本来想过段时间，等考虑清楚了再问你的……但末世里随时有可能会死，晚上闭上眼也不知道还能不能睁开看见第二天的太阳，如果一直没机会问出口，我应该会抱憾终身的吧。”

他缓缓抬手按住司南手背，那动作非常轻柔，但能感觉到掌心粗硬的枪茧和陈年细微的刀疤。

“我就想知道……”

司南脸颊肌肉有点发僵，只见颜豪稍微凑近，目光非常非常的专注认真：“经过这段时间相处，你心里是怎么看……”

不远处突然响起一阵喧哗，人群惊呼四起。

两人都瞬间住口，同时往声音来源望去，司南拔枪瞄准了公路——

然而那却不是丧尸偷袭。只见他们的装甲车和一辆旅游大巴前后停在驻扎地边，周戎跳下驾驶室，把郭伟祥从副驾驶上揪了下来，当胸就是一脚！

“你给我滚那边去！”周戎的咆哮声隔那么远都极其清晰，“丢人的玩意！滚！别过来！”

“我错了行不行……”

“滚！丢人！”

周戎明显是动了真火，跟早上训春草训到一半偃旗息鼓的那种完全不同，几脚把郭伟祥踹得连滚带爬，郭伟祥差点没吐出血来。还是郑医生怕他盛怒之下让营地里再多出个伤病号，上去连说带劝地挡住了，示意灰头土脸的郭伟祥赶快跑。

“别让我看到你，你这王八蛋——”

周戎还要上去踹，旅游大巴上奔下来几个人，好说歹说把他抱住了。

颜豪让司南扶着他慢慢踱过去，刚挪到营地中间，就见旅游大巴上三三两两又下来不少人。其中有个神情瑟缩的少年，看样子估计也就十六七岁，眉清目秀身量不高，额头上贴着一大块纱布，隐隐透出血迹。

司南步伐一顿。

“怎么了？”颜豪敏感地问。

司南沉默了一下，轻声说：“异血种。”

“我不打他。

“我真不打他。

“我只是一时气不过……我保证不打死他！”

周戎好不容易让七嘴八舌的群众相信他，筋疲力尽地脱了身，又让郑医生带人去清点物资、给新救出的这批幸存者做身体检查，然后拧开了一瓶水。他实在渴急了，水珠顺着下巴流下筋骨突出的脖颈，怒灌了大半瓶才意犹未尽地抹了抹嘴。

“哟，颜豪同志！”周戎吐出一口气，斜着眼睛上下打量颜豪手上那支拐杖，“你干啥呢，不好好躺着，拉着我们家小司同志兜风哪？”

颜豪没好气：“谁是你们家小司同志，我们家的也说不定啊。”

周戎：“啧啧啧你还横上了，你让司小南自己说是谁家的，昨儿大丁没把我的临别赠言转告给你？”

司南默默无语。

司南在两双眼睛的炯炯瞪视下，抬手用拇指点了点不远处正垂头丧气地蹲在地上拔草的郭伟祥：“他干什么了？”

其实在看到那少年的时候，所有人都隐隐有所猜测，果然周戎的回答也没有出乎他们俩意料：“那个，”他指指那个缩在旅游大巴车边的少年，郑重道，“是我此生最不想打交道，尤其在逃亡路上最怕遇到的物种，异血种。”

司南面无表情。

颜豪立刻表示：“别这样说队长，英雄救美正好。”

“我们在扫荡超市的时候遇上了这拨人，他们是病毒暴发时躲进仓库的幸存者，因为物资丰富，每天吃好喝好，甚至还有自热方便面。你知道那种一拉线自己加热的方便面吗？我们进去救人的时候他们正在吃晚饭，一锅热气腾腾的老坛酸菜配切片火腿肠……”

司南和颜豪同时咽了口唾沫。

“你们俩那是什么表情，我们真是去救人的。”周戎不满道，“而且他们也很迫切地想跟大家走，你们俩是没看到当时的场面，但这倒不是重点。”

“重点是，幸存者中有一位异血种。”周戎深深叹了口气，表情很是疲惫，“这小孩在转移过程中被丧尸追，头磕在货架上出了一地的血。当时我在外面警戒，就那么几分钟不见，郭伟祥同志差点犯了需要被枪毙的错误……”

少年在不远处探头探脑，似乎很想知道他们在说什么，但神情又怯怯的。

“你别过来！滚远点！”周戎眼角余光瞥见郭伟祥似乎想凑过来，立马怒吼道。

郭伟祥蔫了，只得回去继续拔草。

周戎余怒未消地重重哼了声。

第34章

周戎和颜豪头靠头坐在火堆边，那样子看上去颇像地下党接头，又像俩恐怖分子在商量什么不可告人的阴谋，所有人经过都自觉绕过他们俩十米远。突然两人一起回头，四只眼睛齐刷刷投向正靠在装甲车边擦拭军匕的司南，把后者看得一愣。

“你看，”周戎嘴唇不动，从嘴角里小声说，“是在看我吧，看得可入神了。”

颜豪狐疑道：“难道不是在看我？”

周戎按着他头顶，强迫他转回去：“你想多了！”

从B军区出来后，每一次当司南几乎能确定自己对这俩人的关系只是胡猜乱想时，他们俩都会突然做出些惊世骇俗的举动，来闪瞎司南足以八百米外干扰战场的狙击狗之眼。

他习惯性揉按眉心，下意识想把眉间那道细纹按平，长长吁了口气。

新来的异血种名叫任钧洋，其实已经成年了，但长得颇清秀娇小，看起来比实际年龄要小一些。

要命的是他身体还不太好，不知道天生就这样还是后天疏于锻炼，反正肩不能扛手不能提，既没法跟着男人们排班值夜，也帮不上女人们炉灶的忙。郑医生抓破了脑袋也没想到能安排他去干点啥，最后只好让他跟吴馨妍一块儿洗些轻省的衣服。

他们沿公路边的小型村镇一路南下，途径冀省、取道江城，尽量避免丧尸拥堵的高速路以及人口稠密的主要城市。每经过村庄时周戎都会亲自带队去搜索救生物资，有时也能救出一些幸存者。

然而随着时间的推移，每次能搜集到的食物和能救出的民众都越来越少了。

因为活人越来越少了。

从化肥厂带出来的群众，加上沿途陆续救出的幸存者，现在他们已经组成了一支七十多人的队伍。

周戎说如果进入大城镇的话肯定能找到更多活人，然而他们已经没有时间、也没能力深入高危腹地去搜索更多的幸存者了。

谁也不知道他们手中的原始抗体够不够稳定，有效期还剩多久，万一崖海基地真的就在等它，而抗病毒研究的关键时机又被他们的行程所耽误，那后果将是难以预估的。

颜豪趴在掩体后，眯起眼睛，望着瞄准镜中四十米外的丧尸：“队长。”

消音器嗖一声轻响，丧尸应声而倒。

周戎：“干吗？”

他们刚刚搜索完一座村庄，全村落已经完全死绝了，找不出任何幸存者。物资也没剩多少，吴馨妍追了半个村才逮着一只惊恐万状的公鸡，郑医生用外科手术般精准的刀法把它宰了，正准备拔毛放血，晚上给大家炖鸡汤加餐。

“我想了很久，”颜豪郑重道，“我觉得你很需要对象。”

周戎沉默一阵，问：“为什么？”

“你单身太久，虚火旺盛，内分泌明显出现了问题，上次你在草丛里放水差点把春草熏了个跟头。还有昨天夜里你装睡去搂小司同志，人家躲了你好几次……”

“我梦游。”周戎脸不变色心不跳，稳稳地扣下扳机，将六十米外的丧尸一枪放倒。

颜豪叹了口气。

“嘴硬是行不通的队长。”他怜悯道，“那个新来的我看不错，也需要人护着，我看你就主动一下……”

身后传来了脚步声。

周戎维持趴着的姿势一回头，只见司南把手里的子弹箱放在地上，居高临下双手抱臂，来回打量他们俩。

周戎下意识就想把裤子口袋里的水果糖掏出来献殷勤，但还没来得及掏，就只听司南冷冷地问：“为什么不问问人家自己的意见？”

周戎仿佛听到了天大的笑话：“谁的意见？”

司南往后一指，只见小任坐在郑医生边上，正笨手笨脚地帮忙拔鸡毛。

“异血种的意见？”周戎哈哈笑起来，“异血种需要发表什么意见？反正就是需要被保护嘛……”

“他这种人在末世很难活下去，”颜豪看司南脸色不对劲，连忙解释道，“异血种天生就是比较脆弱的。现在很多人批判所谓的爆种者沙文主义，但这也是社会的现状，以前上学课本都这么教我们的。”

司南眼睛眯了起来，仔细观察的话他脸颊肌肉其实有点绷紧。

周戎耸了耸肩，以示赞同颜豪。

司南单手提起三十公斤的子弹箱，面无表情地打开，翻倒。

数不清的弹夹倾泻而下，把俩爆种者砸得哭爹叫娘，司南把空箱往周戎头顶上一套，拍拍手走了。

从那天起司南拒绝跟周戎睡在一辆车上，收拾铺盖挪去了另一辆车。

颜豪对此有些欣喜，也收拾收拾跟到了另一辆车上。然而他这边刚躺下没两分钟，司南翻身看见他，起来收拾铺盖又走了。

司南抱着枕头在营地里转了几圈，在车窗后周戎和颜豪的密切关注中，闷头钻进了旅游大巴。

这支七十多人的逃亡小队穿过江城，途经宁市，从岳陵市的边郊向潭城进发。穿过南楚省之后，接下来就要面对丧尸病毒高度集中的沿海地区了。

这趟纵切半个国家版图的旅程，也终于进行到了开始危险的阶段。

“我们没有任何可能开车抵达码头。”周戎叼着草根，手指在沿途找来的一张破烂地图上划来划去，戏谑道，“岭南省人口太密集了，而且他们什么都吃，把海西省的人串起来炸成酥酥沾海鲜酱……我在军校上学的时候下铺有个岭南省的哥们，人是好人，但我一直怀疑对门海西省同学失踪跟他有关……”

“所以岭南省丧尸的杀伤力我们还是不要去亲身体会了，这里——”他手指停在地图上潭城的位置，说，“可以尝试在市区周边搜索航空设备，民营直升机公司最好，直接飞去崖海，然后近距离向基地发射定位讯号。”

颜豪和春草他们围坐在地图边，司南一个人待在车厢角落，闭目养神。

“哪里会有民营直升机公司呢？”春草问。

“机场周边可以碰碰运气，说不定还能找到药店。”

“到时候还是分头行动？”

“嗯，照例我带一组颜豪一组……不，”周戎话音微顿，喃喃道，“颜豪伤没好。”

他的目光投向不远处，角落里司南抬起眼皮，漠然回望。

周戎心念一动，招了招手：“过来。”

司南歪在皮质座椅上，懒洋洋地望着他。

山不来就我，我便去就山，不仅就山我还可以抱抱山——周戎脾气十分好地走过去，半跪在座椅前，然后在司南意外的目光中，拔下了扣在自己右耳上的那枚红宝石耳钉，然后伸手往司南左耳上摸索。

司南颤声道：“你干什么？”

周戎笑问：“你怎么不干脆去打个耳洞啥的？”

众目睽睽之下，司南后脖子上的寒毛都要立起来了：“我为什么要打那种东西？！”

第35章

布满高压电圈的铁门向两边拉开，蓝白相间的防暴车在警卫们不信任的目光中缓缓驶了进去。

车头前方，山坡间隐藏着大片军事基地建筑，钢化顶在天幕下隐隐反射出白光。

空旷的会议室里，一道窈窕背影坐在长桌尽头。玻璃门无声滑开，一名警卫大步走进，俯在那背影耳边低声道："他们来了。"

背影转过扶手椅："放进来。"

——那竟然是个样貌非常年轻的女子。

她形容瘦削，穿着便装，半长发束成马尾，如果不看左侧脸颊上四道狰狞的赤红抓痕，她的脸甚至能用秀丽来形容。

警卫低头退了下去。

片刻后玻璃门又开了，警卫打了个手势："请。"

防暴车上的三名不速之客踏进会议室，站定在长桌后——两男一女，竟然全是白人。

全是爆种者。

"哟，"那金发碧眼的女人身材极其突出，用轻佻的目光上下打量对面一番，笑道，"还真是异血种……这可不多见了。"

她旁边身高足有两米、站在那就跟岩石垒在地上似的男人没出声，前面为首戴墨镜的白人男子也没搭理她。

不远处长桌后，女子不动声色地打量他们，室内安静数秒，她才开口缓缓道："罗缪尔上校。"

为首的男子摘下墨镜，露出一双灰蓝色眼睛，开口便是标准得过了分的C国语："幸会，陈雅静小姐，非常感谢你百忙之中拨冗见面。"

说着他彬彬有礼地欠了欠身，尽管上身倾斜不超过二十度。

"不用多言。"陈雅静抬手制止了虚假的客套，直截了当问，"你们要找的人是？"

罗缪尔一伸手，他岩石般的手下递上牛皮纸文件袋，随即他走上前，将文件袋放在了陈雅静面前。

文件袋用线封口，陈雅静思忖片刻后，终于伸手将它拆开来。

只见袋子里不过薄薄两张纸，记录着目标人物的简单生平和行事特征，另外还有一张正面清晰照。图片上的年轻人眉目俊朗、轮廓深邃，五官就像雪白大理石雕刻出来的，有种带着光泽的俊秀坚硬，两眼直直盯着镜头。

明明是毫无表情的证件照，他那仿佛空空洞洞又森然专注的凝视，却让观者从心底里油然升起一股寒意来。

陈雅静放下了文件袋："贵国军方在全球灾难的当口，不远千里来到本地，就是为了找这么一个人？"

罗缪尔说："你错了，陈小姐。我国已经没有什么政府或军方，一切国家机构全部分崩离析，现在所有行为都是以个人名义进行的了。"

"那你以个人名义冒死而来的目的是？"陈雅静拍了拍文件袋，"这个人有何特殊之处，跟你是什么关系？"

罗缪尔灰蓝色的眼底浮现出一丝难以形容的，亮度有些瘆人的精光。

"是我弟弟。"他说。

陈雅静微微挑起了眉梢。

"恕我冒昧，罗缪尔上校。你的模样可不像会有一个东方裔的弟弟，也不像会为了兄弟之情而穿越半个遍布丧尸的地球……如果此人身上有什么秘密，你最好现在就说出来，否则我们的合作会变得很难。"

罗缪尔微笑道："你在威胁我吗，陈小姐？"

他的袖口突然滑出一把袖珍枪，他兜手接住，闪电般抵在陈雅静的太阳穴上！

"干什么？！"门口警卫暴喝出声，还没来得及动手，那金发女人已掏枪遥遥指住了他！

变故陡然而生，情势猛地剑拔弩张。

然而陈雅静毫无惧色，她甚至几不可见地笑了一下，向罗缪尔胸口扬了扬下巴：“上校，请低头。”

罗缪尔向下一看，胸前赫然映着一星红点，随着他的动作牢牢贴在心脏位置上。他意识到什么，抬头望向窗外，只见对面楼房某扇窗户里，瞄准镜在阳光下反射出难以察觉的亮光。

狙击手。

“你可以选择不合作，但如果你杀了我，”陈雅静说，“你和你的两名手下，都不会走出这座幸存者基地。”

罗缪尔思考了几秒钟，竟然率先放下了袖珍手枪，诚恳且有礼貌地点了点头：“不好意思陈小姐，一时手滑，请多担待。你具体想问什么？”

金发女人从鼻腔中轻轻哼了声，收起手枪，罗缪尔胸前的红点也消失不见了。

虽然危机解除，但警卫看上去仍然愤愤不平，倒是陈雅静并没有计较对方这一虚伪的惊天手滑。她活动了下因久坐僵硬的颈椎，指着文件袋问：“请问你要找的这个人，和你是什么关系呢？”

“真的是我弟弟。”

“喔？”

“虽然不是同父同母，但至少在法律关系上曾经是。”

“那他为什么来到本地，是否存在任何危险性？”

罗缪尔拉开一张转椅，坐在陈雅静面前，食指中指并拢，点了点那单薄的牛皮纸文件袋：“我不确定他到底在哪，因此我曾经联系贵国军方，却没有得到任何应答，我猜想那是贵国政府也已经解体了的缘故。

“这一路上我联系过几座幸存者基地，然而不幸的是，这些基地有的简陋不堪，很快就在丧尸潮中覆灭了；有的为争夺权力而自相残杀，也变成了从内部开始崩溃的堡垒。

“我会继续一路北上，但目前看来只有你陈小姐的这座基地，是我见过最牢固，也最秩序井然的乱世王国。”

陈雅静礼貌道：“虽然事实并不是你看到的那样，不过谢谢。”

“不用谢，我相信自己的眼睛。不过，”罗缪尔话锋一转，“如果你真的找到了我弟弟，请谨记一点——他将会成为你这座堡垒建立以来最严重的威胁。”

陈雅静的眉头皱了起来：“哦，他很危险？”

“很危险。”罗缪尔重复这三个字，语调有些古怪，然后笑了起来。

“他是一个彻头彻尾的杀人狂，或者说天生的反社会分子。他拥有用任何日常物品做出杀人工具的天赋，筷子、汤勺、塑料片、石头，甚至是一杯普通自来水……支离破碎的人体和鲜血让他亢奋，爆种者临死前的惨叫尤其是这样，他第一次杀人时才六岁。”

“是的，爆种者。”罗缪尔在陈雅静错愕的目光中顿了顿，“他成长过程中没什么机会接触无质者和异血种，然而他仇视爆种者，就像连环杀手往往会专注于某一特定类型的猎物一样。”

陈雅静皱眉道：“为什么？”

罗缪尔一摇头，没有直接回答她的问题：“我可以告诉你他最出名的事迹。

“几年前的某天中午，他离开餐厅去洗手间，回来的时候同桌坐了几个爆种者。他开始并未表现出任何不满，但他坐下之后，拿起汉堡咬了一口，突然喝令所有人离开他的桌子，否则就杀了他们。

“有两个人因为畏惧而走开了，另外几个不以为然。他数到三，接下来的十分钟是那几个人投胎转世后都不会愿意回忆起来的噩梦，他用一把勺子捅穿了他们的咽喉——

“虽然起因仅仅是别人在他用餐时，坐在了他身旁。”

陈雅静沉默片刻，淡淡道：“你让我不太敢跟你合作了，罗缪尔上校。维持这座末日基地的人事平衡是非常微妙的，这个危险分子……”

但罗缪尔漫不经心地笑了一下，示意金发女子把手提箱拿上前。

小小的金属手提箱由密码锁住，打开后寒气霎时氤氲而出，陈雅静向里一瞥，只见悬空试管架里有一只食指长的三段式注射器，浅红色药剂装在密闭针管里。

“这个，”罗缪尔在陈雅静难以置信的目光中说，“是抗病毒疫苗。”

陈雅静难以遏制地伸手，但紧接着被罗缪尔挡住了，他随即古怪地笑了一下：“——虽然只是一部分的疫苗。”

十分钟后，楼下。

罗缪尔提着冷冻箱，带着他的两名手下走出大楼；坐在轮椅上的陈雅静被警卫推出来，停在了台阶上。

"最后一个问题，罗缪尔上校。"

罗缪尔拉开车门的手顿了顿，只听身后传来陈雅静的声音，似乎带着一丝若有若无的嘲讽："你看上去并不是对我国文化心向往之的人，C国语却说得那么好，是为了你那位法律意义上的弟弟而特意学的吗？"

罗缪尔久久没有动作，半晌回过头，眼神甚至称得上有些阴翳。

"我说了，小姐。"他缓缓道，"法律意义上'曾经'是。"

"哈哈——"

"哈哈哈——"

"哈哈哈，哈哈哈——"

司南盘腿坐在车后座上，披一件几乎能把他整个人埋住的兜帽外套，用宽大的兜帽盖住整个头，但仍然挡不住前排众人丧心病狂的笑声："颜豪？哈哈哈就颜豪那弱鸡？十个颜豪都能被老子一顿揍翻哈哈哈哈——"

"队长你够了！你想打架吗？！"

"哈哈哈戎哥跟颜豪俩男爆种者怎么谈恋爱，纯精神柏拉图吗？好感人哈哈哈——"

"爸，原来颜豪就是我多年不曾相认的亲妈！为什么你们从不告诉我真相，真是太过分了哈哈哈——！"

我就知道不该问，司南面无表情地想，杀了这群爆种者吧。

周戎从副驾驶上回过头，隔着兜帽拍了拍司南的脑袋，语气中洋溢着欢乐："给哥看看，哟，还生气呐？"

杀了这群爆种者吧，司南想。他偏头一躲没躲开。

周戎按着他的头顶，强行迫使他靠近自己怀里，边捏他脸边哈哈大笑："你们A国长大的小孩就是会玩，来告诉哥，你见过人上床吗，知道上床是怎么回事吗？"

司南缩头躲开了。

"你……你为什么不早来问……"颜豪从后座上探过头，他从刚才起就一脸欲哭无泪，"那你从军区出来以后呢，知道我们都是爆种者了，为什么不去问问春草、祥子和大丁？"

司南沉默。

"我跟队长哪里会让你误会啊？"颜豪挖心掏肺地问，"这么长时间以来你就没有怀疑过吗，哪怕只有一次？”

当然有……经常。司南心想。

但谁知道你们118为什么要把定位仪设计得这么骚气，设计师一定是爆种者吧。

司南叹了口气，撑着额角望向窗外，左耳上那粒用耳夹固定住的红宝石熠熠生光。

果然还是把这群爆种者全宰了吧。

“当地机场附近有一家民营航空公司，昨天我和春草在周边地区观察过，停机坪上有两架大型直升机勉强符合我们一次转移所有人员的需求。”

车厢在前进中微微颠簸，周戎拿着一截短短的铅笔头，在本市地图机场的位置上打了个叉。

“初步计划是这样的。我、颜豪、春草和丁实四个人为一组，以高火力为掩护，撕裂停机坪防护栏，强行进入跑道，起飞两架大型直升机；司南和祥子带着其他所有人，在附近寻找适合直升机降落的平台，并顺带找药房……找不到就算了，不要冒险，命重要。

“而当你们找到平台并安全抵达后，由司南再按下定位仪——就是那个‘情侣耳钉’——一千米内颜豪耳朵上的另一枚‘情侣耳钉’会接收信号，以此互相定位，我们会开着两架直升机前去接应。”

周戎合上地图，巡视众人：“有问题吗？”

颜豪：“我哪点看上去像是会喜欢上队长，各种意义上的？”

春草：“爸爸爸爸，颜豪是我亲妈吗，那司小南是不是新妈妈？”

祥子：“找不到就算了，不要勉强，是不是说明干脆不去找了也可以……戎哥？戎哥！”

周戎给了颜豪一拳头，敲了春草一暴栗，在车厢有限的空间里踹了祥子一脚，然后在混乱中看见对面司南面无表情地举起了手。

周戎心说：我们队里现在爱岗敬业的只剩编外人员了。

“小司同志请发言。”

司南问：“怎样才能确认信号发射成功？”

“本来你发射定位后，天枢卫星系统会传达给118专用的平板电脑和基地终端，但天枢在全球卫星系统崩盘的一个月后也相继阵亡——为地球某处角落里某位不知名的基站工作人员默哀。”周戎说，“所以现在它只剩物理反应了，一千米内接收信号成功后，两只‘情侣耳钉’会一起振动。”

司南无声地点点头，示意自己懂了。

“还有什么问题吗？”

众人捂头的捂头捂脸的捂脸，都纷纷表示没有异议。

“很好，”周戎握拳道，充满信心地鼓励大家，“让我们以活到今晚为目标，向美丽的崖海进发！”

他起身离开车厢，钻回了副驾驶，望着满目狼藉的机场公路和车窗前时不时被迎头撞飞的丧尸。

“会一起振动……”突然他若有所悟。

丁实边开车边扭头瞥他，目光难以言喻。

周戎喃喃道：“这玩意不会真是给情侣玩的吧……”

第36章

“看万山红遍，层林尽染；漫江碧透，百舸争流……”

丁实苦着脸道：“戎哥我求你了，别念了，咱就是突破一道铁丝网再偷两架飞机，开了就走人了好吗？”

“我这是见缝插针的爱国主义教育，”周戎有些不满，“前路如此曲折，境况如此艰难，你们不应该沉浸在高涨的热情中，准备摩拳擦掌大干一番吗？”

丁实把军用望远镜塞给他，指指窗外，示意他自己看。

远处，当地机场黑烟滚滚，高架桥上、停车大楼、候机楼前满眼望去全是丧尸，跑道上两架客机撞在一起，机翼、涡轮四分五裂，机身已被烧成了漆黑的焦炭。

丁实把周戎眼前的望远镜推了个角度，让他看另一边。

民营直升机公司。几架大小不等的直升机降落在大楼前，停机坪被铁丝护栏围绕，护栏外几百只丧尸蹒跚游弋。

铁丝网内辽阔的停机坪上空空荡荡，一只丧尸都瞧不见。

“好像革命征程也没那么艰难……”周戎自言自语道。

按原计划，小队兵分两路，周戎等四人开两辆装甲车去强闯停机坪，而司南换上防暴制服，背上枪，和郭伟祥一块儿转移到旅游大巴，带领群众找能让直升机降落接人的平台。

“颜豪。”周戎突然道。

颜豪正准备起身去送送司南，闻言脚步一顿。

周戎拍拍他的肩，漫不经心道：“借我个东西……”说着闪电般伸手去拔颜豪的耳钉。

“你干什么！”颜豪立马躲闪，箭一样蹿下了车。

周戎怒吼：“凭什么你跟我家小司同志戴一样的耳钉？给我！”话音未落也跟了下去，两人顿时扭打成一团。

司南怔住了，站在旅游大巴车门前，呆呆盯着周戎。

“谁说司南是你家的？你谁？！”

“滚蛋，反正不是你家的，不信自己去问！”

“用不着问反正不是你家的，你……你走开！”

周戎把颜豪狠狠压在装甲车边，死命去扣那耳钉，颜豪在他身下拼命挣扎：“我他妈要喊了！真喊了——！”

“所以你怎么会怀疑他们俩是一对？”郭伟祥嚼着口香糖，百无聊赖地靠在车门边问。

司南茫然道：“我不太懂你们爆种者。”

颜豪飞起一脚，把周戎踹得退了两步，捂着耳朵冲上了装甲车。

周戎哼了声，竟然没有追，立刻就转移了目标，转身冲到司南面前，双手抱着他的腰，一发力，把他连人带装备抵在旅游大巴车边，脚尖离地一厘米。

司南一脸愣怔。

“等我来接你。”周戎贴在他耳边说，转身箭一般冲回装甲车。

司南站在原地，表情一片空白。

“春草放开我！他妈的，乘人之危，司南肯定不愿意……”

“颜豪别激动！你看他明明很愿意的！”

周戎得意扬扬，一溜烟蹿进驾驶室，快乐地吹了声口哨。

司南感到自己头顶上似乎在冒烟。但他什么都没说，转身钻进旅游大巴，动作同手同脚，然后一屁股坐在了驾驶座后，把脸埋进了掌心里，仿佛浑然没听见身后传来郭伟祥大惊小怪的“喔——！喔——！”声。

周戎双手抵在嘴巴上作喇叭状：“等——哥——来——接——你——！”

然后他用力挥挥手，缩回车窗里，凝视着旅游大巴缓缓发动，消失在了高架桥后。

春草在另一辆车上惨叫：“戎哥！你再不走我拦不住颜豪了！”

下午四点半，天光犹在，苍穹未暗。

城市在天地间化作巨大的坟墓，旅游大巴开下高架桥，向市中心驶去。

相反方向，城镇相接处。两辆装甲车全速驶向机场，直升机停机坪外游荡的丧尸们闻声而动，然而车窗后探出突击步和迫击炮，炮火在丧尸群中无情炸开，硝烟弥漫。

轰——

两辆装甲车撞塌公路护栏，压过铁丝网，在震荡中将围墙化作废墟，隆隆碾进了停机坪外的水泥跑道。

很多丧尸在车后碾成了两道长长的血泥，而很快更多断胳膊断腿的丧尸们摇晃站起，嘶声号叫着，尾随装甲车冲进了围墙。

“颜豪小组准备！”周戎的声音从车载扩音器中传出，“确认目标直升机，我跟颜豪开车掩护，丁实春草准备登机！快！”

办公大楼前，一排五颜六色的直升机错落停在草地上。两辆装甲车以披荆斩棘之势横冲直撞，同时来到草坪前，齐刷刷掉头漂移，连车尾摆荡的角度都分毫不差。

唰啦——两车后轮外侧，荒草飞溅而起，扇形弧度在半空中完美平行。

“你们俩咋这么心有灵犀！到底什么关系！”春草嚷嚷道，打开天窗爬上车顶，开始撬她面前那架大型直升机的舱门，“我要去告密，新妈妈要生气了！”

颜豪：“闭嘴！军校驾驶课都这么教的！动作规范懂吗？”

周戎：“再说爸爸就遗弃你，跟新妈妈生弟弟去！”

周遭安静一秒，周戎猛地咬住了舌头。

丁实：“新妈妈？”

春草：“谁是旧妈妈？”

颜豪满脸写着问号。

周戎自知说错，歇斯底里吼道：“你们几个都是爸爸从垃圾箱里捡的！闭嘴干活去！”

周戎扛起迫击炮，轰隆巨响中将跑道夷为平地，撕裂的丧尸身躯冲上半空，如喷泉般四散绽放。

哐哐两声钢铁撞响，春草喝道：“好了！”

丁实：“戎哥上来！”

两架大型直升机的舱门分别被军用撬棍硬生生扳开，周戎仔细巡查跑道和停机坪，确认没有大股丧尸了，才收起迫击炮，迅速从装甲车中抱起装备和物资，混乱中一股脑扔进机舱里。

爆炸声惊动了办公楼里的丧尸，直升机公司的老板和员工们穿着脏兮兮的西装，眼歪鼻子斜，一扭一扭地从大门中涌出来欢送他们。

“别开枪了，大丁！”周戎喝道，“刚偷完人家的飞机，杀人越货是不对的！”

丁实冲着领头那一身名牌服饰的男丧尸遥遥抱拳，嘴里絮絮叨叨：“不好意思啊老板，非常时期理解一下，军队需要暂时占用你的个人财产，战后你可以凭购买合同和发票向政府申请补偿……”

周戎砰地摔上装甲车门，仔细收好车钥匙，跳上直升机驾驶座。

不远处颜豪和春草也钻进了另一架飞机，接通机载电源，点着涡轴发动机，螺旋桨鼓荡出巨大的风声，将丧尸们推得集体趔趄。

几秒钟后，两架深绿色直升机缓缓升空，一前一后向市中心方向飞去。

市区，二环外大街。

商业区空空荡荡，马路上还保留着末日来临那一刻的惨象。被丧尸吃光的肉体腐烂发黑，苍蝇绕着骨架嗡嗡飞舞，老鼠在大巴车驶过时哧溜蹿过街角；它们身后人类的黑血浸泡着垃圾，缓缓流进下水道。

巷口拐角、建筑物后，时不时冒出丧尸，向飞驰而过的大巴车茫然伸手。

阴灰苍穹沉沉盖在半空，俯视着地狱般的末世。

郭伟祥望着窗外，渐渐不说话了，年轻的眉宇间升起一丝掩不住的愁绪。

突然他发现车窗中自己肩膀后倒映着另一张脸，下意识一回头，撞见了司南波澜不惊的目光。

“哎？怎么？”

司南打量他数秒，问：“你发愁？”

郭伟祥点点头，长叹一口气，瘫在了座椅上：“我在想我爷爷。”

司南安安静静，没有说话。

“我爷爷……嗐，不知道他怎么样了。我爸妈去得早，从小是爷爷把我带大的。他年纪上去了，也不知道有没有跟政府一起转移到崖海，你说这末日怎么突然就来了呢？戎哥整天嘻嘻哈哈的，其实很多时候都是在装。他阴沉下来的时候可怕人了，但会故意避开不让人看见。”

郭伟祥的语气十分认真，听着他这辈子服气的人除了他爷爷，就只有周戎了。

“戎哥说我们特种兵不能消沉叹气，群众的希望都在我们身上呢。我们一个眼神，他们的心就跟着七上八下的，我们要是整天把危机啊末日啊什么的挂在嘴上，群众就该承受不住自杀去了。”

“唉——”郭伟祥还是忍不住，压低声音长长叹了口气，“但我还是在想，怎么就偏偏轮上我们这代人了呢？怎么就这么倒霉催呢？”

郭伟祥同志眼神放空，手脚大开，直梗着脖子，就像一颗发黄半蔫的小白菜。

司南若有所思，片刻后俯身拎起自己的背包，摸出一罐能量饮料，默默递到了他面前。

“啊？”郭伟祥非常意外，继而有点感动，“——不不，谢谢，我不渴。谢谢谢谢，你自己留着喝……”

他看上去也不像是因为身体疲劳而导致的心情低落。司南又考虑片刻，问：“你是不是需要周戎？”

郭伟祥苦着脸道：“这事吧，怎么说呢。虽然戎哥叨叨叨的习惯让人很想揍他，但偶尔他叨逼叨也挺叫人想的，尤其像现在……”

司南慢慢坐回他的座位，也不知道他在思索着什么，半晌从唇缝里小声道：“是挺想的。”

“对吧——他念的那个‘漫江碧透，百舸争流’……下面怎么背来着？”

司南冷冷道：“我指的是周戎，不是周戎的叨叨叨。”

郭伟祥开始没反应过来，几秒钟后唰地坐起身，用一种混合着惊愕和感动的目光注视司南冷冰冰的脸。

司南无动于衷，仿佛忘了自己刚才出人意料的发言。

然后他闭上眼睛，嘴里开始念念有词。

郭伟祥竖起耳朵仔细听了半天，觉得那满口外语抑扬顿挫，竟然还颇为耳熟，终于忍不住虚心请教："你在念什么？"

"《独立宣言》。"司南回答道，"我不会背诗，你先将就一下。"

第37章

“能看到药店吗？”

“没有——”

“这边也没有——”

旅游大巴司机转动方向盘，认真道：“没有咧，小同志们。这边地头大哥混得熟，这块都没大药房，小药店里没有你们要的那个……前面转过街倒有个药铺，好几年前了，不知道还开没开……”

郑医生和蔼道：“小任，我们看看去？”

任钧洋是个内向文静、不爱开口，说话未语脸先红的小少年。他来之后的某天晚上，周戎因为到底组织能不能强制撮合的问题跟颜豪打了一架，打完后非常无奈，只能亲自去询问小任自己的意见。

不过可能周戎刚打完架，也没准备正经把小任的意见当意见，语气就不那么像春天般温暖。小任手足无措支支吾吾，半天没憋出一句完整的话来，周戎追问了两句，他竟然当场就委屈地哭了，唬得周戎瞬间凌波微步了二十米。

郑医生更放缓了语气：“小任？”

小任搓了会儿指尖，声音细若蚊蚋：“我，我不知道……”

几个人对视一眼，郭伟祥拍拍驾驶座，无奈道：“去看看吧。”

然而司机大哥的记性辜负了大家对他的希望——兜兜转转绕了十多分钟后，确实在几个街区外发现了一家药铺，只是招牌上写着：店铺位于商场负二层。

寒冬时节，近晚时分，丧尸大多躲在大型建筑物地下御寒。司南背着枪往地下通道里望了一眼，摇了摇头："进不去，算了吧。"

郑医生提醒："周队长他们应该已经得手，我们得赶快在附近寻找接应地点了。小任，你怎么说？"

众人目光都望过来，小任涨红了脸，嗫嚅着不说话。

司南瞥了郭伟祥一眼，后者耸耸肩。

"你，"司南按着任钧洋的肩，不容拒绝道，"跟我过来。"

他把任钧洋拉到大巴最后一排角落，修长的眼梢一横，原本坐这位置的男人立刻站起来，忙不迭让了出去，满面笑容地请他随意。

司南把小任推进去，令他坐下，自己也坐了下来，抱臂打量他怯生生的脸："你打算怎么办？"

任钧洋的大眼睛里立刻闪现出水光，准备开始嘤。

司南眉梢一挑。

任钧洋还没出口的嘤给吓回去了。

司南的声线天生有种微微沙哑的质感，贴耳呢喃时动人心弦，但当他声线平平一个调，就像死人的心跳一样毫无起伏时，那感觉就比较冷酷吓人："你自己做决定。"

小任脸色煞白，呆愣愣看着司南，似乎被那句"你自己做决定"吓着了。

司南敲敲表盘："我的耐心有三十秒。"

小任似乎不敢相信他能对身为异血种的自己这么冷硬，半晌才颤颤巍巍地挤出一句："我，我什么都不知道，我没有意见……"

"你没有意见？"

小任低头搓着衣角。

司南想起周戎那天嘲笑他的话："异血种需要发表什么意见？"顿时一个字都说不出来。

司南仔细打量他的神情，突然间仿佛明白了什么。

一直以来他从没把自己代入到弱者的境地想过——不是生理上的，而是心理上的弱者。但如果代入思维去想的话，任钧洋的表现其实已经很清晰地说明了他的内心，他希望被人主宰。

他希望周戎他们帮他做决定，这样以后不管是好是坏，他都有对象可以去感激、埋怨或依赖。

他希望把自己全盘交给对方保护和拥有。这样他就免除了所有自主选择带来的风险，可以像菟丝子花缠绕在大树上，欣喜地接受对方对他负全责。

这其实是现在很多异血种或多或少都会有的想法。

司南隐约觉得自己见过这样的异血种，他闭上眼睛恍惚了一下，但脑海空白，什么都没想起来。

“司南！”郭伟祥在车前端喊道，“过来一下，这边有块平台！”

“我知道了。”司南简短道，不再看任钧洋，起身离开了座位。

小任期期艾艾地抬了下头，似乎听见他转身时一声微弱的叹息。但他还没来得及分辨那是不是自己的错觉，就见司南穿过车厢，大步走向郭伟祥等人。

他背着乌兹微冲，黑色防暴警服显得身形挺拔柔韧，衣领上延伸出的一段脖颈在黑发反衬下，显得冰雪般白。

这套制服因为上衣合身，长裤就相应短了两寸。但裤脚被收在高帮黑皮短靴里，也看不出来短，只让人觉得他腿长得没有道理。他走路时步伐快而坚定，好似让人小跑着才能跟上。

他怎么会懂呢？任钧洋有些自怨自艾地想。

他又不是我们异血种，哪里知道我们的苦处。

但旋即他一转念：做异血种也没什么不好，至少可以被保护在后方，不用直面那些可怕的怪物，什么责任和义务也摊不到我们头上来。

这么一想，他又微妙地满足起来。

“妇产医院。”郭伟祥指着街道尽头一座三层建筑物，示意司南看楼顶，“硬质平顶，目测没有固定障碍物，一般医院屋顶都符合直升机降落标准。病毒暴发时第一轮感染者基本会被送去公立医院和警察局，妇产医院应该是安全的。试试？”

司南思考数秒，略一颔首。

“好嘞！”司机大叔吼道，骤然踩下油门，旅游大巴车轰隆冲上人行道，所有乘客同时一震！

咣咣几声巨响，大巴撞飞几只丧尸后停在了大楼门前。郭伟祥和司南冲下车，背靠着背，把人行道上追进来的丧尸和医院大楼里涌出的白衣丧尸们扫射清空，子弹壳在脚下叮叮当当溅了一地。

郑医生和司机带着幸存者们迅速下车，自发排成一队，在司南的带领下冲进了医院。

大堂里丧尸不多，几位产妇家属拖着茫然的脚步，还没反应过来就被送上了西天。只有前台后的两名护士小姐反应比较激烈，嘶吼着一摇一摆追出来，似乎对这帮不知从何而来的闯入者非常不满。

郭伟祥反身点射掉她们俩，吼道："司小南！"

逃生队伍慌而不乱，迅速有序，正在司南的带领下奔上楼梯。司南问："干吗？"

"你有没有发现！虽然戎哥平时神经兮兮，不大正常！"

司南："……"

"但他智商！其实很高——！"

司南："……"

司南脚步不停，冲锋枪扫射，把走廊上蜂拥而至的二十多只丧尸陆续打退，引起了逃生者们短暂的惊叫。

但没有人脚软摔倒或引发混乱，很快他们重新整队，把女人孩子护在中间，继续向楼上奔去。

"你看！"郭伟祥骄傲地嚷嚷，"大家的逃生技能都是他训练的！队伍序列也是他安排好的！多有先见之明！你有没有感受到一丝自豪？！"

"——四地（是的）！"司机大叔边跑边赞同，"周队长是个能人！"

吴馨妍："人不错！"

郑医生："基因也很好！"

司南一阵无语，喃喃道："我真想把你们丢下不管了。"

休息站里轰隆隆冲出十多个医生护士，个个手里抄着血压计、听诊器、手术钳，嘶吼着奔向楼道。司南反应奇快，先扫射打飞了为首的一批丧尸，再点射解决掉几只，但仍然有几位主治大夫们凭借多年对付医闹练就的敏捷身手和抗击打能力，撕心裂肺怒吼着冲到了近前，被司南一人一脚当胸踹飞，紧接着咔咔拧下了头颅。

“你太暴力了，”郭伟祥不满道，“我国医生很不容易的，要温柔点对待他们。”

司南：“工作而已。医生是高收入人群……”

郭伟祥：“你懂什么小司同志！不要乱讲！五年本科三年规培——”

“两年专培，根本没钱！”郑医生怒吼。

郑医生爬楼梯爬得气喘如牛，絮絮叨叨地抱怨：“一天手术量抵国外医生一个月，下了手术台还要对付医闹，上班随时冒着被人开瓢的危险——我这是年纪大了，年轻时一听主任叫‘快撤’，五十米的急诊科走廊我六秒就能跑完……”

哐当一声重响，司南推开楼道顶层的天台门，倍感头疼：“对不起好了吧。”

郭伟祥把尾随上来的几只丧尸清空，全部人员上到天台，反手关紧铁门，飞快落锁。

“安全！”他吼道，“大功告成！”

这栋三层建筑的天台平坦宽阔、毫无遮挡，完全可供直升机着陆，确实是城区内难得的升降平台。司南环顾渐渐暗沉下来的天色，抬手按下红宝石耳钉，感到那枚米粒般的按钮向内轻轻凹进。

人群惊魂未定，也顾不上楼顶风大了，纷纷席地坐下休憩。

“好了，干得漂亮。”郭伟祥走上前，俯视着医院建筑周遭的景象，说，“接下来让我们安安心心地……等戎哥他们来接吧……嗯？那是不是药房？”

医院后门是一片建筑工地，丧尸工人们大概都跑光了，空荡荡的很是萧条。

工地后隔着一条小路，冬季光秃秃的树枝掩映后，露出“×× 大药房”绿色招牌的一角。

郭伟祥心中估算了下距离，觉得应该可行，重重呼了口气：“我去看看。”

司南瞥了他一眼。

郭伟祥摸摸鼻子，从战术背包里掏出周戎那把118黑科技——攀绳枪，叮嘱道：“我去去就来，最多五分钟。把你的备用子弹给我，你在这里保持警戒。”

司南无可无不可，望着他一枪把攀登绳钉进地面，然后顺着绳索滑到人行道，飞奔过建筑工地，身形矫健灵活，闪电般消失在了药房里。

下午五点半，天色晦暗，寒风呼啸。

乌云在天穹尽头聚拢、翻腾，仿佛隐约预兆着某种不祥。

司南皱起眉头，不知为何眼皮突然跳了两下，紧接着他看见远方高空中出现了两个难以察觉的小黑点。

——是直升机！

司南立刻再次按下定位仪，身后人群议论着起身，发出如释重负的、惊喜的呼喊。

就在这时。

远处枪声大作，司南猝然低头，只见大药房橱窗轰然炸开，郭伟祥顶着满头满身的碎玻璃，疯狂冲了出来。

两秒钟后，一群丧尸尾随而出，浩浩荡荡冲上了街！

怎么药房里藏着这么多？司南心中一咯噔，抓住攀登绳，却只听郭伟祥头也不抬大吼：“能对付！别下来！待在上面！”

郭伟祥的百米冲刺速度根本不是丧尸能比的，他整个人就像幻影般横穿路面，冲进建筑工地，从沙石堆上一跃而过，把丧尸远远甩在了后面，然后奔向医院后门口那条钉着攀登绳的人行道。

然而他这时犯了一个错误。

工地和医院后门之间，有一道砖墙阻隔，砖墙角落又有道门供人进出。

郭伟祥去是从门进的，但这时也许想节省点时间，也许是对自己的身手太有自信，冲到围墙前时，他想也没想，直接跃起就飞上了墙头，狠狠一蹬——

八十公斤体重加四十公斤装备，再加这裂金碎石般的冲击力。

工地临时堆砌的砖墙不是他们特种兵训练用的障碍墙，当下承受不住，轰然垮塌了。

郭伟祥措手不及，连人带装备被埋在了砖头下！

司南简直出乎意料，最开始两秒甚至都没反应过来，随即只听郑医生失声叫道：“不好！”

只见丧尸们被新鲜血肉所吸引，蹒跚着跟进了工地，一步步向砖墙移动。而郭伟祥奋力爬了几下，从大堆砖石中头破血流地探出个头，眼见就要被丧尸追上了。

司南从大腿外侧抽出手枪丢给郑医生，抓住攀登绳，言简意赅道：“保护群众。”

郑医生忙不迭接过枪，眼前一花，司南已经从眼前消失了。再低头一看，他凭空出现在楼下人行道上，径直冲向了工地。

“你来干什么！”郭伟祥喘息道。

司南二话不说，抓住他的手就往外拽。

紧急逃命关头，司南绝没有半点手软，就算郭伟祥是个被卡车压住了的相扑选手，此刻都能被他活生生扯出来。然而没想到他这边一发力，那边郭伟祥就失声惨叫：“啊——！”

“你怎么了？”

郭伟祥满面惨白，冷汗豆大犹如滚珠，他强忍着一摇头：“别管，快！”

司南几枪打翻二十米内的丧尸，发狠把郭伟祥拽出砖石废墟，只见他小腿鲜血淋漓，脚腕以一个奇怪的角度弯着——脱臼了。

两人配合默契无比，司南起身扫射丧尸，郭伟祥一屁股坐到地上，抓住自己的脚踝，咬牙“咔嚓！”一声复位。

“你行吗？”

“行！快跑！”

远处楼顶传来人群焦急的吼声：“快啊！”“快！”“这里这里！”

司南一手扶满头冷汗的郭伟祥，一手点射越来越逼近的丧尸群，向医院后门转移。然而刚刚脱臼过的脚踝很难着力，郭伟祥再拼命向前蹦跶都是有限的，不仅大药房里跟出来的丧尸紧追不舍，甚至连附近街道上的丧尸都嗅到鲜血的味道，纷纷闻风而来了。

砰！砰！

砰！砰砰！

郭伟祥咬牙打死右侧几只冲上前来的丧尸，吼道：“别管我了，我爬不上绳子！”

司南在枪声中喝道：“坚持一下，周戎回来了！”

“坚持不了——！”郭伟祥贴在他耳边怒吼，“别被我连累，快跑！把药剂带走！”

丧尸们从四面八方围拢，郭伟祥心一横，强行挣脱司南，把他往前狠推：“快走！”

司南踉跄一步，开枪扫射掉前面几排丧尸，又转回去要背郭伟祥。但他根本不可能把郭伟祥这种重量的人打横背起来，更兼后者并不配合，挣扎着破口大骂：“滚！快滚！老子不认识你，还不快滚——！！”

砰砰砰砰！

枪林弹雨疯狂扫射，郭伟祥把前方渐渐合拢的丧尸群打出一道缺口，然后用力把司南往那个方向推：“快滚！快！”

司南跑了几步，却又停住脚，回头注视郭伟祥满是鲜血的小腿，琥珀色的瞳孔急剧颤抖。

郭伟祥边勉力前行，边发狂骂他，但在不断迸飞的弹壳中，他的怒吼其实模糊不清。

周戎，颜豪，春草，丁实，还有已经死去了的张英杰……子弹横飞中，那些人嬉笑打闹和并肩作战的身影，走马观花般从脑海深处闪过，与眼前郭伟祥愤恨大喊的背影渐渐重合。

司南嘴唇微微发抖，胸腔剧烈起伏，从后腰摸出了军匕。

郭伟祥突然闻到一丝甜味。

这气味柔软飘渺，却又穿透力极强，霎时竟然将子弹喷射时浓厚的火药味逼得一退。

生死关头中他并未在意，但紧接着，他下意识一回头——

司南大步走近，脸色雪一般苍白，步伐微微踉跄。

他裸露的左臂上，军匕割出了七八道长长的血痕，纵横交错，鲜血淋漓。

“司……”

郭伟祥难以置信，做梦般喃喃道：“司南？……”

司南脚步一顿，飞身向前！

丧尸们发现了更新鲜甜美、更有吸引力的目标，齐齐嘶声咆哮——在它们伸长了的枯手中，司南就像一头悍不畏死的猛禽，径直冲向郭伟祥身前那块最密集的丧尸群。

下一秒，他平地跃起，踩在了丧尸们的头顶上！

第38章

“神兵天降”都不足以形容此刻的震撼，郭伟祥目瞪口呆，石化在原地。

那仅仅是眨眼间的事，司南发足狂奔，几乎踩着丧尸们的肩颈腾挪跳跃，快到只留下数道淡淡的残影。

无数腐烂枯手伸长了抓他的裤脚，但还没碰上边，便被他无情地踩成了肉泥。他就像低空飞掠的雷霆，从最末端丧尸身上跃下地面，打滚起身，头也不回向前冲去。

“吼吼吼——”

大部分丧尸们被强烈的血液味道吸引，纷纷调转方向，挤挤攘攘追了上去！

司南很强，不亚于118部队任何一名精挑细选出来的特种兵，郭伟祥一直都知道。

但他还是第一次亲身感受到，这个人原来这么强。

近在咫尺、毫无遮掩，那野生猎豹般撼动人心的爆发力，久久残留在他的视网膜上，让他甚至不敢相信自己的鼻腔。

直升机降落的轰鸣从头顶传来，郭伟祥打了个激灵，迅速对停留在自己周围的十几只丧尸扣下扳机。机枪子弹瞬间倾泻一空，他还没装上新弹鼓，高空数梭子弹擦肩而过，面前丧尸应声爆头。

“戎哥！”

两架深绿色直升机在医院楼顶盘旋降落，还未完全着地，周戎已粗暴地挣脱了丁实的阻拦，从机舱中一跃而下，外套在螺旋桨绞起的飓风中猎猎鼓荡。

郑医生手脚俱软，跌跌撞撞奔上去："周、周、周队，司、司、司南不、不、不知道怎么回事，往、往、往……"

周戎一言未发，抓住天台边缘的攀登绳滑落地面，狂奔中几枪点射清空丧尸，被郭伟祥拦住了："戎戎戎哥，快，那个方向，司南往那个方向——"

"你没事吧？"

郭伟祥连舌头都打结了，只能疯狂摇头。

周戎一颔首，正要往司南消失的方向追，突然脚步一顿："什么味道？"

颜豪尾随而来，似乎也发现了什么，难以置信地站住了。

从郭伟祥的表情来看，可能他自己都不相信自己说出的话，但在这争分夺秒的情况下，时间给不了任何缓冲或遮掩，只有赤裸裸的真相被一把撕裂在所有人面前。

"异……异血种。"郭伟祥颤声道，"他、他、他……他是异血种。"

从高空向下望去，几条街区内的丧尸闻风而动，越聚越多，在领头迅速移动的小黑点身后紧追不舍，渐渐汇聚成了一股可怕的洪流。

冷空气灌入肺部，内脏犹如刀割，但司南知道自己不能停。

丧尸从街角巷口、垃圾堆后，从种种想都想不到的缝隙里冒出来，好几次他都感觉自己外套背部被丧尸指甲勾住了，只要稍做停顿，他立刻就会被当街撕成血淋淋的碎片。

街道两边的楼房飞速后掠，突然司南眼角瞥见了什么，猛一回头，只见墙上写着鲜红的大字——拆。

旧城区拆迁，街道隔着护栏便是建筑工地。

工地上，起重机孤零零直耸上天，密密麻麻的钢筋、水泥板搭了一半，还没来得及浇灌混凝土，乍看之下相当的奇形怪状。

司南也顾不得今天的运气是不是跟建筑工地犯冲了，脚下登时一拐，贴着最前排丧尸们的手奔上人行道，侧身翻过护栏，冲进工地，三两下便抓着脚手架爬了上去。

丧尸潮被半人高的护栏绊倒大半，剩下的踩着同伴的身体翻进工地，嗷嗷叫着追到工地上，笨拙地顺着脚手架往上爬。然而丧尸膝关节僵硬，又完全没有配合意识，往往爬两步便摔了下去，一时满地丧尸此起彼伏，热闹非凡。

司南爬到离地十余米高的脚手架上，翻进楼房内部，终于停在一块水泥板上，痉挛地出了口气。

他左手臂上七八道血口已经凝固干涸，伤痕交错，看着颇为狰狞吓人，司南颤抖着把衣袖捋了下去，这才感觉到手臂略微使力就针扎般剧痛。

失血过多令他微微眩晕，原本就偏冷白色调的面容更是苍白得吓人。

其实他不用把自己划得那么狠，而且万一伤到韧带和腕动脉的话会很麻烦。但如果割破腹部、大腿或其他部位，又会影响奔跑速度，因为这个被丧尸抓住可就冤了。

司南半跪在悬空的水泥板上，胡思乱想片刻，最终得出结论，下次再来就只能划脸了。

他自嘲地笑了笑，突然听见了什么，抬头向大街望去。

引擎由远而近，一辆摩托冲出街角，在刺耳的漂移声中调转方向，加速向工地驰来——机车上两名骑手一前一后，隔着那么远的距离，司南一眼就认出了那是周戎。

周戎和颜豪！

“你俩……”司南唇角上勾，尽管自己都没意识到那是个笑容，“你俩到底有什么奸情。”

司南霍然直起身，用力挥了挥手，只见机车腾空而起，漂亮地跃过护栏，机枪凌空开火！

丧尸群被打得趔趄，纷纷发现了新目标，咆哮着回转过身。周戎把车一停，巨力令车身打横，瞬间撞飞了几只丧尸；颜豪配合默契，机枪疯狂扫射，子弹狂风暴雨般倾泻而出，当即将第一轮扑上来的丧尸打得断手断角，抽搐着倒了下去。

周戎下了车，抽出突击步，边开火边迎面走向丧尸潮，吼声在枪林弹雨中断断续续：“司小……南你这……”

司南眼底的笑意渐渐消失，开始意识到一个问题——他们知道了。

他们肯定已经知道了。

周戎会说什么？其他人会怎么看？

这念头在他脑海中一闪而过，还没来得及细究，突然他预知危险的那根神经一绷，条件反射性偏头，避开了伸向脑后的利爪。

——丧尸！

腐朽庞大的物体伴随腥风来袭，司南就地一滚，千钧一发之际躲开了丧尸的利齿。

但这块架设在楼房钢筋之间的水泥板非常狭窄，他根本无处可避，丧尸转而往他身上一扑，当胸压下，司南“噗”一声，差点没把肺从喉咙里喷出来！

这丧尸戴着黄头盔，生前肯定是个包工头，指不定还是拖欠了不少民工工资的那种，生得脑满肠肥、体型巨大，足有小三百斤重，站起来怕是有周戎颜豪那么高。司南死死抵着丧尸的脖颈不让它咬下来，简直无法想象它这么胖是怎能爬到十多米高的——不过或许就是因为太胖了，病毒暴发时拼命爬上来，变成丧尸后又爬不下去，所以才滞留在了钢筋水泥脚手架上也有可能。

“咕噜噜噜……”丧尸喉管被卡得直响，银盆大脸越压越近。

司南抓着冲锋枪肩带拽了两下，拽不动，反手抽出匕首，打算给丧尸来个满脸桃花开，然而这时周遭突然喀啦一声。

司南没有立刻反应过来那是什么，但紧接着，身体向下一沉。

——喀啦！

水泥板！

轰——

司南连在心里骂一句豆腐渣工程的时间都没有，水泥板四分五裂，他整个人从十余米高的脚手架上摔了下去！

其实如果慢动作分解的话，这时司南的应激反应可称作是教科书级别的标准——抱头、弓身、护住心肺，竭力让自己蜷缩成团，在枝节横生的钢筋中反弹撞击，避开了所有致命部位。

而那只比他大出几圈的丧尸就没那么好运了，直接被横里穿出的钢筋贯胸而过，停在了半空中。

砰！反冲力让司南弹起，霎时喷出一口血，后脑重重撞上了水泥地面！

最开始的几秒他竭力睁大眼睛，似乎想保持清醒，甚至还想爬起来。

但那其实是徒劳的。

眩晕、欲呕、内脏震荡的剧痛、黏腻浓稠的鲜血……包括整个喧嚣的世界，都渐渐离他远去，恍若隔世的河面。

好像曾经也这么摔过，就在不久以前，但他什么都想不起来了。

黑雾平地升起，从四面八方聚拢，缓缓包裹住了视线，将五感化作静寂的平原。

“快展开搜索……”

“妈的，那么高跳下来还能不能活……”

“这小子，快抓住他！”

远方城市灯火通明，悬崖下的风却冰冷透骨。黑夜里传来脚步声和狗吠，士兵的叫骂此起彼伏，无数手电光扫来扫去。

突然有人喝道：“在那！”

司南满头满脸是血，从悬崖下草丛里爬起来，跌跌撞撞往前跑了几步，被数只军犬同时兜头扑倒。

“抓住了，快——”

“咬他，给他点教训！”

我是谁？我在哪？这是什么地方？

……

一切剧痛和挣扎都在混乱中模糊不清，恍惚他只发现自己变得非常小，手也小脚也小，甚至无法一把就推开狰狞的巨犬。

“哈哈哈看他那样儿……”

刺耳的笑声，灼目的手电，猛兽湿热的喘气，冰冷潮湿的草地……无数场景光怪陆离，在虚空中化作刀片，将大脑中枢狠狠切割得鲜血横流。

最后一丝属于人类的意识绷断了。仇恨燃烧着鲜血漫进瞳孔，坠入黑暗的前一瞬间，他只听见自己喉中发出一声浑不似人的怒吼。

“四条军犬、两名士兵不幸殉职，六人负伤，两人重伤……”

司南在惨白的实验室中睁开了眼睛。

六角形空间嵌满镜面墙壁，他抬起头，无数张熟悉而稚嫩的面孔从四面八方与他对视，沾满血迹的绷带凌乱缠在黑发间，手铐和几条电线把他绑在了一张类似牙医诊椅的座椅里。

发生了什么？

他闭上眼睛，不论如何都想不起来，脑海中只剩绝望、愤恨和剧痛燃烧殆尽后的虚脱。

“电击。”有人冷冷道。

猝不及防地，电流唰一声爬满身体，司南猝不及防发出惨叫，小小的身躯剧烈颤抖，继而竭力挣扎！

几秒钟后电击结束。小司南兀自不断痉挛，艰难地睁开眼，只见正对前方的实验室镜面一变，闪现出几个戴白口罩的试验员。

“你叫什么名字？”

司南粗喘着，咬紧牙关。

“电击。”

“啊……啊——！”

电击停止，司南全身抽搐、视线涣散，痛苦的余韵令他回不过神，很久后才慢慢看清周围的景象。

不远处试验员出现在屏幕后，冷冷地看着他：“你叫什么名字？”

司南别过头，胸腔濒死般剧烈起伏。

“电击。”

“啊啊啊——”

“电击。”

“啊，啊……啊——！”

“电击。”

时间在永无止境的折磨中变得格外漫长，不知道多少轮痛苦过后，司南全身就像刚从冷水中捞出来，黑发湿漉漉地贴着苍白的额角，嘴唇发青，不断战栗，手脚裸露出的皮肤上布满了细微的电击伤痕。

“你叫什么名字？”

司南喘息良久，终于开了口，六岁孩子的嗓音就像被砂纸磨过般沙哑：“Noah。”

试验员进行记录。

几秒钟后屏幕改变，画面变成一排试管，从左到右分别是不同颜色的药液，浅蓝、浅红、碧绿、赤红一字排开，直至最右侧触目惊心的深黑。

试验员经过机械变声后一成不变的声线再次响起：“你母亲每天给试验体注射的和给你注射的。

“分别是哪两支药剂？”

小司南瞳孔放大，直直盯着试管，半晌眼底渐渐渗出某种凶狠的神色——

走投无路的小兽被逼到绝境，燃烧着愤怒和疯狂的光彩。

电线吱吱作响，手铐发出极度绷紧的咯吱声。试验员关闭了画面，下一刻声音响起：“电击。”

撕心裂肺的惨叫响彻实验室，直到失声。

不知多久之后，司南再次从昏迷中醒来，大脑一片混沌，记忆发生了断片。他呆呆注视着雪白的金属天花板，与无数个自己茫然对视。

大门无声无息地滑开了。

他动了动，勉强望去。

一名西装革履、金发碧眼的中年男子稳步走近，他有一张因为在电视报纸上出现过很多次而看起来非常眼熟的脸。

——只是这张脸现在并不像对民众演讲时那么振奋亲切，也不像电视发言时那么郑重庄严，他看起来冷冰冰的，因为居高临下的关系，甚至有种神经质的阴郁感。

他站定在司南面前，目光扫视这名六岁孩童因为电击而不断抽搐的身体，略微眯起眼睛。他突然摸出钥匙串上的小刀割断了电线，又咔嚓两声打开手铐。

“你认识我吗？”他站起身，淡淡地问。

“……”

“你知道我是谁吗？”

“……”

沉默持续了很久，但男子并没有像试验员一样冷冰冰丢下“电击”两个字，相反他有着反常的耐心，盯着司南警惕如野兽幼崽的眼睛，一字一顿缓缓道：“I’m your new father.”

啪！清脆声响起，司南迅猛的一拳戛然而止，男子紧攥着他的手腕，一寸一寸强迫他放下手。

“你不是我爸爸……”司南死盯着他沙哑道。

“我爸爸病了，睡在木盒子里……他只是病了……”

“像这样病了吗？”男子嗤笑道，轻而易举地把司南拽到实验室角落前，刷卡打开了一扇金属门。

几个衣衫褴褛、貌似骷髅的人在空地上徘徊，脚步拖曳蹒跚，竭力向前伸手，发出无意识的凄厉号叫。大概是活人的气息惊动了它们，几个活死人缓慢转过身，直勾勾望过来，开始向门口移动。

司南恐惧地向后退了半步，旋即被男子抓住，一把推进了室内。

“拧断它们的脖子，否则你就会死。”

男子恶魔般的声音从身后响起，从此贯穿记忆，在潜意识中扎根发芽，疯长为了盘踞终生的梦魇：“杀死它们，摧毁它们的大脑。

“否则你就会死。”

潭城，建筑工地。

“司南……”

“司南，醒醒……”

“司南！”

枪弹溅起灼热的沙土，朦胧中有人在跑，有人在喊，声音就像隔着水面般沉闷不清。

司南微微睁开眼，被血迷蒙的瞳孔唰然扩散，发着抖抬起手。

杀死它们……

杀死它们……

“他醒了！司南，司南你感觉怎么样？”颜豪回头大吼，“队长快！突围撤退——！”

尾音突然变调，颜豪的声音骤然而止，他感到一只因为失血过多而冰冷的手，准确攥在了自己腕骨上。

喀啦！

闪电般的剧痛袭来，颜豪愕然回头，几乎难以相信自己的眼睛——

他的腕骨怪异弯曲，被活生生拧断了。

第39章

“没有人帮你，没有人救你，世人都不齿与你为伍。”

“你是个天生的怪物。”

……

腐肉，毒虫，挥舞的枯枝，狰狞的利齿……活死人漫山遍野，遮蔽了无边无际的噩梦。小司南仓皇回头，梦中的远方只有十字架高高耸立，教堂在黑火中无声坍塌，神父的声音响彻天穹：“永恒不死的战士，黑暗时代的未来……

“从坟墓中复活，得享永生。”

孩童琥珀色的瞳孔下意识缩紧，他想奔跑却无处可躲，所有意识被熟悉又冰冷的声音覆盖：“虚拟场景E7364.1.0，建立应激机制，击杀速度小于2m/s，即确认失败，承受电击。

“计时开始。”

颜豪绝望怒吼：“——司南！”

话音未落，司南一记后踢，将他当胸飞踹而出，他的脊背重重撞上墙壁！

剧烈的冲撞令颜豪身体反弹，他猝不及防喷出血沫。下一刻咽喉被手指锁紧，巨力把他重新按回了墙面，继而不受控制地向上提起。

颜豪双目圆睁，竭力挣扎却无济于事，感觉到自己脚尖已经离地。

"司……南……"他从齿缝间挤出两个字。

司南无动于衷。他就像一台冰冷凌厉的战斗机器，没有思维也没有人性，紧锁住颜豪咽喉的那只手犹如钢铁，纹丝不动。

他的眼睛却是半闭着的，眼睫遮蔽了所有眼神，甚至看不出视线的焦距。

颜豪面色急剧变红，继而发青，那只没有脱臼的手发着抖抓住了司南的手腕。但迅速缺氧的情况下，他的所有挣扎都变成了螳臂当车，甚至无法让司南的手指松懈哪怕一分一毫。

为什么……他痛苦地想。

醒醒……求求你，司南，醒醒……

他内心的乞求注定只是徒劳。

颜豪听见自己喉骨发出不堪重负的咯吱声，他的视线模糊发黑，甚至连手腕脱臼的剧痛都感觉不到了。坠入深渊的前一秒，他看见司南抬起手，手指锋利如刀尖，向自己眼球挖来。

我是谁？

我是怎么诞生的？

生灵亿亿万万难以计数，生老病死，喜怒哀乐，时光汇聚成历史冲刷地球上每一块岩石，怎么会偏偏出现了一个"我"？

"你把我变成了什么？你把他变成了什么？！"

十六岁少年站在荒草地里，指着身后长满青苔的铁灰色石碑，嘶吼声响彻墓园："你问过我们的想法了吗？你知道这根本不是他想要的吗？为什么要强行挽留已经离开了的人，让他走！让逝者走——！"

女人昂贵的黑裙铺展在泥地上，失声痛哭。

"你把我们都变成了怪物，没有时光也没有生死，你把你爱的人变成了怪物……"

少年踉跄退后，他看着女人，泪水终于从眼底落下，滑过苍白的脸颊："爸爸不是病了，他……他已经死了……

"他再也不在了。"

庄园的上空终于亮起第一道闪电，雷霆轰轰滚过天际。

少年奔上台阶，冲进大厅，推开走廊尽头那扇沉重的桃木门。

风穿堂而过，燃烧的蜡烛啪一声倒在银盘里，少年站住了脚步，眼底映出一双悬空的脚。

他的视线缓缓上移，与披头散发的女人对视半晌，终于一点点地，颓然跪在了地上。

“Noah。”走廊另一端传来声音。

手织地毯在战栗的指尖下化作碎块，不知过了多久，少年站起身，摇摇晃晃穿过走廊，经过那人身边时甚至连视线都没有偏移半分。

“Noah！”那人抓住了他的手。

少年没有挣脱，淡淡道：“你高兴了？”

那人所有的话都被堵了回去，半晌从鼻腔中哼笑一声，神情微微有点扭曲：“是啊，我当然高兴，还记得你是怎么……”

话未说完，少年已挣脱了他的手，一步步走出奢华的大厅，顺着雨季来临前格外苍翠阴郁的小路，走出了庄园。

雨水在天地间连成难以计数的线，触目所及世界一片白茫茫的，每一步都泥泞沉重，仿佛双脚被缠着无数难以挣脱的、无形的锁链，向噩梦无穷无尽的边际延伸。

死了，都死了。

那为什么这些锁链还在呢？

明明和这个世界再也没有任何联系，但为什么伤害、痛苦和束缚却还清晰地存在于骨髓之中，不论如何都无法抹除呢？

暴雨中的喘息就像野兽的哀号，少年的脚步渐渐加快，以至于急遽，变成了疯狂不顾一切的奔跑。

没有办法……他想。

就像无数次电击烙印在灵魂深处的那样，所有命运都已决定了最终的结局，除了无止境的杀戮，不会再有其他办法。

——啪！

颜豪感觉桎梏一松，新鲜空气狂涌进肺里，呛得他狼狈不堪剧咳起来，甚至都没发现自己已经摔倒在了地上。足足过了好几秒他视网膜里的金星才勉强消退，恍惚中听见周戎吼道：“小心！”

颜豪就地一滚，军匕贴着他身体插进了水泥地里。司南刚要拔出刀身，周戎飞起一脚把匕首远远踢飞，以近身格斗的招数将司南整个人扭着压倒在地，两人纠缠着滚了数米，一路咣咣咣撞翻了无数木柱和石板。

颜豪顾不得咽喉处挣扎般的剧痛，咔嚓一声把手腕复位，用完好的那只手捡起匕首，反插进了身后丧尸的下颚，直接顶穿头颅！

工地上丧尸群已经被周戎扫射得差不多了，只有三五个折手断脚的丧尸还在哼哼着原地打转。颜豪跌跌撞撞地找到自己的枪，几下点射解决了它们，只听身后哐当巨响，回头一看，司南把周戎卡着脖子顶上了水泥墙！

但周戎不是颜豪，脚尖离地的瞬间他蜷身屈膝，双腿当胸飞踢，司南霎时摔进了几米外的砂石堆里！

周戎箭步而上，一把将司南从砂石堆里扶起来，先揉了揉他胸口，再二话不说坐在他身上，用双膝力量顶住手肘迫使他无法再挣扎，下死力往他人中处一掐："司南！醒醒，看着我！"

看着我……

司南全无聚焦的眼睛动了动，茫然盯着周戎。

"看着我！这是几？"周戎扳着他下巴，令他看自己的食指，随即用力拍他的脸，"你认不出我了？我是周戎！你戎哥！妈的敢认不出我了？！"

周戎……

司南闭上眼，继而睁开，就像陷入了狂乱梦境的精神病人，眼底闪烁着恐惧和憎恶。

这分明是受到严重刺激后大脑自行致幻，分不清现实和幻境的症状。

周戎心里一沉，像制服猫科动物一样捏住他后颈，强迫他近距离注视着自己的眼睛："看着我，司南。我是周戎，我们一块逃出T市，逃出化肥厂，戎哥一直相信你，你也是相信戎哥的对不对？

"你知道戎哥不会伤害你，永远会保护你，你愿意跟我走对不对？"

司南："……"

周戎醇厚又霸道的声线直灌入耳，像催眠一样进入梦境，成为被暴雨冲刷的世界中一缕遥远的光晕。

"周戎……"他神经质地小声道，躲闪着目光。

"是我，看着我。"周戎再次扳过他形状秀美的下颌，"没事了，我来接你了，你安全了……乖听话，乖宝，看着我。”

司南游移的视线就像一条小鱼，终于被周戎捉住紧紧笼在掌心里，司南被迫与他对视。

周戎深邃的目光中仿佛蕴含着某种无形的力量，而司南则茫然涣散。片刻后，某种暴戾的东西终于从他眼底略微退去，他轻轻唤了一声，语气充满了不确定：“周戎？”

周戎俯身拥住他，如和煦阳光般的接触将暴雨驱散，记忆回到某年炎炎盛夏，苍郁密林中，带着汗水的咸涩和草木的清香。

“周戎……”司南喃喃道。

明明只是普通的叫声名字而已，周戎却霎时心底一片柔软，他嗯了一声，下意识拍了拍对方的后背。

司南不吱声了。

周戎感觉到身下的躯体有了丝丝放松的迹象，顿时心中一块巨石落地，便松开桎梏，对颜豪使了个眼色示意他去推机车，然后他随意地扶了把冲锋枪，将快从肩上滑脱下来的枪械绑带拉紧——

随即他伸出手，想把司南打横抱起来。

但就在这时，司南瞥见了他扶冲锋枪的那一幕。

现实通过视网膜反射进大脑，被夸张、扭曲、放大，混乱的神经元构成了另外一幅画面：全副武装的士兵，奔跑狂吠的猎犬，暗夜中因为喷吐子弹而闪烁出火舌的机枪……

“跑！快跑！”有人在火焰中歇斯底里地嘶吼。

“快跑呀！”女人在身后不顾一切地尖叫。

“他们来抓你了，快跑——！”

“为什么我们丧失自由，受到掠夺和囚禁？”

小男孩拉着母亲的手，仰头问：“妈妈，神爱世人吗？”

光晕中母亲低下头，熟悉的面孔渐渐扭曲变形，腐朽黑斑爬上了她美丽的脸，蛆虫泥土遮蔽了她琥珀般的眼睛，她的手指上血肉脱落，露出白森森的骨骼，全数映在小男孩恐惧的眼底。

快跑，Noah。

不要被任何人抓住，快跑。

“司南！”

周戎霍然起身，但根本来不及了。就在他放松警惕的千分之一秒里，司南炮弹般起身冲出，将颜豪撞得摔了出去！

“抓住他！”

颜豪打滚起身，尚未发力，司南侧身坐上机车，一条长腿撑在地面上，喘息地看着他们。

——不，他其实根本不在看任何人，他的视线直直从周戎和颜豪两人之间穿了过去，仿佛在注视着虚空中某种让他无比恐惧、无比胆寒的东西。

那是深埋于地底的魔鬼和此生从未退散的梦魇。

“回来……”周戎张开双手，颤抖着柔声道，“回来，司小南，求求你回戎哥这里来……司南！”

引擎发动的同一秒钟周戎蹿了出去，其势如离弦之箭，然而只碰到了车后座一角，紧接着机车化作流动的火焰，咆哮着冲向了街道！

呜——！

在周戎和颜豪目瞪口呆的注视中，机车高高跃过护栏，轰然落地。

司南再也没有任何迟疑，甚至连头都没回一下，机车如流星破空，轰鸣着消失在了街角！

周戎追了两步，抄起冲锋枪狠狠摔在地上，兜头给了自己一巴掌。

颜豪惶然摇头：“为什么，这是怎么回事，这是……”

周戎的声音充满了暴躁和压抑：“回来！”

颜豪硬生生止住脚步，这才发现远处街道上，被冲散的丧尸不知何时又冒了出来，正三三两两集中，慢慢向工地这边靠近。

——他们还在毫无遮挡的大街上，在充斥着百万丧尸的城市核心，实在太危险了。

颜豪正抓住枪，突然头顶螺旋桨的轰鸣声急剧靠近，随即响起机枪的突突轰炸声，将大街上的丧尸打得抽搐横飞！

两人一抬头，只见两架深绿色大型直升机在低空盘旋，舱门被轰一声打开，春草扔下软梯：“快上来！”

“司南呢？怎么回事？”丁实在狂风中大声问。

周戎面色阴沉，摇头并未回答，简短道：“开强光灯，沿市中心搜索，快！”

天色急剧变暗，黑幕降临，末世最可怖的夜晚就要来到了。

一个缺少御寒衣物和食物、丢失了枪、神志不清且单枪匹马的人，在丧尸数以百万计的城市中心能活多久，能不能坚持到第二天天明？

答案如此刻夜幕中的黑云，沉沉压在了每个人心头上。

两架直升机都开了探照灯，机载扩音器开到最大，然而所有呼唤都像石子被抛入狂风暴雨的大海，瞬间就消失在丧尸汇聚成的惊涛骇浪里。

直升机沿着大街小巷，低空飞过每一栋建筑顶端，奇迹并没有出现。

那所有人都很熟悉的修长矫健的身影，真的就此毫无踪迹，就像他来时那样突然地消失了，仿佛无可奈何又早已注定的宿命。

“戎哥……”丁实的声音发着抖，“燃油有限，我们还得飞去崖海，恐怕……”

燃油不够了。

众人目光焦点中，周戎坐在驾驶台后。男子俊美阴沉的侧脸从额角、鼻梁，乃至绷紧的薄唇和下巴，在探照灯背面阴影中，勾勒出触目惊心的锋利轮廓。

“我走的时候，”他突然毫无征兆地开口道，“我对他说，等我来接你。”

——明明是很平静的语调，丁实却被那话里某种可怖的力量压得不敢应声。

“他真的等了，在工地上的时候，他一看到我就笑了，远远地冲我招手。

“我却没能如约接到他。”

“戎哥……”丁实哽咽道，“这不是任何人的错，这……”

“他是想跟我走的，跨上机车时他还犹豫了一下，看着我，可能是想给我最后的机会。只是我不该摸枪，他当时那么害怕，我把他给吓跑了。”

周戎闭上眼睛，机舱内除了直升机的轰鸣之外，安静得让人恐惧。

片刻后他从脖颈上取下一只绑在绳子上的银光闪闪的东西，丁实认出那是在B军区内下载了全部病毒研究资料的芯片。

周戎把芯片捏在手里，像是无意识地一下下敲击驾驶台，突然指了指下方：“那楼顶上有什么？靠近点看看。”

丁实没反应过来，操纵直升机降低高度，探照灯扫射大楼屋顶：“没有啊，目标物面积约二百平方米……戎哥？！”

周戎将芯片扔上驾驶台，解开安全带，一把拉开舱门，在冰冷刺骨的狂风中回头笑道：“在崖海等我们。”

那一笑潇洒桀骜至极，丁实猛然伸手去抓，但周戎已经纵身飞跃，在惊呼中跳了下去！

八九米高度呼啸而下，周戎稳稳落地，反手抽出背后的突击步枪。他在所有人疯狂的呼喊中决绝而去，消失在了城市危机四伏的黑夜里。

第40章

“司南！

“司小南——！

“戎哥来接你了，出来！”

伸手不见五指的黑夜长街上回荡着呼喊声，周戎放下刚从商店废墟中翻出来的扩音器，隔着红外线扫视周围一圈，方圆百米内人形物体迅速闻风聚集，放眼望去密密麻麻，全是憧憧鬼影。

周戎点射掉身后几只闻风而动的丧尸，发射攀绳枪，迅速爬上电线杆。

他离地的那一瞬间，丧尸们群涌而来，茫然向上竭力伸出手。

在大街小巷来回呼喊，可以说是眼下最危险又没有效率的办法了。周戎知道最好的做法是找一处安全隐蔽的藏身地，休息保暖，静待黎明，等可视条件转好后再开始行动，但他知道司南不能等。

他不能在这种糟糕的状态下，在城市最危险的腹地，单枪匹马渡过致命的长夜。

周戎吸了口冰冷的空气，借由肺部的刺痛来保持清醒，像深夜狩猎的猛兽一样眯起了眼睛：“潜在反社会人格，精神分裂，无法预测动向，切忌使用任何刺激手段使其恢复神智……”

“混血异血种。”他喃喃道。

他的目光投向虚空。初遇那天午后，被围困的停车大楼内，全身被机车夹克和头盔遮蔽得严严实实的年轻人从大街上抬头，与他隔空对视。

“是你吗？”周戎小声问，就像无数次偷偷做过的那样，他抬手想去捏一捏那张柔软的面颊，触手所及的却是冬夜刺骨的寒风。

“戎哥错了，没有看不起异血种的意思，也愿意尊重你的意见。

“要是你愿意回来的话……

“只要你回来，戎哥等你自己选……”

周戎闭上眼，只放任自己在后悔和悲哀的情绪中沉溺了短短片刻。几秒后他睁开眼睛，强迫自己再次进入战斗状态，从电线杆顶上发射攀绳枪，迅速赴往下一道街区。

与此同时，一公里外。

某民宅。

靴底踩在满地碎玻璃上，发出轻微的哗啦声。

那动静响起的同时，屋角里阴影动了动。只见黑暗中一张腐朽灰黑的面孔转了过来，似乎嗅到了新鲜人肉的气味，浑浊的眼球一翻。

一道身影裹挟着满身寒风，踉跄走进屋子，仿佛完全没有注意到屋角里致命的危险。

“呜……”

腐烂大半的胸腔不住漏气，丧尸摇摇晃晃爬起身，扑上前狠狠抓住来人，一口咬了下去！

血肉的滋味瞬间充盈了腐烂的口腔，然而丧尸还没时间咬下第二口，它的颈椎传来咔嚓脆响。

丧尸头颅以一个奇怪的角度歪了下去，随即被来人单手抡起，重重砸在墙壁上，脑浆溅满了半面墙。

司南发出模糊不清的呻吟声，他朦胧中感觉手腕很疼，但看不清发生了什么，于是抬手摸了摸，好像摸到了湿乎乎的血肉。

我被丧尸咬了。他潜意识里闪过这样的念头。

这其实是很怪异的，因为他整个人仿佛踩在云端上一样虚浮，眼前不断闪过错乱的光晕和斑点，精神世界在现实和幻象中来回切换，他甚至都想不起自己是谁，也无法分辨自己是站着、坐着，还是已经昏倒了。

但他就是知道自己被丧尸咬了。

咣当巨响，他跌坐在地上，背靠着潮湿肮脏的墙壁，颤抖着伸直两条长腿，喘息时胸腔带出撕裂般的声响。

又被咬了。他想。

“你又被咬了。”有人带着怒火，一字一顿道。

那是个金发碧眼、穿迷彩服的年轻男子，年纪并不比他大几岁，看上去可能也才二十出头，但因为出身良好，肩膀已佩上了军衔，男子眉梢眼角浮动着傲慢、厌恶和愤怒混杂起来的神情。

司南靠在电击椅上，他穿着白T恤，身形有种少年发育期特有的清瘦，头漫不经心地仰着。

“所以呢，要惩罚我吗？”大概有一段时间没剪头发了，他的头发长而凌乱，凌乱的刘海却挡不住他明亮嘲讽的眼神，他无所谓道，“来啊。”

大概是被这种态度激怒，男子拎起他的衣领，怒道：“你以为这是在害你吗？你本来就是个怪物！除了接受实验和特训你还有什么出路可以走！如果父亲当初把你丢进孤儿院，你现在就是个在便利店打工或开车送外卖的下等人！”

司南挑起一边眉毛：“喔？在你眼里下等人的定义就是开车送外卖吗？你还真是个有教养的大少爷。”

男子张口想骂什么，司南满怀恶意地勾了勾嘴角：“我以为在你口中‘肮脏下贱’的我母亲死后，悲痛欲绝以至于终日酗酒的你父亲，才算是真的下等人……”

啪一声清脆至极的声响，男子一巴掌把司南打得偏过头，嘴角缓缓渗出血丝。

少年喘息两口，转回头来向他微笑：“或者说，一边对你父亲满怀怨恨，一边又费劲徒劳想要得到他认同的你，可能连下等人都不如……”

他以为自己又会迎来一巴掌，但男子举起手，停顿在了半空中。五秒钟死寂后，男子突然暴怒吼了一声：“电击！”

话音刚落，蓝光刺啦亮起，司南身体一抽向后翻倒，手脚不住痉挛。

几秒钟后电击结束。

司南却没有醒来，保持着那个深陷椅背的姿势纹丝不动，半晌毫无动静，甚至连胸腔都不再起伏。

男子等待了十多秒，眼底终于浮现出狐疑，谨慎地上前停了片刻，才伸手一按他颈侧脉搏，感觉到指端细腻的皮肤下搏动异常微弱。他又试探着将食指伸到少年鼻端，呼吸气若游丝，几乎感觉不到。

怎么会这样？

“过来几个人。”他打开自己肩上的对讲机，简短吩咐了一句，打开少年双腕上的手铐。

就在这时，司南原本苍白修长、毫无生气的手指一握，手背青筋暴起。

在意识到不妙的同时男子疾步后退，然而迎面厉风快如闪电，司南抓住扶手侧身而起，一脚把男子踹翻去了墙角！

轰隆撞响震动地面，男子猝不及防痛呼出声，旋即身体骤沉。他一个激灵睁开眼，只见司南俯在自己面前，单膝抵住了他的胸膛，狠狠拎起迷彩服衣领。

少年惨白的额角冷汗涔涔，电击的余韵尚未完全褪去，然而痛苦却令他镀上了一层妖异灼目的光芒，那并不自知的、强横的吸引力，甚至令人挪不开视线。

“你怕我吗？”他笑着问。

男子一口气哽在咽喉，强烈的恼羞成怒以及另外一种猝然翻腾而起又难以告人的情感，迫得他当场发不出声来。

“你害怕我这个怪物，但你又想拥有怪物的能力——”

司南笑起来的时候嘴角露出一颗小白牙，这在他这样秀丽的少年面孔上，其实是非常俏皮吸引人的。

但如果你看着他的眼睛，心中却只会感觉到森寒恐怖，犹如看见正从地狱深渊中，尖啸着苏醒的恶魔。

“愚蠢而不自知，贪婪而不自知。”少年俯在他耳边，轻轻道，“你们所有人都会付出代价。”

身后实验室的门被撞开了，警卫狂奔而来，七手八脚把少年拉开，又有人上前把男子从地上小心扶了起来。

有人在大声呵斥，有人在咆哮，司南什么都没听清。他甚至没有看那男子隔着人群落在自己身上的难以言喻的目光，转身时他已经忘了那天有没有经受更严厉的惩罚，只记得内心深处扭曲的快意。

你们所有人都会付出代价。

而我什么都不在意。

因为命运将一切带进坟墓，剩下我一无所有，所以什么都不用在意。

凌晨六点。

黑夜从大地盘旋上升，天穹尽头现出一望无际的灰青，就像黑布水洗后褪色的斑块，在视线中逐步扩大。

周戎单手持枪，躲在巷角变电箱后，舔了舔自己从二楼上摔下来刮伤的手背，筋疲力尽地呼了口白气。

不远处马路上，丧尸正逐渐走出黑暗，成群结队晃荡着发出嘶吼。

又是末世中新的一天。

“司小南……”周戎粗喘着喃喃道，“再给我点勇气，拜托你。”

丧尸们似乎发现了什么，同时掉转脚步，纷纷向小巷里挤来。周戎一咬牙，从变电箱后起身扣动扳机，为首几只丧尸应声而倒，更多活死人却兴奋地跨过同类尸体，争先恐后扑上前来。

周戎夺路狂奔，嘶吼几乎用尽了全身的力气：“司——小——南——！”

“司小南——！”

满地狼藉的出租屋内，司南在昏迷中蓦然一抽，睫毛颤动欲睁。

第一缕天光透过窗棂，映出丧尸身首分离的身体、屋角干涸枯黑的婴儿骨架、喷溅着腐血和脑浆的墙壁以及翻倒的书桌下，一只还闪烁着盈盈绿光的电子时钟。

6：12AM。

天光以极度缓慢的速度渐渐清晰，在地板上铺展为一条晦暗的狭长光带。光带尽头处，司南手腕上血肉模糊的齿痕正慢慢发干、结痂，变成紫黑色的伤疤，开始脱落。

落痂后露出的新生嫩皮，尚未完全褪去粉红，静静沐浴在新一天薄雾般的晨曦中。

司南紧紧闭上眼睛，几分钟后再次睁开，茫然坐了起来。

“有人吗？”他环视周围，嘶哑道。

出租屋内一片死寂，没有应答。

“周戎？”他小声问，“戎哥？”

司南爬起来，大脑有些昏沉，步伐不稳地走到窗前。城市楼房的间隙中，东方地平线上乍然闪现出第一道霞光，让他的瞳孔猝不及防地缩紧。

仿佛闪电劈开浑浑噩噩的脑海，过去二十四小时内发生的一切在眼前飞速闪回——工地坍塌的水泥板，被拧断手腕的颜豪，急促呼唤的周戎，熙熙攘攘望不到尽头的丧尸……

最后定格在记忆里的，是探照灯在城市上空来回扫射，直升机呼啸发出巨响，破开云层飞向遥远的南方的画面。

——他们走了。

他们去崖海了。

意识到这事实的刹那间，司南全身血液一冷，肺部仿佛瞬间结起了寒霜。

“你们……”他立刻惶急起来，竭力探向窗外，想从黎明晦暗的天空中搜索到直升机的踪影，“你们……”

你们没有等我。

——为什么不等我？

司南摇晃退后，颓然坐到地板上，抱住了头。强烈的悔恨就像毒蛇狠狠一口咬住心脏，五脏六腑浸透了毒液，痛苦难言。

我把事情搞砸了，他神经质地抓着头发想，我又把所有事情都搞砸了。

颜豪被我打伤了，可能周戎也是。我把队友引到塞满了活死人的城市中心，打伤他们，然后丢下他们开着机车跑了！

我怎么就跑了？！

他们安全了吗，他们在哪里？周戎有没有试图找我，他们会不会折返回来？

无数疑问将心脏狠狠拉进地狱，司南屏住了呼吸。

我错了，我还在这里啊，回来找我吧……他发着抖想，手指在地板上无意识地抓挠，留下无数道浅白交错的痕迹。

我错了，回来找我吧……

霞光越过高高的窗台，洒进狭小的出租屋，司南在亮光中痛苦地闭上了眼睛。

他愿意付出一切代价回到十二个小时以前，抓住疯狂驾车离开的自己，狠狠给自己一耳光。或者他更愿意回到在工地上对毫无防备的颜豪和周戎下手之前，把自己的手咔嚓拧断，将所有不可挽回的后果终止在未发生之前。

然而现在他什么都不能做。

他没有武器，没有食物，没有交通工具，独身一人站在丧尸密集的城市中心。

孤立无援。

他从来没有像现在这样清晰地意识到，在好不容易和这个世界重新建立起一点联系之后，他竟然又亲手斩断了它们，重新陷入到了孤独黑暗的深渊。

清晨 6：30AM。

强烈的饥饿唤醒了司南，他茫然睁开眼睛，眼角湿润通红。

城市已然大亮，街道上响起丧尸此起彼伏的沉重脚步声和呜咽。

——必须离开这里。

司南站起身，眼前金星直冒。在冬夜寒冷的地板上睡了一宿的结果就是发烧，他自己都能感到额头发烫，脚步虚浮酸软，每一步都像是踩在棉花里。但他知道现在决不能倒下。

周戎把装甲车停在城郊直升机场了，现在赶去的话，应该还来得及去崖海。

“对不起……”司南小声道，顿了顿又自言自语，“等我。”

他推开房门，打了个哆嗦，深一脚浅一脚走出了出租屋。

砰砰砰砰！

周戎已经不记得自己是第几次扣下扳机，利用突击步重火力勉强阻碍丧尸群的前进速度，再趁隙跃上墙头或树干，依靠半空路线来博取一线生机了。

幸运的是命运始终在眷顾他，没有任何一次让他真正陷入走投无路的绝境里，甚至在天光乍现时还给了他一份想象不到的大礼：几只在商店粉碎的橱窗角落里发现的，已经干硬发黄，但还足以入口的小面包。

“感谢人类伟大的发明——防腐剂，”周戎自嘲道，蹲在墙头上几口解决了两只面包，把剩下的两只小心包好揣进了怀里，“司小南同志，哥警告你，这下还挑食就真的要打你了……”

他扶着树干站起来，再不看脚下几厘米处成群舞动的丧尸利爪，顺着墙头跳上屋顶，快步走向大街。

如果司南能够恢复神志的话，有很大可能性会趁白天离开市中心，去往他们之前分别的机场高速——即便他对丢下他不管的 118 小队感到失望，也应该会想办法去装甲车上搜索剩余物资，或撬一架直升机飞往崖海。

但现在，他应该还在城市里。

周戎巡视周遭环境，目光定在了不远处的写字楼顶上，盘算着搜集燃料后点起信号烟的可行性，片刻后他牙一咬心一横，下定了决心。

“不多，就打一下，”周戎琢磨着，牙齿痒痒地想，“最多两下。”

这想象给了他无穷的动力。周戎纵身一跃，从房顶攀上人行道边的树枝，继而跳下地面，在马路上丧尸群反应过来之前拔腿狂奔而去。

哗啦！

司南抬起翻倒在地面上的货架，失望地发现除了垃圾和杂物之外，什么吃的都没有。

末日来临时城市被逃难者劫掠一空，然后滞留在市中心的幸存者又几番搜检，别说真空包装的食物和罐头，连口香糖、小零食、调味料都被搜刮一空，如今已经连个面包渣都剩不下了。

司南抄起椅子，打翻一名偷偷逼近自己身后的丧尸，头昏脑涨地站了起来。

饥渴吞噬了他所有感官，除了强烈的、掏空身体的饥饿，他几乎什么都感觉不到。

要是有吃的就好了……他昏昏沉沉地想。

给我一点点吃的就好……

突然他耳朵动了动，听见不远处马路上响起车轮碾过地面的声音——有人！

怎么会有人？幸存者还是搜救部队？还是……118 小队回来找他了？！

仿佛瞬间被一剂强心针打进血管，司南整个人都醒了，飞也似的奔出小巷，利箭般冲上大街，只来得及瞥见一辆蓝白色相间的大车遥遥而去。

“喂！喂——！”司南不顾一切地吼出了声，“周戎！！”

然而那辆车没停，在马路尽头转弯，驰进了下一个街区。

司南想也不想，拔腿就追。他可能平生从没跑这么快过，在 B 军区基地里被丧尸猩猩追的时候都没有，成群结队的丧尸还没来得及沾到他衣角，便被他飓风般掠了过去，远远甩在了身后。

“周戎！”他声嘶力竭地大喊起来。

“周戎——！！”

不知转过了几道街区，司南在十字路口停下脚步，喘着气环顾周围。

医院，学校，交通岗亭，街道花园……丧尸们三三两两，拖着脚一瘸一拐地打转，发出沉闷不清的咆哮。

人呢？

周戎呢？

司南的眼神一寸寸坠入绝望，然后突然像瞥见救命稻草般，唰地定住了——

前方不远处，加油站某台机器后，有辆大型 SUV 正露出小半截蓝白油漆的后箱。

司南不受控制地向前走了两步，紧接着步伐又一停。透过加油机的缝隙，他看见那辆车的车门被推开了，带着兜帽人高马大的司机下车去后箱，翻出几包压缩饼干和水，又钻回了驾驶室。

司南高烧混沌的大脑如同霎时浇了一捧冰雪——那不是周戎。

是什么人？危险吗？有没有武器？是不是爆种者？

一旦热度褪去，司南那训练有素的神经就习惯性绷了起来。理智提醒他现在立刻隐蔽身形，保持追踪，观察动静以待后续；但剧烈到了极致的饥饿又让他非常犹豫，他很想上去讨一点……或偷一点吃的。

他从来没有这么饿过。

司南小小地咽了口唾沫。

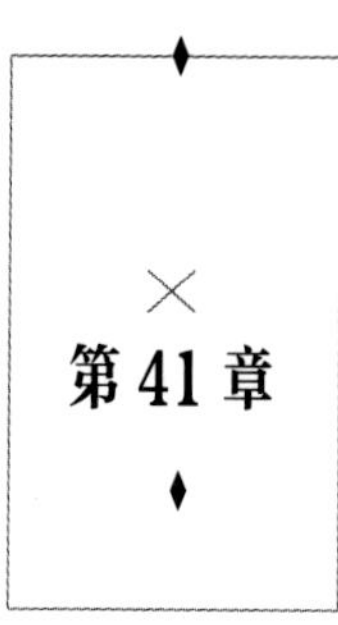

第41章

现实没有给司南多少犹豫的机会。几秒钟后，SUV缓缓启动，开出了加油站。

司南属于战士的最后一丝理智压过了饥饿，他没有立刻选择上前，而是退后几步隐蔽住身形。只见SUV调了个头，沿着大街径直向前缓缓驶去。

他们要干什么？

司南环顾周围，不远处十多辆汽车和电动车连环撞在一起，其状惨不忍睹。除此外触目所及的范围内没有任何交通工具，甚至连完好的自行车都找不到。

SUV越开越远，渐渐快要驶出视线范围内了。司南一咬后槽牙，拔腿追了上去。

“有人在跟我们。”SUV驾驶室内，司机瞥了眼后视镜，闷声道。

坐在他身边的那名金发碧眼的女爆种者正打量自己的手指，闻言立刻抬眼望去，但在后视镜中，只看见了成群结队慢吞吞追逐汽车又很快被不断抛下的丧尸：“在哪？什么人？”

“没看清楚，藏得太快了。”

后车厢随着车辆前行微微颠簸，没有传来罗缪尔的声音。

“可能是幸存者。”女爆种者沉吟道，“开快点，阿巴斯甩掉他，我们还得搜索下一个幸存者基地。”

阿巴斯踩下油门，车头前保险杠狠狠撞飞几只活死人，在尘烟中呼啸而去。

城市变成了不死者的乐园，街道两边每一栋钢筋水泥建筑物都成了巨大的棺材，直直扎根大地，高耸入云。寒风掠过萧条的街道，车站、超市和学校空空荡荡，垃圾和塑料袋在尘土中彼此追逐打旋，又被丧尸一脚踩住。

SUV 穿过小区，侧视镜里，围墙上的树丛突然不引人察觉地动了一下。

“还跟着。”阿巴斯开口道。

这次女爆种者也注意到了动静，不由警觉起来：“难道有很多人？”

她回过头望向自己的长官，后车座上，罗缪尔终于停住了手中一直在擦拭短刀的动作：“只有一个。”

他没有抬头，淡淡道：“开慢点，往前设个卡，看看是什么人。”

心脏在胸腔内急促不规律地搏动，司南喘息着，感觉到冷汗顺着鬓发不断流淌，再这样下去他很快就会缺水。

要不要放弃？

还是想个办法绕到车前，赌一把直接求救？

司南的强烈戒备本能让他不太倾向于后者，但他确实已经追了半天，已耗费的大量体力又令他不想直接放弃。正进退两难之时，突然前方 SUV 一拐，从街道转进了满是平房的长巷。

有戏。

司南助跑两步，从围墙跃上树梢，又借力跳上房顶，在连成片的平房顶上快速穿梭，犹如一头轻盈敏捷的猫科动物，在屋檐尽头无声无息停住了脚步。

只见 SUV 停在一栋民房前，司机下车打开后备厢，搬了半箱子矿泉水，往民房中走去，看上去仿佛这里是他们的临时据点。

司南趴在房檐上，自上而下望见后备厢里的东西，霎时简直怔住了——好多物资！

成箱垒起的压缩饼干和肉类罐头，脱水蔬果，高蛋白食品，各类能量饮料，御寒衣物毛毯，生火发电设备……

司南吞了下口水，仔细观察周围环境，快速设计出行动和撤退路线，默念道：我就偷偷拿一个罐头。

就拿一个，足够撑到我活着抵达城郊直升机场就行。

下定决心后，司南悄无声息跃下屋檐，就像只机警又谨慎的雪豹，落地时没发出半点声音，随即来到后备厢前，向午餐肉罐头伸出手。

——就在这时他神经一紧，骤然偏头。

刀尖擦着他的脸颊划了过去！

司南猛地转身，瞥见偷袭者的面孔时他愣了一下：对方是个强壮的白种女爆种者，脸长得还挺好看。

但不知为何，他瞥见这名女爆种者的刹那间，脑海中突然警铃大作，有种非常不妙又混杂着厌恶的感觉从心底蹿了起来，仿佛曾经在哪里见过她似的。

女爆种者竟然也结结实实愣住了，下意识用外语问了句：“你、你怎么……”

就在她发呆的千分之一秒内，司南果断抽身，连快到手的罐头都不要了，拔腿就退出了几米外。

“站住！”女爆种者大喝，之前那块头巨大的司机轰隆隆从民房里冲了出来，举枪就射！

司南怒道：“我就想讨点吃的！”话音未落就地打滚，躲过了成排的子弹，只听女爆种者对司机大声呵斥了几句什么，随即两人同时追来。

要是在平常，即便对方有枪，司南也不会太惧怕两个爆种者的联手进攻。但他现在状态极其不好，发烧缺水造成的虚脱在迅速蚕食他的身体，在对方明显会下死手的情况下，为一点食物而冒上生命危险就很不值当了。

司南挥臂挡住那司机凌空飞踢来的一腿，霎时被巨力推得连退数步，弯腰垂柳般躲过了女爆种者掷来的短刀。刀身呼呼打旋，重重钉进墙壁，司南再次侧身避开司机力可开山的重击，顺手拔下了短刀，纵身上墙。

女爆种者用外语吼了句什么，刹那间司南听懂了，她说：“——换麻醉弹！”

司南眉梢一跳，在落上墙头的瞬间再次弓身起跳，抓住屋檐，只觉脚踝一麻。

麻醉针贴着他的皮肤擦了过去。

妈的！司南心里暗骂一声，狠狠咬了口舌尖，在麻痹袭来的同时借由痛苦保持了一丝清醒。他摇摇晃晃顺着屋檐走了几步，突然发现前方竟然还埋伏着一个人！

那是个白种，男性，三十多岁，正慢慢地从屋瓦上站起身。

司南无暇分神去思考为什么对方神情那么怪异、动作又那么缓慢，仿佛在确认某个一触即碎的梦境。他现在只想赶快逃离这帮爆种者，宁愿再杀回丧尸群中去找个超市小卖店什么的，哪怕捡点散碎米粒吃，都万万不会再接近这些人半步了。

“Noah……”罗缪尔低低地唤道。

司南冲向屋檐后，罗缪尔却闪身去拦，两人交错的刹那间司南堪称原地瞬移，罗缪尔都没看清他的动作，就感觉到微风从自己手臂下滑了过去。

——这速度简直能用轻灵来形容。罗缪尔想。

不知已经见识过了多少次的，熟悉的轻灵。

罗缪尔眼睛眯起，雷霆般一记扫堂腿，在司南躲避不及只能拆招的同时伸手，眼见就要勾手抓住他脖颈——

然而同一时刻，司南如有神助般，啪一声抓住了罗缪尔的手臂，旋身紧贴而上。

罗缪尔瞬间意识到他要做什么，微妙地顿了顿。

下一秒，刀锋贴上他的咽喉，司南整个人隐藏在他身后，面对追上前来的女爆种者和司机喝道：“站住！”

两人同时顿住脚，与罗缪尔彼此对视，空气变得剑拔弩张。

罗缪尔极其轻微地一摇头，制止了两名手下上前：“Noah。”

司南右手反着持刀，抵住罗缪尔的咽喉，迫使他一步步随自己后退：“你是谁？”

“你跑不了的。”罗缪尔说。

司南反复闭眼又睁开，勉强自己在越来越重的晕眩中保持清醒，没有听出那简单几个字里极度复杂、难以言喻的意味。

“你跑不了的。”罗缪尔又重复了一遍，这次语气就像自言自语，仿佛在对自己进行某种宣誓。

司南将刀锋紧贴在他咽喉上，沙哑道：“闭嘴！你们是什么人？来这里做什么？”

罗缪尔说：“你体温很高……你在发烧。”

屋瓦突然碎裂，司南脚下一崴，被麻醉针擦过的小腿终于完全麻木，几乎撑不住身体的重量，让他在极度昏眩中趔趄了下。

我就是想偷个罐头吃……他模模糊糊地想。

看来小偷小摸这种事果然不能做。

司南挟制罗缪尔的手微微松开，似乎想用尽最后一丝力气独自逃走。然而他太高估自己对麻醉剂的抗药性了，几秒钟后他踉跄跪倒，双膝尚未着地，便被侧里伸出的一双手环住了。

司南呢喃着骂了句，但听不清骂的是什么，紧接着身体一沉。

在药剂作用下，他终于短暂坠入了没有饥饿、悔恨和失望的沉眠。

“收缩压七十九，舒张压四十，体温三十九度五。”

“给一针营养剂。”

平房门被打开了，午后阴冷的穿堂风呼啸而入。女爆种者和司机抬起头，只见罗缪尔跨进门槛，毫无表情地打了个手势。

那是叫他们出去的意思。

两名手下心照不宣地站起身，离开了。

房门再度关上，罗缪尔走到床边，居高临下打量着自己已经落网的猎物。

朝北的民居本来就背光，在阴沉欲雪的冬季，更加晦暗潮湿。床铺非常狭小低矮，猎物应该不会感到很舒服，罗缪尔的目光落在他眉心间，那里果然皱出微微的纹路，似乎在昏睡中仍然有很多很多的不满。

但他毫无知觉侧卧在那里的时候，全身就仿佛笼罩着一层极其柔和飘渺的光，让简陋杂乱的平房和狭窄老旧的窗棂，看起来都仿佛格外有韵味。

这不是罗缪尔第一次产生这种感觉。他呼了口气，终于坐到床沿边，低头仔细打量面前这张熟悉的面孔，再次确认了那微光从何而来——太白了。

就像是雪白优美的大理石一遍遍打磨雕凿后，经过时光和岁月的洗礼，仍然光洁如新，在周遭越来越沧桑和老去的世界里，仍然自顾自焕发出天真又凛冽的光彩。

为什么呢？他嘲弄地想道：这明明是个怪物。

他母亲是个结婚生子后还迷得他父亲神魂颠倒的贱货，他也是个天生就被改造的超出了常人伦理的怪物。

罗缪尔缓缓探出手，却没有真正落下，隔着一指头的距离从司南毫无知觉的侧颊上滑过。

他还记得当年自己很小的时候，曾经满怀愤怒和嫉恨地坐在花园里，等待载着“那个女人”的车路过，想看看那张多少年来令自己父亲念念不忘的脸到底能长成什么模样。他已经忘了那个女人具体的五官轮廓，但亲眼触目那一瞬间，其惊心动魄的魅力，和由此而滋生的扭曲的厌恶，却深深保留在了他心里。

那种象征着不祥的吸引，和预兆着悲惨命运的美。

与后来这位名义上的弟弟，简直如出一辙。

开始他曾经不止一次想谋杀这个软弱可欺的小孩——在华美腐朽的庄园中，实现这一目标其实非常的容易。但某天深夜，他在佣人的掩护下潜入到Noah的卧室中，注视着自己过继来的弟弟，正琢磨着是掐死还是勒死他时，却突然感觉到他身上似乎有一层不易见的光晕。

就像温水流过白瓷时，晕染出柔和又含蓄的意蕴。

可能是花园中喷泉细碎的闪光，也可能是清冷月华造成的错觉。

——就是怪物。他这么告诉自己。

他决定亲手掐死这个小怪物。他把手放到对方细瘦的脖颈上，然后Noah惊醒了，开始挣扎、尖叫。搏斗中发出撞响，管家和佣人们被惊动，他父亲匆匆赶来，宣告谋杀行动的终结。

那是他十一岁、Noah六岁时发生的事情。

从此以后他再没有像今天这样，能够接近熟睡中毫无防备的Noah，因为只要他靠近对方就会醒。

仿佛很多年前那月夜下幼稚的谋杀已在他潜意识中留下了深深的烙印，哪怕是在睡梦中，都足够惊动他最敏感的神经。

罗缪尔的手指终于落了下去，从紧闭的眼睫末梢掠过。

那睫毛细密犹如鸦羽，而惯于开枪的人指尖会磨出枪茧，其实根本不能感觉到这么细微的触动。

罗缪尔的呼吸却有些发紧了，他慢慢地俯下身。

两人呼吸相距不到两寸，此时，司南蓦然睁开了眼睛。

罗缪尔动作顿住，四目相对数秒，他微微一笑："Noah。"

麻醉剂的效力还在，司南视线涣散半晌，终于一点点在罗缪尔脸上聚焦，眼底慢慢浮现出了清晰的毫无掩饰的警惕："你……是……"

"还记得我是谁吗？"罗缪尔打量着他的神情，"唔，看来是真留下后遗症了。"

司南精神有点恍惚，高热尚未退去，胸腔难受地起伏着。

"我刚才看你躺在这儿的时候，就想起你刚进FL区军方秘密基地的那一年……"罗缪尔似乎也不在意对方能不能听懂，自顾自短促地笑了一声，"当时我已经在基地待了几年，某天晚上一时兴起，巡查宿舍时去你屋里看了一眼。"

"你睡得特别安稳，甚至发出了一点点鼾声。但当我走近到你床边的时候，还没站稳，你突然就醒了，好像随时都防备着我潜入进来，对你不利似的。"

司南干涩的喉咙勉强发出声音：“我不知道……你在说什么……”

“没关系。”罗缪尔说，“反正也这么多年过去了，我只想告诉你一声。那天晚上不是想谋杀你来着。”

他似乎感觉很有意思地笑起来，但这个正常人表达友善的表情，在他那张也算相貌堂堂的脸上，却无端让司南升起一丝针扎般的反感。

他不自觉地向床里挤了挤，突出的腕骨卡到了手铐。

罗缪尔并没有计较这个动作。

罗缪尔拿起床头一罐枫糖，慢条斯理打开瓶盖，在司南蓦然投来的目光中舀出满满一勺金黄的甜浆：“知道你为什么会生病吗？”

“……”

“因为糖分不够。你被改造过的身体对糖分有大量需求，否则会很快衰弱下去，心肺代谢和呼吸功能都受到影响，严重时也有可能……甚至会死。”

“不论你这段时间是独自东躲西藏，还是跟谁在一起，”罗缪尔露出了带着嘲讽的笑意，“对方显然没有给你最基本的照顾。”

司南顿了一下，沙哑道：“他们会回来找我的。”

罗缪尔仿佛听到了什么笑话：“哦？回到游荡着百万丧尸的城市中心来找你？”

司南仿佛被狠狠刺了一下，不说话了。

罗缪尔放下枫糖罐，右手稳稳举着那只散发出甜美芬芳的汤勺，左手拇指轻轻摩挲了下司南的额角：“Noah。”

司南不吱声。

“你对我撒个娇。就一下。就像当年你对那个姓周的特种兵。”罗缪尔用甚至有点温存的声音诱惑道，“这一整罐就都是你的了，好吗？”

司南的眉宇间掠过些许诧异，仿佛听到了什么让他倍感迷茫的事情——但紧接着他瞥向罗缪尔，眼底分明写着厌恶，他抿起了因为干渴而开裂的薄唇，倏地偏过脸，直直对着内侧墙壁，闭上了眼睛。

简直是没有一丝拖泥带水的果断。

罗缪尔倒像是早有预料，不仅没勃然大怒，笑容反而更深了：“好……很好。”

他随手把那勺枫糖浆泼了，反手拖出一只银光闪烁的手提箱，打开后取出仪器和线圈，将红蓝两根导线一圈圈绑在司南被手铐束缚、毫无挣扎之力的手腕上。

司南似乎感觉到了什么，骤然睁眼，身体向上一挣！

——电击器！

刹那间梦境中错乱的回忆排山倒海而来，那实验室中金发碧眼可恶的年轻男子，和面前这张脸孔重叠，他们是同一个人！

罗缪尔一只手按着司南脖颈，把他死死抵回了床榻上，居高临下看着他因为仇恨而格外明亮的眼睛，问："你坠机后随身携带的那只冰冻箱呢？"

司南根本不知道他在说什么，紧抿着唇角。

"东西在哪里？"

他还是没有回答。

"我早该知道……"罗缪尔缓缓点头，自嘲地吸了口气，"温情脉脉果然不适合你。"

话音刚落，他咬住牙，断然按下了电击器。

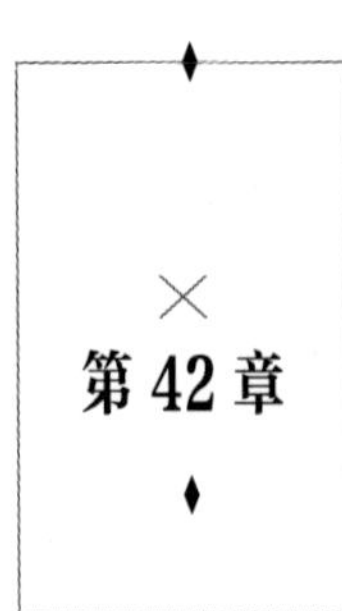

第42章

房门被推开了，罗缪尔对持枪站在前院的手下一颔首：“简。”

女爆种者应声回头，却发现她的长官脸色意外的难看，衬衫被汗水湿透了大半，瞳孔隐约有些发灰的迹象——那是快要压抑不住情绪的表现。

“上校，您……”

“自白剂。”

简十分诧异，但很快控制好自己的面部表情，抽出针剂递了过去。

罗缪尔反手甩上了门。

司南全身就像刚从冷水里捞出来一样，湿漉漉的头发盖在雪白的脸上，手臂、脖颈淡青色的血管暴起，甚至连紧闭的眼皮上都隐约浮现出了可怕的蓝丝。

但没有用，罗缪尔知道，他已经被培养出对电击的抗性了。

罗缪尔打出针管中的空气，抓起他一只手，咬牙将药剂全数打了进去。

自白剂是他赴C国之前就准备好了的，但根据经验来看，这种药剂并不能令使用者得到精度很高的细节信息，并且存在一定程度的误导性。更糟糕的是，有时候自白剂并不能立刻让施用对象立刻回忆起所有答案，而是会在一周内慢慢产生效果。总而言之，并不是很方便的刑讯工具。

如果不是到了束手无策的地步，他也不打算使用这种手段。

司南恍惚中开始挣扎，将手铐挣得叮叮作响，却被罗缪尔紧紧按压住了。

“终极抗体在哪里？”他扳着司南浸透了汗水的下巴，不让他难受地扭过头，“你坠机后，随身携带的那个抗震冷冻箱，里面的终极抗体在哪里？”

司南呻吟着，眼皮睁开一点儿，却根本看不清任何东西。

“你是不是注射了它？”罗缪尔用两种语言各问数遍，强迫他望向自己，“你是不是把抗体注射掉了？”

抗体……

终极抗体……

司南喘息着，仿佛在深海中沉浮，无边无际的海水隔绝了一切声音，从眼耳口鼻乃至于每一寸毛孔中渗入身体，将五脏六腑挤压成团。

“没有抗体。”他听见一道哀婉的女声缓缓道。

恍惚间他变得非常小，十二信徒在教堂彩绘的玻璃窗上对他俯视，再往上需要把脖颈完全折弯起来，才能望见白色的雕花十字架刺向天穹。

穿黑纱的女人握着他的手，站在黑松木棺椁前。

神父问：“您想好了吗，夫人？”

“我把他从地狱中拉回来，却无法彻底带回人间。他不是活着，也没有死了。他徘徊在我的实验室里，日复一日，秋去冬来，发出孤独和怨恨的抽泣……”

泪水顺着她柔美的脸颊淌下，打湿了胸前的白花。

“潘多拉的魔盒已经开启，灾难、瘟疫、病毒和痛苦狂笑着飞了出来，终将在冬季来临之前覆盖大地，在春天到来前，毁灭整个世界。

“我无能为力，世上没有解药能挽救这一切，只能亲手将魔盒重新关闭……”

女人走上前，从神父手中接过一只黑木匣，打开后取出一管两根手指粗碧绿色的试管放在棺椁上，继而从墙壁边拔出了熊熊燃烧的火炬。

小司南恐惧地退了半步。

烈火映照下，那绿莹莹的试管就像毒蛇的牙齿，淬着迷人又致命的光。

“将人类因盗取众神火种而受到的惩罚，彻底湮灭在烈火燃烧之下……”

突然大门被撞开了，女人愕然回头，子弹破空而来，将她手中的火炬远远击飞。

士兵涌进教堂，哭喊和咒骂淹没了一切。司南被裹挟在逃跑的人群中摔倒，士兵们如狼似虎扑上前，从女人手中夺走了那支试管。

“报告，报告，已成功取得病毒原液……”

“跑！”女人凄厉的咆哮穿透混乱，“快跑——！”

接下来所有场景都在记忆中错乱重叠，形成了无数光怪陆离的画面。

司南只记得大地不断颤动，那其实是他自己在跌跌撞撞地往后退。意识彻底消失前最后一幕，是士兵打开冷冻箱，在袅袅白汽中，将那支碧绿色试管小心翼翼放在了里面。

明明只是个再微不足道的细节，却不知为何在多少年后都清晰无比，在褪色的时光中鲜活刺眼——

那冷冻箱盖上，铸着一只张开翅膀的，面无表情的白鹰。

实验室顶，白鹰浮雕铭刻在金属天花板上。

针管中最后一滴碧绿液体被注射进脊椎，几分钟静寂后，众目睽睽之下，死人身体抽搐起来，从胸腔底部发出模糊沉闷的嘶吼。

掌声四起，实验人员互相恭喜，拥抱，突然爆发出惊呼——死人踉跄翻倒，抓住离它最近的试验员，一口咬住了他的脚腕！

惨叫挣扎，鲜血四溅，接下来是脚步纷沓的逃跑。

司南站在实验室顶端的玻璃墙后，居高临下望着这群人反复捶门，绝望呼喊。活死人扔掉被啃噬过半的残尸，俯在地板上一步步爬向他们，身后拖曳出长长的黑血。

司南举起枪，却迟迟没有任何动作，直到玻璃窗中映出身后的来人：“Noah。”

司南扣下了扳机。

咻一声轻响，仅距惊恐人群两三步远的丧尸被爆头，脑浆满地。

“你刚才在做什么？”来人冷冷地问。

司南没有回答，转身扔了空枪，整整袖口，向外走去。

然而擦肩那一瞬，罗缪尔却猛然抓起他衣领，咚的一声把他重重按在了玻璃墙面上，近距离逼视他冷淡的眼睛：“你明明可以在发现实验失败的第一时间击毙它，为什么迟迟不动手？”

司南一言不发。

“你是故意看着那个试验员被活活咬死的，因为你小时候被他刑讯过，”罗缪尔轻声道，“是不是？”

四目相对良久，司南的嘴角略微弯起。

他唇色很淡，如果是不认识的人，这样乍看上去，会觉得那微笑很好看，甚至有一点点柔软的感觉。

“你们又把我请求销毁病毒和终止实验的报告撕毁了，是吗？”

罗缪尔的眉峰霎时一动。

“没关系，”司南却打断了他尚未出口的辩解，声线带着他一贯略微沙哑的质感，忽略嘲讽意味的话其实很好听，“反正是最后一次了。”

司南挣脱钳制，走向大门，罗缪尔看着他笔直的背影喝道：“要我再说多少次，Noah！‘潘多拉’病毒是延长人类寿命和起死回生的突破性进展，从今以后将没有众神，人类自己就可以实现永恒！”

司南没有回头。

“你母亲实验失败是因为没有解开病毒的最后一码，那才是永生秘密的关键。就像潘多拉魔盒中的最后一样东西——希望，如今是人类释放它的时候了。只有坚持下去，最后一码才能……”

“没有那种东西，”司南淡淡道，“那不是希望。”

罗缪尔双手抱臂，皱起眉头，只见司南侧过脸来。

——从这个角度看，其实他很像他母亲，有种语言难以形容的神采。

“留在魔盒中的最后一样东西，是不切实际的幻想，神话中它铺就了通向埃阿克斯所掌管的地狱的道路。

“如同你们今日所做的一切，魔盒再度被打开时，病毒的最后一码将葬送人类，把整个世界都拖进地狱……”

“不过那跟我有什么关系。”司南顿了顿，竟然又笑了一下，“反正我又不会死。”

罗缪尔僵立在原地，看着他稳步走了出去。

闪电破开黑云，暴雨倾盆而下，墓园中散乱的石碑浸透雨水，呈现出咸腥的灰黑色。

一架直升机在轰鸣中缓缓降落，几名便衣打着手电，跳进泥泞黏稠的墓地里，然而司南没有回头。他站立在墓碑前，嘴唇冰凉柔软，喃喃着不知名的经文，亲吻胸前的黄铜坠饰，任凭水珠从雨衣兜帽边缘成串滴落。

手电光随脚步快速逼近，哗哗雨声中的脚步戒备小心，最终有人咳了一声，用C国语嘶哑道：“先生。”

司南无动于衷。

那人谨慎道："郭老先生按约定，让我们给您送一样东西。"

他走上前，脚步溅起泥水，怀里抱着一束被打湿了的白玫瑰花。

司南停止祷告，在众人的注视中静静站了片刻，才伸手抽出一朵玫瑰，俯身插在了墓碑前。

这一约定好的动作让所有人同时松了口气，来人难掩激动："您好，我们尝试了很久，一直没机会和您顺利接头。郭老先生已经完成了所有准备工作，白鹰基地内部掌管禁闭室的人也安排就绪……"

司南开了口，出乎那人意料，C 国语比想象中还要流畅自如："接应者呢？"

来人一愣，道："是郭老的贴身亲信。"

司南摇了摇头。

没有人知道他是什么意思，墓园中一时陷入了安静，只有大雨铺天盖地的轰响。

便衣们互相交换目光，等了半晌才听司南缓缓开了口："贵国军方有一支最高规格的保密部队，编号为 118，下设八支中队。"

对方在短暂的思考后迅速做出了回应："好的，您继续说。"

然而司南并没有在意他同意与否，连波澜不惊的语调都没有一丝一毫改变："118 大队里有一名姓周的中队长，我要求这个人，带着郭副部长唯一的亲孙子到现场来接。如果下飞机时我看不到这两个人，我会立刻以怀疑身份暴露为由击毙接应人员，带着目标物离开。如果接应途中我和目标物的安全受到任何威胁，作为惩罚，我也会先击毙郭副部长的孙子，再行离开。

"从此茫茫人海，你们不会再找到我的踪迹。"

司南转过身，雨靴踩着泥水，发出吱吱声响。

为首那名特工沉声道："没问题，您的所有要求都会得到实现，我们会立刻转达到郭老面前。"

司南笑了笑："你们郭老知道我不相信任何人……"

他在周围便衣的目送下走出墓地，平淡的声音在雨幕中渐渐远去。

"我只要我指定的人来接。"

十五岁那年盛夏，热带雨林，植物繁盛，深绿阔叶林中阳光洒下斑斓的光点。一名年轻的特种兵手掌交叉，枕着自己的掌心睡觉，脸上涂抹着泥土和油彩，但仍然能从高耸的眉骨、挺直的鼻梁和有棱有角的脸颊上，看出其英俊桀骜的轮廓。

一名少年踩着铺满柔软落叶的地面，小心翼翼踮脚走来，蹲在特种兵身边，像猫一样不发出任何声音。

他屏住呼吸，指尖拈着只小蚂蚁，想往特种兵鼻尖上放。

然而就在快要成功的前一瞬，特种兵眼睛没睁，冷不防翻身把少年一扑，不由分说在脖颈胳肢窝里乱挠了一气。

“哈哈哈……”少年笑得喘不过气，手忙脚乱地讨饶，“我错了我错了，赔你果子吃……哈哈哈！”

少年从裤兜里摸出一小把殷红浆果，但还没来得及说话，特种兵直起身来，从衣袋里掏出了一把更红更大的果子，在少年惊愕的目光中调侃道：“到底谁想吃，嗯？”

篝火熊熊燃烧，映亮了火堆边盘旋不去的飞虫和方圆数米内黑黢黢的丛林。少年盘腿坐在火堆边，懒洋洋地剥了果子皮，拖长了语调问：“为什么你摘的浆果比我的甜——”

他柔软的唇角被浆果汁水染得嫣红，特种兵边走来走去的搭吊床，边频频回头，眼错不眨盯着他漫不经心的侧脸看，嘴里随便唔了一声：“谁知道呢，我走好几里路找着的，谁叫你正经饭不肯吃。”

“我才不吃能量糊糊。”

“就你会挑。”

特种兵搭好吊床，试了试牢固程度。少年怡然自得瞅着他忙碌的背影，一只手托着腮：“大哥，你都守好几个晚上了，今晚让我守夜呗——”

“你守夜？野兽来把你叼跑了怎么办？”

“我就喊呗。”

“喊什么？”

“喊‘英雄！救命！救命——’。”

特种兵大笑，走来揉了揉少年的头发。

“我不想睡吊床嘛。”少年在火堆边翻了个身，叼着果核含混不清地说。

“为什么，不舒服？”

“冷。”

“冷也没办法啊。”

少年绕着篝火又一拧身，动作竟然非常灵巧敏捷，躲过了特种兵想抱他上吊床的手臂。

"小同学！"特种兵没办法了，点着他的眉心问，"你到底想怎么着？"

火光映照下，少年琉璃般明亮的眼珠转了个圈，他笑道："我坐这儿守夜，枪给我拿着，你去睡吧。"

话音未落，特种兵一屁股坐在了篝火边，招手道："过来。"

"干吗？"

"变魔术给你看。"

少年往前凑了凑，被特种兵勾手拉到臂弯里，穿着迷彩裤的长腿把人牢牢圈禁在怀中。他还没来得及挣扎，就被温暖的战术外套裹住了，连脖颈都被塞得密密实实，一点风都透不进。

"变完了，"特种兵简短道，"睡吧。"

少年的后脑勺被按着，一时有些发愣。

他能听见对方沉稳有力的心跳和篝火燃烧轻微的噼啪声，再远就是深夜丛林呼啸的风了。但那吹着哨子穿越树梢的寒风似乎一下变得非常遥远，跟他半点关系都不再有，周遭温暖的臂弯隔绝了寒冷、凶险、孤独的世界。

他小心吸了口气，鼻腔中是年轻旺盛的爆种者的身体气息，混合着一丝汗水的味道。

这是他平生第一次在这种气息的包围下觉得安心。

"我还没问你叫什么名字呢。"半梦半醒间，少年呢喃着问。

特种兵一手持枪，警惕环视黑夜危机四伏的丛林："嗯？参赛者和人质互通姓名是违反规则的。"

"告诉我嘛……"

特种兵把少年按回怀里，无奈道："行行行……不准告诉别人。"

"唔。"

"我姓周。"

"周什么？"

"……"

"周一，周二，周三，周日……"

"周戎！"特种兵简直头大，顺手一拍少年的脑袋当作惩罚，尽管那动作轻柔得堪称小心，"兵戈戎马的戎。"

少年终于略微表示满意，"嗯"了一声。

“下次有危险就叫戎哥。”特种兵顿了顿，火光中他俊美的脸似乎有点红，他小声说，“只要叫戎哥……不管在哪都去救你。”

不论多远，都能接到你。

十一年后，丧尸沦陷的 T 市中心。司南凌空接住钩索，被周戎拦腰一抱，机车在身后打着旋砸进丧尸潮。

两人在惊天动地的大爆炸中，一同摔进了装甲车。

“免贵姓周，兵戈戎马的戎。你呢？”

——Noah。

我的名字叫 Noah。

灰暗的平房中，司南扭着眉头嘶哑喘息，痛苦蜷起满是电击伤痕的身体，冷汗将床褥浸透了一层又一层。

山长水远，多年不见……

如同你曾许下的承诺，最后请再来接我一次。

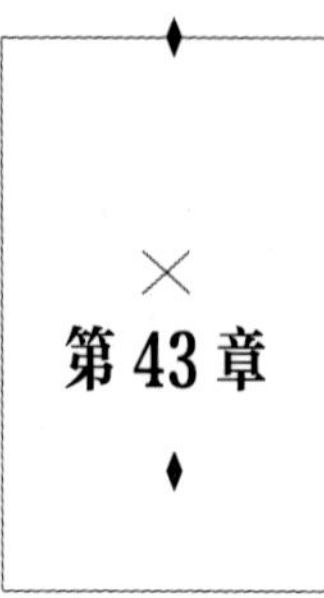

第43章

06：08AM

第三天清晨。

周戎瘫在房檐上，在东方天际泛起鱼背青的那一刻，筋疲力尽地呼了口白气。

子弹还剩最后二十一发，手榴弹四枚，战术刀、匕首各一把，突击步一挺，手枪一支。

食水全部耗尽。

虽然已至强弩之末，但他竟然在丧尸之城中度过了整整两个漫漫长夜，连周戎都觉得冥冥之中有某种力量在庇佑着自己。

但司南还活着吗？

放眼望去茫茫尸海，他到底躲在城市的哪个缝隙角落？

周戎看了眼表，距离司南失踪已经过去了三十六个小时。

——他是否已经心灰意冷，放弃希望，甚至已经……死了？

不，不会的——虽然没有任何依据，但周戎莫名就是觉得司南不会这么轻易被杀死。最大的可能性是他手无寸铁，无法突围，又对118小队折返回来接他的可能逐渐丧失了信心，正不知道躲在哪个犄角旮旯里抹眼泪；要不就是正收拾收拾，准备强行出发步行去城郊的直升机场。

再坚持一下。周戎咬紧后槽牙，强迫自己坐起身。

搜索满48个小时还没结果的话，就赌一把出发去机场，根据实际情况决定是守株待兔，还是开装甲车回城继续搜索。

“坚持住。”他喃喃着，不知是对自己还是对虚空中那个对他微笑着招手的司南。“只要坚持住，总能再见的。”

周戎紧紧左大腿上的绷带，被丧尸潮围追堵截到无路可逃只能跳树，结果被树枝刺出的那个比巴掌还大的伤口现在已经不流血了。又脏又黄的绷带上只留下深色凝固的血迹，乍看上去有点吓人，幸好不太影响行动。

周戎拎着扩音器跳下屋瓦，无视了咫尺之外正聚拢过来的丧尸，纵身从树梢跃向大街，正准备继续放声大吼，突然脚步一顿。

——远处街角，有个人背对着他，正走进一家五金器材店，将店铺里觅声而出的丧尸一一击毙。

那人穿着兜帽衫，背影极其雄壮，周戎打量了下，觉得可能比自己还要高半个头，隔着那么远的距离，都让人油然产生一种望着岩山在平地上移动的感觉。

竟然还有活人？

周戎沉吟片刻，没有暴露自己，无声无息地跟了上去。

“啊——！”

罗缪尔翻身压住司南：“——简！”

女爆种者快步冲进房里，把司南一条腿压住，整个人按在地上，左手铐在床沿，一系列动作熟练无比，仿佛在过去的一天一夜里已经重复过了很多次。

司南眉心紧锁，竭力蜷缩身体，发出痛苦的咆哮。罗缪尔示意那个叫简的女爆种者出去，然后跨坐在司南身上，压制住他所有挣扎，捏着他下巴吼道：“Noah！看着我！”

司南充耳不闻。

“Noah！”

罗缪尔贴着他的耳朵，不断反复喝令，那音量简直连死人都能被震醒。足足好几分钟后，司南浑不似人的嘶声喘息才渐渐停止，浑浑噩噩地睁开眼睛。

“看着我！”罗缪尔吼道。

“……”

“你想起了什么？”罗缪尔强行注视着他布满血丝的眼睛，一字一顿问，“你在白鹰基地的时候是怎么跟C国军方接上头的？终极抗体在哪里？告诉我！”

司南动了动嘴唇。但连续十多个小时食水未进，连续不断的高强度审问让他极度疲惫，连声音都很难发出来了。

罗缪尔用枫糖冲了杯糖水，回来半跪在他身侧，居高临下道：“喝了。”

司南别过头。

“喝了！”

没有回答。

“跟巧克力一样，是吗？”罗缪尔终于放弃了努力，冷冷地问。

司南完全没有搭理的意思，闭上了眼睛。

这铜墙铁壁般的无声拒绝让罗缪尔无计可施，他狠狠摔碎枫糖水杯，玻璃碴溅了满地。

陋室中一时十分安静，寒风呼呼漏过窗缝，除此之外只听见罗缪尔强行压抑愤怒的喘息声。

令人窒息的僵持延续了足足好几分钟。

“好吧，我承认。”罗缪尔再次开口道，出乎意料的是他并没有大为光火，尾音甚至称得上是冷静自制，“OK，我承认，巧克力的事情是我错了。”

——在罗缪尔一生中，说出“我错了”三个字的时候屈指可数，甚至连他亲爹都未必听过两次。

但司南无动于衷。

“我不该在你极度虚弱的时候，为了惩罚你，让你自己开电击器，并把巧克力作为诱导手段。”

“——但你知道，”罗缪尔顿了顿，紧接着又冷硬地道，“在试验场景中被丧尸咬伤本来就是会被惩罚的，作为受到特训的战士，你我都经历过。虽然你接受的模拟强度确实大于白鹰部队内的任何人，而且你认为用食物作为诱导手段是一种侮辱……”

司南毫无反应。

“你到底在听我说吗？”

司南依旧毫无反应。

罗缪尔深深吸了口气，借此控制住情绪：“你这种幼稚的坚持毫无意义，Noah。假设一下如果你现在饿得快死了，面前只有一块巧克力，不吃就会死，你还会不会对我坚持这种苍白可笑的个性？”

他没有想到的是司南竟然睁开眼睛，偏回头来，微笑道：“不会啊。”

——短短三个字沙哑变调得几乎听不出来，但那个嘴角略微弯起的弧度是真的，罗缪尔都看呆了。

“我早就开始吃巧克力了。”司南说，笑容里带着毫不掩饰的恶意，“前两天有人给我的，吃了一大块呢。”

罗缪尔完全不知道该说什么，愣在了那里。

司南坐在地面上，再次把头颈枕在床沿边，似乎那两句话已经耗光了全身的力气。

Noah 的真实性格中，有着极度偏激和令人费解的一面，罗缪尔一直都知道。如果硬要和正常人做个对比的话，他某些方面其实很像孩子，还是特别幼稚和记仇的那种。

他仇恨别人，也仇恨自己。

他会在饥饿难忍时，因为对诱导物——巧克力产生极其强烈的需求，而愿意接受罗缪尔的条件，自己按下电击器，承受生理痛苦和精神侮辱这双重的折磨。

但他也会在之后产生应激障碍，从此彻底拒绝巧克力，甚至每当吃到这种食物就会条件反射性呕吐。

罗缪尔观察过，他的呕吐和某些厌食症一样，在最初阶段是他出于自我惩罚和厌弃而强迫自己进行的。但随后不久就演变成了真正的应激反应，一度甚至完全不能碰任何巧克力味的东西。

——偏执，自控，钻牛角尖。一旦认定什么东西，就会不断进行自我意识强化，从而深深烙进脑海里，催化为行事本能的一部分。

这种个性通常是不会改的。

罗缪尔完全没想到，自己这位所谓的弟弟还有能推翻自我意识的一天——如果他没有说谎的话。

罗缪尔内心深处某个地方动了动，似乎想做某种尝试，欲言又止。

半晌他含义复杂地咳了一声，拉下冲锋衣拉链，露出内侧围巾的一角：“Noah。”

“看这个，Noah。”他捏着司南的下巴令他望向自己，只是这次手劲特意柔和了很多，“你还记得吗？”

那是一条很普通的深灰色羊绒围巾，没有花纹，质地很薄，因为陈旧的关系边缘已经磨出了毛边，其实跟罗缪尔通身的上等社会精英气质并不太配。

司南瞥了眼。

“我母亲去世那一年，我飞赴L城参加她的葬礼，当时你也在。”罗缪尔缓缓道，“葬礼后我一个人走进树林，天下着雨，突然你走过来，给了我这条围巾……”

“‘这么待着不冷吗？’当时你这样问我。而我的回应是挥手把围巾甩了，怒斥着让你滚。你没有再说话，看了我一会，转身走出了树林。”

很多年后罗缪尔还能清晰回忆起那一幕的所有细节，包括黑色大衣包裹中他弟弟苍白的脸，因为沾了细密雨水而格外湿润的眼睫，还有一言不发转身离去时，衣角在空气中拂起的弧度。

之所以印象深刻，是因为那是Noah平生第一次，以如此柔软的态度主动对他开口。

不过那也是最后一次，所以罗缪尔再也没机会验证他后来重复了无数次的猜想——如果他当时以完全不同的态度来表示回应，是不是很多事情都会从此变得不同？

“第二天我离开L城时，回到那片树林中，捡起了你的围巾，并一直保存至今。”

罗缪尔从脖颈上摘下围巾，近距离盯着司南平静无波的眼睛：“这次来C国前我特意带上了它，因为我知道前所未有的灾难已经开始，人类很有可能会从此灭绝于地球。那么在你我重逢于末世的今天，很多还没来得及开始就已经结束了的事情，是不是还有机会倒退到发生之前，重新再来一次？”

“——如果你同意的话，告诉我终极抗体在哪里。”罗缪尔低声道，声音轻得近乎耳语，“研制出疫苗后，人类将建立起最终的安全堡垒，你我都可以成为进入安全堡垒的第一批人……我保证一切痛苦的往事都将永远成为回忆，我会让你过上很好的生活，你以前连想都想象不到的，好的生活。”

“真的，”他郑重道，“只要你相信我。”

长久的安静过后，司南轻轻道：“我从没相信过你。”

“我知道。”罗缪尔顿了顿，反问，“但就像巧克力一样，那些你以为会坚持到底的东西，最终也改变了，不是吗？”

司南抬起没被铐住的右手，用两根手指摸了摸围巾因为长年佩戴而磨损的毛边。

罗缪尔看着他，眼神充满鼓励，隐隐还有一丝连他自己都没发现的焦渴的期盼。

司南突然微微一笑。

那笑容虽然虚弱，却带着不可错认的古怪意味，旋即他松手摇了摇头。

“怎么？”罗缪尔忍不住问。

“我不记得了，”司南笑着说，“但我不是会做这种事的人，尤其对你。所以要么你在撒谎……”

“我没有！”

“是吗？”司南懒洋洋道，“那应该是我想趁你落单时用围巾勒死你，结果被误会了吧。”

罗缪尔霍然起身，面色青红交杂。然而还没等他说什么，司南的最后一句话顺利成了点燃他愤怒的引线：“你太自作多情了，‘哥哥’。”司南同情道，“就像你父亲对我母亲一样……她至死都没给他一个正眼。”

房中突然传来一声尖利变调的咆哮：“简！”

女爆种者迅速推门，只见她上司站在床榻边，回过头，瞳孔已彻底变成了阴霾可怖的深灰。

“自白剂。”他咬牙道，怒火让每一个字都令人不寒而栗。

“把所有自白剂都拿进来！”

阿巴斯随手点射掉小巷中几只半腐的丧尸，抱着纸箱踏进小院，只见他的女队友抱臂站在槐树下，紧闭的房门中传来地板被撞击的重响，以及杂物翻倒时稀里哗啦的声音。

“回来了？”简抽出嘴里的烟，“有收获没？”

阿巴斯沉默着放下纸箱，一一取出里面的东西。

电池，刀具，五金零件，半壶机油，小半瓶白酒。

简拿起白酒瓶，仰头喝了一口，啧啧道：“这个地方不行，南方沿海一带物资丰富多了。见到活人没？”

阿巴斯摇了摇头。

突然简一瞥他身后，厉声喝道：“什么人？”

阿巴斯猛地回头，两人同时望向被树冠覆盖的院墙。

几秒钟毫无动静，紧接着树丛动了动，一只黑影发出凄厉的尖叫，刮风般掠过墙头——是只瘦骨嶙峋的灰猫。

“小玩意。”简嘲道，不知是说猫还是说屋里的人。

阿巴斯闷声闷气地接了一句：“当年你刚进白鹰时，在部队里被他操练的时候可不是这么说的。”

简笑了起来：“所以你不觉得见到这样的人被虐会很爽吗？

“尤其是像他这种心狠手辣又高高在上的教官，那种从来不用正眼看人的做派……折磨这种人确实会很有感觉吧。”

阿巴斯想了想，还没说什么，房门被打开了。

罗缪尔裹挟着一身暴戾大步而出，并没有看自己两个啪地立正的手下：“北边。”

简没反应过来：“什么？”

“飞机坠毁在北边。”罗缪尔冷冷道，“他一定把东西丢在那里了。阿巴斯，把他弄到车上，准备出发。”

那钢铁浇铸般的手下应了声是，低头钻进屋里，片刻后再出来时，肩上扛着一个昏迷不醒毫无动静的人影。

院墙角落，树丛掩映后，周戎的瞳孔无声无息地缩紧。

——尽管一路上已隐隐约约有所预料，但亲眼所见时，那根钢针还是霎时刺穿了心肺，刺得他五脏六腑血淋淋痉挛起来。

那是司南。

司南不会接近陌生爆种者，更遑论被人轻易抓住。周戎几乎能想象到当时的场景：又渴又饿的司南听见远处传来车声，以为是118小队回来救自己，便开心至极地从藏身处跑出去，对着汽车大声呼喊。然而当他发现来者不善时已经来不及了，对方不仅是三个训练有素的爆种者，而且还荷枪实弹……

周戎强行压抑住滚烫的鼻息，紧紧抓住墙头。

他的指甲深深抠进墙面，在老旧的砖石上留下了四道清晰的白印，一丝鲜血溢出了指甲缝。

现在怎么办？

周戎无声落地，快速转移到院门拐角，整个身体隐藏在墙后，从瞄准镜后来回打量那三个爆种者。

两男一女，那个发号施令的男子不知为何隐隐让他觉得眼熟，但此刻来不及细想。

在目前的射击条件下，周戎确定凭自己的枪法可以一枪毙掉这人，或起码令目标丧失行动能力。但对方还剩两名机动力量，万一拿司南做掩体怎么办？

他们有车，一旦开车逃逸就很难再追上了，到时候他们会对司南做什么？！

枪口略微偏移角度，瞄准镜中换成那名挟持司南的壮汉，周戎眯起了眼睛。

如果狙击此人，司南就有机会挣脱束缚，迅速逃跑。但从这个角度来看司南一动不动，可能已经失去了意识……

冷静，周戎告诫自己，冷静。

他在全国政审最严格、安保级别最高的地方干过，曾经贴身保护最高领导人，也负责过十多位国家元首级别外宾的安全问题。

他经历过很多险况，也立下过很多功勋。在专业问题上，周戎的官方记载失误率一直是零。

——他从来没有像现在这样，感觉到一丝难以自控的焦躁和愤怒顺着脊椎爬满全身神经。

周戎枪口左移，准星对上罗缪尔的腿，食指扣上扳机。

——但就在这个时候，女爆种者失声吼道："怎么回事！"

周戎一偏头。

司南昏迷中猝然痉挛，发出野兽般可怕的呜咽，狠狠翻下了地！

他已经绝食接近四十八个小时，各方面机能都虚弱到了极点，但这一挣扎的力度令阿巴斯都挡不住，措手不及就让他摔下了地，阿巴斯连忙吼道："快来帮忙！"

罗缪尔和简飞身而上，阿巴斯抓住司南手臂一撇，手肘脱臼声清晰传来。

然而司南就像突然失去了痛觉，连这种撕心裂肺的剧痛都没让他的动作减慢半分。电光石火之间，他竟然就着反拧手肘的姿势，飞身踩上阿巴斯后背，另一手肘发狠捣进了对手的颈椎！

阿巴斯痛得大吼，闪身把司南飞抛了出去——

就在这一瞬间，周戎扣了三下扳机。

第一颗子弹正中阿巴斯小腿，壮汉轰然跪倒在地；

第二颗子弹打中女爆种者肩膀，她手里的枪还未扣动便远远飞出；

第三颗子弹飞至半空，罗缪尔闪电般转身，对周戎的藏身之处发出了一连梭子弹！

周戎迅速躲避，砖墙被打得墙灰四溅！

"在那！"罗缪尔吼道，边以高火力压制得周戎无法反击，边大步走向砖墙！

"长官！"简震耳欲聋的尖叫平地炸起，"回来！他失控了！"

只见司南摇摇晃晃站起身，瞳孔极度放大，眼底血丝密布，衬着惨白的脸色，活生生就像一头发狂的丧尸。他动了动那以奇异姿势歪曲的手肘，“咔嚓”一声将其复位，直勾勾盯着阿巴斯。

他胸腔中缓缓发出咆哮——那声音就像某种困兽濒死前，意识错乱又癫狂的哀鸣。

杀了他们。有个声音在他脑海中不断重复。

所有人都化作了面目模糊的丧尸，过量自白剂造成的幻觉在眼前不断闪现，他根本看不清眼前都是怎样的面孔。

杀了他们。

所有移动的东西都是丧尸，杀了他们。

刹那间阿巴斯竟然心生寒意，拖着脚退了两步，紧接着只见司南发力冲来，他根本连躲闪的时间都没有，被一拳打得向后仰倒！

女爆种者破口大骂，捂着受伤的肩膀冲向司南。

周戎飞身上墙，顶着枪林弹雨当空而下，当头按倒罗缪尔。那一瞬间所有子弹都贴着他的颈动脉擦了过去，两人同时打掉了对方的枪，AK47 倾泻着子弹飞上半空，眨眼之间，在土地和砖墙上砰砰砰轮了大半圈弹坑！

周戎一肘抵住罗缪尔咽喉，吼道：“司南！”

司南抬起头。

千钧一发之际周戎看到了他的眼神，心脏狠狠下沉。

司南视线涣散，血管暴起，人瘦得脱形，模样比那天在建筑工地上还恐怖，甚至有些活死人般嗜血的感觉。

——司南认不出他了。

他看周戎的目光，和看其他三个爆种者，甚至和看丧尸都没有任何不同。

第44章

“司南，”周戎颤抖道，旋即一眼瞥见阿巴斯忍痛拖行，竭力去够枪，当即破口吼道，“跑！快跑！”

——他钳制着罗缪尔，而且手里没枪，当务之急只能让司南快跑。哪怕之后再在危机四伏的城市中找他个三天三夜，也不能让司南直愣愣站在这被一枪打死！

但司南直直瞪着周戎，像不认识他一般，没有跑也没有动。

“是你。”突然罗缪尔咬牙道。

周戎眉头一皱，罗缪尔起身挥拳打翻他，两人在地上翻滚扭打，拳拳到肉，几乎每下都奔着对方的致命点而去，霎时竟然成了不死不休的局面。

“他妈的，怎么又是你！”罗缪尔怒吼，一掌钳住了周戎咽喉！

罗缪尔的身手竟然跟司南是同一路数，诡谲、快速、重技法，但作为爆种者肌肉力量比司南大很多，而且能看出来跟那个女人和壮汉都不是同一数量级的，这有点出乎周戎的意料。

周戎双掌钳住罗缪尔掐紧自己脖颈的手，利落一扭，与此同时屈膝飞踢，把罗缪尔拦腰踹了出去——

周戎的腰腿劲那是半吨级的，罗缪尔整个人当空飞出十余米，轰然撞塌了砖墙，当即狂喷出一口血！

砰砰砰！

耳边枪响炸起，霎时周戎全身的血都冷了，顾不上正俯在地上呕血的罗缪尔，就地打滚捡起枪，眉梢狂跳。

只见司南竟然没有跑，而是和阿巴斯扭打在一起。跟这名身高超过两米的爆种者比起来，司南简直就像个单薄的少年，但精神错乱时他竟然爆发出了难以想象的极限力量，拽着阿巴斯持枪的手扣下扳机，一梭梭子弹倾泻而出，将玻璃窗打得粉碎暴起，树枝剧烈摇晃乱舞。

女爆种者藏在墙角后骂了声，挣扎着探出枪口，对准司南。

她在墙后露出的那一点，真的只是比苍蝇大不了多少的狙击目标，却被周戎精确迅猛到极点的一弹打中手腕，霎时失声痛呼！

只剩最后一颗子弹了，周戎清楚地认识到。

他对准阿巴斯，瞄准镜中却总是闪过司南暴怒的身影。周戎迟迟不敢扣动扳机，忽地脑后劲风袭来，他闪身避过，与此同时身后子弹贴着脚跟在地上打出一溜尘烟。

是罗缪尔！

周戎大骂一声，在摔倒的同时，凌空扣下了扳机。

最后一发子弹飞跃而去，漂亮至极地穿越AK47形成的弹幕，毒牙般穿透罗缪尔腹部，带出一溜血线！

罗缪尔捂着枪伤踉跄摔倒。

周戎吼道：“司南！”

狂暴枪声一停，司南强行打空了阿巴斯手里的冲锋枪。后者把他踹翻在地上，海碗大的拳头打得司南喷出血沫，第二拳还没下去，周戎已经赶到，拽着阿巴斯头发把他掀翻在地，挥拳就打！

壮汉发出狂吼，抱头不住挣扎，然而周戎没给他丝毫喘息之机。钢铁炮弹般的指骨锤击，第一下打断了阿巴斯的鼻梁骨，第二下打得牙齿碎裂，第三拳竟将他胸骨打得塌陷了下去！

周戎起身一脚把阿巴斯踢翻，英俊的面孔满是凶悍之气，眼底泛出狼王般森寒的血色。

他呼了口气，竭力调整面部表情，转过身来。

司南已经爬起身，倒退了好几步，脊背紧贴院墙站着，身体似乎有些微弓——周戎一眼就认出了那是为什么。

不是因为长期断食后又被暴打成伤导致的无法站直。

而是困兽在拼尽最后一丝气力进攻前，充满了警戒和仇恨的姿态。

周戎缓缓摇头，摊开手，示意他看自己空空如也的掌心：“司南。”

司南不作声，警惕地眯起眼睛。

“过来，司南，我不伤害你。”周戎上前半步，颤声道，“戎哥没抛弃你，看，这就接你来了。”

丧尸往前走了一步，司南想。

他竭力闭上眼睛，再睁开，过量自白剂造成的强烈癫狂绞断中枢神经，在眼前形成一幕幕光怪陆离的画面。

——他仿佛又回到了很小的时候，身处在模拟特训场景中，不杀光所有丧尸就出不去。

墙后面的是丧尸，地上的是丧尸，远处废墟里的是丧尸，这个面目模糊对他张开双手的……也是丧尸。

杀光他们。脑海中声音催得更急迫，让他头痛欲裂。

杀光他们，不然要电击你了。

杀光他们。

身后突然响起一阵混合着咳嗽的低笑：“没……没用的，你看他那样子……”

“他失控时谁都不认得，在他眼里我们都是丧尸……懂吗？”罗缪尔俯在砖墙废墟中，断断续续地嘲道，“大脑在严重刺激下的条件反射性幻想。就算他妈来了都没用，他只会绞死所有人……所有丧尸，咳咳咳……”

周戎咆哮：“你们对他做了什么？！”

罗缪尔没有回答，换了个坐姿，艰难地呼出一口血气：“你姓周，是不是？”

“你是谁？”周戎狐疑地眯起了眼睛。

罗缪尔没有回答，视线转向司南，恶意地笑了起来。

“不自量力。”他咳喘着笑道，“过去吧，在他眼里你是这里最危险的丧尸……他会亲手绞死你，不信就过去试试。”

司南喘着气又向后退，然而他已经挤到了墙角，再退也只能让脊背更紧地挤压墙面而已。

好痛啊。他喃喃着对自己说。

我真的好痛啊……

极度的饥饿已经化作了痛苦撕扯五脏六腑，电击和殴打造成的伤痛犹如千针万刺，折磨着他全身每一根神经。

然而从小到大听过无数遍的、那电子合成冰冷无情的声音却不放过他，犹如附骨之疽，从每条骨缝中滋滋冒出恐怖的电光，把他鞭打得遍体鳞伤。

杀了他。

杀了他。

杀光他们。

不然就惩罚你。

杀光他们。

……

司南胸腔中发出漏气般尖锐的嘶响，他竭力捂住耳朵，但无济于事。

不远处那个丧尸又向前一步，似乎在喊什么，要上来吃了他。

但我真的好痛啊。司南模模糊糊地想。

求求你们……我真的打不动了……

“司……南……

“司南……”

潜意识中响起另一道声音，恍惚近在耳际，忽而又远在天边，飘飘渺渺随风逝去。不知不觉中司南放下手，脑海完全空白，站在了原地。

那个看不清面孔的丧尸已经走到面前了。

“戎哥来……接你……司南……”

司南摇着头，并不知道那是什么意思。

他意识混混沌沌，用尽最后的力气推开那名丧尸。挣扎中他的后脑和手肘狠狠撞上了身后的水泥墙，骨头发出令人齿寒的脆响，但他完全感觉不到疼。

一点疼痛，甚至一丝感觉都没有。

——仿佛在这具千疮百孔的身体到达最后一刻时，命运终于愿意给予一点点善意，免除了部分撕心裂肺的痛楚。

司南颓然跪了下去，费力向后挪动，自己都知道自己此刻的模样有多狼狈。

但那环绕不走的丧尸不会因此放过他，那个丧尸抓住他肩膀，低下了头。

司南恍惚间知道自己要被咬了。他会被腐烂的利齿活生生撕裂，看着自己皮开肉绽，鲜血迸溅，肌腱和血管像烂肉被扒开，甚至可以看见自己血红的骨髓从断口中爆裂出来。

接下来他会被电击，或者会死。

他会掠过教堂坍塌的尖顶，在阴灰天空下升上永远不再有饥饿、孤独和痛苦的天堂。

司南全身痉挛，蜷缩起身体，丧尸已经凑到了他耳边。然而预期中鲜血流出身体的温暖和寒冷都没有来临，意识混乱中，那个飘摇渺茫的声音渐渐清晰："看着……看着我……

"司小南，你不认识戎哥了吗？"

戎哥。

司南眼中所有东西都是重影，变异扭曲的线条和杂乱无章的黑影互相切换，就像海洛因刺激脑干中枢，将一切景物化作跳动的光点。

然而在濒死的喧嚣中，有什么东西像水落石出般，渐渐清晰起来。

戎哥。

周戎。

"戎哥没丢下你……

"你看看我……"

——朦胧间司南感觉到手上一热。

仿佛是滚烫的水珠打在他掌心，痛得他一缩。

"戎哥来接你了，看看我司小南……"

从林静谧的深夜里，篝火燃烧闪烁着微光，有人在他耳边轻轻道："叫一声戎哥，多远都去救你。"

“免贵姓周，兵戈戎马的戎。”

“司——小——南——！戎哥找你们来了！”

“对不起，戎哥不该吼你……喏，出来，给你带了一大块巧克力。”

无数场景和画面在脑海中纷纷扬扬，如大雪般盘旋而落，将癫狂抽搐的精神世界温柔抚平。

司南疲惫喘息着，目光散乱空白，望着那个“丧尸”跪在了自己面前。

两人相距得这么近，近到足以看清彼此的脸。

司南呢喃道：“戎哥……”

他不知道自己在说什么，也认不出面前这张流着泪的熟悉的面孔。

但他从这短短两个字的音节中，获得了某种温暖强大的抚慰和平静下来的力量。

“戎哥。”他小声重复道。

在所有难以置信的注视中，司南伸出手，完全展露出柔软不设防的掌心，被周戎紧紧抓在了手中。

下一刻司南埋下头，就像躲进梦中安全的洞窟，伤痕累累的身体偎进了周戎怀里。

罗缪尔瞳孔急速放大，难以置信，脸色足以用灰败来形容——这不可能！

这怎么可能？！

Noah 进入条件反射的精神幻象后只会把周遭一切移动物品当作丧尸，进行无差别攻击，直到你死我活为止。这是他从六岁起就通过成千上万次电击培养出的本能，忘了呼吸都不会忘了它，就算是亲妈死在眼前，他这种本能都不可能被打破！

那么现在呢？！为什么他不攻击？！

难道在他的精神幻象中，他愿意被这姓周的“丧尸”咬死？！

罗缪尔悚然摇头，眼睁睁看着周戎把司南紧搂在怀里，抚摸他瘦骨嶙峋的背，低声安慰什么。片刻后司南的痉挛和震颤逐渐停止，周戎单手把他抱了起来。

罗缪尔捂着腹部枪伤，另一手发着抖死死攥紧。

但周戎不再看他们一眼，他走出小院，一脚踹飞了正觅声而来的丧尸，把司南抱进蓝白色相间的 SUV 的副驾座，转而想从另一侧登上驾驶室。

司南不愿离开周戎，紧抓着他的袖口不松手。周戎低声哄劝了几句，见司南摇头不听，也就放弃了，把他从副驾驶抱了出来，一同钻进了驾驶室。

丧尸正缓慢向这边聚集，远远望去，巷头巷尾鬼影耸动，全是密密麻麻的活死人。SUV 调了个头驶到小院中，车窗降下，周戎居高临下盯着罗缪尔，问："你们到底是什么人？"

罗缪尔阴冷地道："你叫周戎，是不是？"

"哟，哥什么时候这么红了。"周戎漫不经心地嗤笑了一声，"怎么，想要签名吗？"

丧尸特有的拖沓脚步声渐渐清晰，罗缪尔却没有丝毫死到临头的恐惧。他满身是血地靠在砖堆里，透过车窗缝隙，可以看见司南依偎在周戎身侧，头埋在周戎臂膀中。

就像一头杀气未褪又满身鲜血，在筋疲力尽之际，终于撑着最后一口气找到了窝的小兽。

心脏仿佛浸满了酸热的恨意，罗缪尔微微冷笑起来。

"不，周戎。"他淡淡道，"见到你还活着真让人高兴，好好留着自己这条小命吧……我们很快会再次见面的。"

"是吗？"周戎戏谑道，"我不这么认为。"

丧尸越聚越多，渐渐堵塞了小巷。周戎不再跟将死之人啰唆，SUV 退后、打转，车轮在地面发出刺耳的摩擦声。他最后丢了句："多谢你们的物资！"旋即踩下油门，在引擎轰响中飞驰而去。

罗缪尔注视着 SUV 车后扬起的尘烟，微微眯起眼睛。

他眉骨高眼窝深，鼻骨挺拔，是典型的白种人长相。因为常年受到军队式精英训练，体型也精悍强硬，这种外形的爆种者在西方其实是非常受欢迎的。

但此刻他的神情，却诡谲得让人有种不寒而栗之感。

丧尸们蜂拥而来，已经渐渐逼近了小院。罗缪尔咳了口血，从胸前抽出一支密封针剂，用牙撕开，将浅红色液体全数注射进了自己的手臂。

随即他扬手一扔。

注射针筒划出弧线，摔碎在了挤进院门的第一只丧尸脚前。

车厢随前进不断颠簸，一路将丧尸碾进车底，终于在手榴弹惊天动地的爆炸声中冲出硝烟，顺着一望无际的公路飞驰而去。

周戎一手把控方向盘，一手抱着司南昏昏沉沉的身躯，温柔地拍拍他肩头："司小南？”

司南蜷缩着不吭声。

周戎踩下刹车，反身在后座上翻了翻，随手把那三个爆种者杂七杂八的个人物品扔出车窗，看见角落里塞着个枫糖瓶子。

后车厢里应该有更多医药物资，但这时没法去仔细整理。周戎拧开枫糖罐，用大拇指腹揉捏司南苍白的脸，低声问：“喝两口，嗯？”

司南连睁眼的力气都没有，嗅到了枫糖的气味，勉强偏过头。

他沉默的拒绝十分明显，但周戎不能在这时纵容他莫名其妙的挑食，便揉了揉他的头发，哄骗道：“乖。”

不知何故司南对枫糖浆的味道非常抗拒，但片刻后，他的牙关略微松动，张开了细微柔软的缝隙。

陷落丧尸之城的第48个小时。

周戎眼眶略微发红，注视着司南平静昏睡的侧脸。

第45章

周戎站在高架桥上，一手抱着司南，一手架着望远镜，嘴角微微抽搐。

通向机场的高速公路一夜之间变得熙熙攘攘，漫山遍野全是南下的丧尸潮，连绵延续到远处的民用机场，数量足以用十万计。

除非长翅膀，否则绝无可能越过这触目惊心的丧尸潮，再去偷一架直升机。

“我们得开车南下了。”周戎用手蹭了蹭司南的脸，十分绅士地征求意见，“小司同志有异议吗？”

司南始终处在半昏睡状态，浑浑噩噩环着周戎的手臂。

周戎满意道：“很好，行动计划全票通过……戎哥很民主的。”

SUV上的物资比周戎想象的还多，多到让他有点吃惊的地步。如果他们以正常速度南下的话，这车上的食物足够他们吃到抵达崖海，甚至连挑食的小司同志都不会有什么意见。

周戎放下车后座，用毛毯铺成一个窝，把司南小心平放在上面，查看他的伤口。

司南全身满是细小的伤痕，多到几乎数不过来，腹部和四肢上有些软组织创伤，分不清是暴力拷问还是格斗所致。他的手腕、手肘更是惨不忍睹，周戎认出了那是电击形成的跳跃损伤，一时愤怒得无以复加。

为什么要凌虐他？

什么人会在这种末世里随身携带电击器？

周戎把毛巾打湿，用自己的体温捂暖，再一点点擦拭司南，动作轻柔得犹如抚摸一块丝绒。司南在半梦半醒间十分温顺，他太疲惫了，甚至在毛巾经过咽喉、心脏等致命部位时，也只是象征性地躲避了两下，旋即被周戎安慰了一下，便不吭声了。

天色渐渐暗沉，昏暗的车厢中，他全身有种象牙般细腻的雪白，因为连续两天脱水脱盐，本来单薄而悍利的身体线条显得愈发瘦削。

“司小南小同学……”周戎嘴里哼哼着，换了块干净毛巾，把司南的脸和头发也仔细擦拭干净，“嗯，我们司小南是个爱干净的好同学，是不是？”

司南迷迷糊糊地“嗯”了一声。

“信任戎哥不？”

司南：“嗯。”

“戎哥帅不？”

司南又：“嗯。”

周戎满意得不行，赞许道：“乖，我们小司同志也很帅……只要别再玩失踪就更帅了。”

照顾完昏昏沉沉的小司同志，周戎拉起毛毯把他裹成一个卷，然后探身去后车厢翻了翻，想找点容易消化的东西来投喂司南，突然在角落缝隙里看见了一个登山包。

他没开车内灯，怕光线引来丧尸群，咬着手电打开了登山包，只见里面是两把拆成零件的枪械和子弹，还有匕首、电池、手套等，另外还有些证件，名字生日等不用说是假的。

周戎目光触及证件上那张白人的脸，隐约眼熟的感觉越来越明显，拿手电照着仔细端详了片刻。

突然他脑海恍然一下，意识到了那熟悉感从何而来——确实以前见过极度相似的面孔。

A 国前任副总统！

他还没下放去 118 保密部队的时候，这人随使团来访过！

世上相似面孔的人太多，再加上几年记忆冲刷，周戎一时也不敢十分肯定自己的判断。但电光石火间他联想起了更多的东西，B 军区通信处里那封来自 A 国的密函，最后签发署名的，其姓氏就和 A 国前副总统一模一样。

寻找丢失的军方要人，混血异血种，切忌用刺激手段令其恢复神智，以免造成不必要的伤亡……

周戎悚然看向司南，后者正蜷缩在毛毯里，睡得并不是很安稳，眉心细细皱着。

世上会有这么巧合的事？

但如果他们要找司南……

漂洋过海不远万里，末世处处险象环生，司南身上有什么东西，是他们拼死也要追索的？

周戎找到几包高蛋白巧克力粉，这是军用的野外高能量食物，便用水冲成糊糊，把司南的头枕了起来，一勺勺小心喂给他。

司南对糊状的食物非常抗拒，吃得十分痛苦，几乎每口都要周戎用各种手段哄骗半天才能咽下去，吃了几勺就不肯再吃了。周戎没办法，只得把他扶起来，拍了他一下作为惩罚，然后自己把甜腻腻的巧克力糊吃了。

后车厢里还有各种压缩饼干，周戎叼着手电翻了半天，对A国军方在食品设计上缺少创新精神这点深深不满，最终总算翻出半箱带肉松的饼干，如获至宝。

"很好，小司同志，以后这就是你的专用零食箱了。"周戎喃喃道，把一路翻出来的枫糖罐、巧克力、奶粉等都丢进饼干箱里去，掏出马克笔，在纸箱上写了"司南专属"四个字。

所幸司南对加了枫糖的奶糊糊接受度比较高，断断续续吃了半碗。周戎又从单兵口粮中拆出了脱水耐贮蛋糕，豆腐干一小块，全喂给司南吃了，心里十分满意。

"喜欢吗？"他用毛毯把司南卷了起来，小声问。

司南似乎有一丁点意识，几不可见地点了点头："嗯。"

"你是A国人吗？"

"嗯……"

周戎想了想，斟酌片刻，问："他们……那三个人，为什么要抓你？"

司南眉毛拧了起来，潜意识仿佛经历了某些非常痛苦的回忆，发出微弱的挣扎。

"为什么抓你？是不是你带了什么东西？"

司南用力别过头，扭动的频率越来越大。周戎一手抱不住了，双臂把他扣紧在自己大腿上，却见他神情越来越焦躁，胸腔也急促起伏，继而发出细微而尖锐的声响，那是在倒气！

“没事、没事了……”周戎见状不对，立刻把他紧紧按在怀里，在耳边不断重复，“别怕，是戎哥的错，不问你了……没事了，别怕……”

好半天司南的挣扎才渐渐平复，但眉心还紧紧锁着。

“戎哥错了，不问了好吗？”

他呼了口气，不敢再问相关问题。

过了片刻，周戎心又有些痒痒的，忍不住咳了一声：“司小南？”

司南昏昏欲睡。

“你相信我吗？”

“嗯。”

周戎愉悦地“嘶”了一声，又不怀好意问：“你相信颜豪吗？”

这回司南迟疑了好几秒：“嗯。”

周戎心念电转，问：“你相信春草吗？”

“嗯。”

“郭伟祥呢？”

“嗯。”

“丁实呢？！”

“嗯。”

周戎悲愤道：“不要那么多‘嗯’！具体说说！”

司南发出了抗拒的“唔唔”声，大概意思是不想具体说说。

周戎像头吃食吃到一半被人强行夺走了的狼，坐在那抓了抓耳朵，突然眉头一皱计上心来，换了个方式问：“那么在所有人中，你最信任的是不是戎哥？”

司南扭了下，看起来竟然有点不好意思，小小声地：“嗯。”

百花齐放，礼炮齐响。

周戎志得意满，仰天长笑数声，捏捏司南瘦削的脸颊：“很好，戎哥也相信你。”

说完，他踩着油门发动汽车，在夜幕降临的旷野中驶向下一座城镇。

腊月底，天寒地冻，滴水成冰。

周戎夜晚开车，白天才敢稍微睡会儿。他仔细辨别丧尸大潮的行迹，尽量捡荒野无人、地势高陡的路线，缓慢而安全地一路南下。

沿途所有城镇和村庄，都在一夜之间变成了废墟。

天高地远，北风呼啸。脚下遥远的村落寂静空旷，田野里的荒草随风压向一边，隐约可见蚂蚁般的渺小的人影在田埂上缓缓移动。

那是丧尸。

某个阴天的中午，周戎把车停在半山腰，前后设置好路障后，锁好了车门，他把昏睡不醒的司南裹成卷儿，然后便俯在方向盘上小睡了片刻。

不多会他便被窸窸窣窣的动静所惊醒，睁眼一看，只见司南竟然醒了，姿势不断挣扎，仿佛非常的不舒服。

“怎么了？”

司南立刻抬眼望向他，眼睫张开非常明显的扇形，瞳孔里明明白白写着困惑。

周戎坦坦荡荡迎向司南的目光，神情充满了春天般的温暖和慈爱：“醒了？哪里不舒服？”

司南脑子还很迷糊，闭上眼睛，片刻后又睁开，带着倦意沙哑道：“热……”

周戎摸摸他的手心，确实很热，就把毛毯稍微松开些许：“现在呢？”

司南往上挣了挣，让头颈靠得更舒服，又吐出一个字：“水。”

周队长感到非常痛苦。

“小司同志，”周戎喂了两口水，见司南扭头不要了，才语重心长地低头问，“咱俩能就目前的姿势问题严肃认真地谈一谈吗？”

司南闭上眼睛，发出轻微稳定的鼻息。

小司同志显然不想谈。

周戎只好瘫坐在驾驶座上，不动如山。

那天中午短暂又突如其来的清醒之后，司南醒来的次数逐渐变多。第二天周戎喂他脱水蔬菜拌午餐肉时，他甚至朦朦胧胧地叫了声“戎哥”；第三天早上他正靠着周戎的肩膀睡觉，突然在车辆前行的颠簸中醒了，软绵绵地问“我们要上哪去”。

周戎叼着烟，悲哀道：“找房子。”

司南迷迷瞪瞪地“哦”了一声。

晚上天黑之前，周戎找到山野间一栋护林队的二层水泥房，宿舍生活设施一应俱全，但已经很久没住人了，周遭落满了灰尘，厨房里还有半罐煤气和锅碗瓢盆。

他把车巧妙地堵在大门处，成为严严实实的屏障，车门正对楼道出口以随时应付突发情况。然后花了半天时间清扫卫生，整理床铺，烧开热水，小火上慢慢炖煮着一锅温暖喷香的菜肉粥。

“司小南？”周戎蹲在床边，捏捏司南的脸，温柔而严肃地教训，“今晚辞旧迎新，听话，咱俩都必须洗个澡，不然不能去晦气。”

司南发出平稳有规律的鼻息。

“你再不醒的话，戎哥就帮你洗了哦。”

周戎等了片刻，自言自语道：“看来确实是想让戎哥帮你……好吧。”

他小心翼翼把毛毯打开，脱下司南的外套，又把鞋脱了，然后把司南抱进浴室，放进了热气腾腾的浴缸。

这一路来颠沛流离，如今能洗到一个热水澡，是多么奢侈的事情。

司南刚躺进浴缸，就发出一声舒服的喟叹。

“别乱动，水洒出来了，嘶……”

因为司南本人非常不配合，总是挣扎，弄得水花到处都是。

周戎上半身被溅满了水，军装衬衣贴在身上很不舒服，让他颇有些烦躁。

“小司同志，请配合一点。”周戎认真说，“再这样就教训你了哦。”

说完毫无威胁的警告，周戎出去喝了几大口水，随手把湿漉漉的衬衣脱了。他推门走进浴室，然后当头一愣。

——就他出去这短短几分钟时间，司南竟然醒了。

司南坐在热水里，刚清醒有些懵懂，低头看看自己，又抬头看看周戎，愣着回不过神。

第46章

浴室陷入了静默，难言的窒息随水蒸气缓缓蔓延。

周戎退回门外，彬彬有礼道："你洗完再叫我。"说着轻手轻脚关上了门。

喀哒。

司南缓缓倒入浴缸，发出哗啦水声。

热水浸泡身体，将冷硬酸痛的肌肉一丝丝浸透、软化，酥麻深入神经和骨髓，让他全身发软，在苏醒的那一瞬间便产生了非常微妙的感觉……

司南闭上眼睛，脊背靠在发凉的瓷砖上，脑海中快速整理这几天零碎不成片段的记忆，借用理智的力量，压抑住身体内部流动酥软的异样感，然而并不是很管用。

在袅袅上升的白雾中，体内深处仿佛有一汪温水在微微晃荡，甚至快要满溢出来了。当他试图回忆罗缪尔那帮人到底从自己这里刑讯逼问出了什么时，脑海中不断晃过的，竟然不是电击的痛苦。

司南嘴角抽搐，不敢在热水中再待下去了，哗啦一声站起来，草草擦干身体。

干净衣服被周戎整整齐齐叠成豆腐块放在架子上，司南换上干净衬衣，随手一擦镜面，看见自己满面通红。

"好了。"

周戎在厨房里熬粥，闻言一抬头。

司南背着手站在厨房门口，身形挺拔，音调平稳，神情冷静正直得活像新闻主持人，只是不知为何眼梢略微有点发红。

虽然不再是个裹在毛毯里蔫乎乎的司南小卷饼了，但他这样也很俊秀好看，有种让人心向往之的干净利落。周戎咳了一声，放下汤勺笑道：“那我也去洗个澡。你看着粥，别煮糊了，架子上有盐有糖。”

司南一言不发。

周戎就着凉水洗了个战斗澡，精神抖擞地出门，正巧看见司南站在炉灶前，偷偷摸摸往粥里添东西。

“怎么了？”周戎扬声问，“已经很稠了！别加罐头了！”

司南立马转身背过手：“好的。”然后舔干净嘴角。

周戎去车厢里翻了翻，从角落里捡出指头大小的一袋曲奇饼，便拆开来喂给司南吃了。然后他把单兵作战口粮袋里的干洋葱和酱汁混合加热，用来煮熟切碎了的肉丸，浸泡着干硬的面包碎块来吃。

司南无事可做，游手好闲地在厨房里晃。周戎把车钥匙扔给他，吩咐：“去，去车里找找喝的，看有没有啤酒。”

司南领命而去，片刻后拿着一只速溶饮料包回来，两根手指捏着伸到周戎面前。

高纤维高蛋白等渗饮料。

“有比没有好。”周戎自我安慰，然后上下打量司南，“怎么就一袋，你不要？”

司南摇头。

“今儿是好日子，应该庆祝一下，拿点东西来喝吧。”

司南说：“不了，省给你。”

两人对视良久，周戎眼神关切，司南满面无辜，厨房里只有咕嘟咕嘟熬粥的声音。

半晌周戎终于叹了口气，伸手抹掉司南嘴角的乳白色粉末：“奶粉都是你的，不要躲起来干吃，拿上来用水冲着喝，乖。”

司南顿了下，答：“哦。”

司南里里外外晃荡着，不时摸个面包块，或被周戎投喂一口肉酱吃，到晚上吃饭的时候他几乎都快饱了。

周戎在二楼窗前设了张餐桌，把窗帘拉开，露出满天星光，桌面上摆着热气腾腾两只炖锅：午餐肉和脱水蔬菜混合后跟米一起煮成的粥，以及面包碎块泡洋葱肉酱。

一人一副碗筷，周戎喝高蛋白营养粉，司南喝热水冲的甜牛奶。

两人碰了一杯，周戎清清嗓子，郑重道：“今天是个值得纪念的日子。我们118逃命小分队在持续四个月的辗转流亡后，终于迎来了合家团聚、辞旧迎新的重要时刻——新春佳节。”

司南面无表情鼓掌，周戎喝了口饮料：“第一杯，组织祝司小南同志在新的一年里健康成长，平平安安，万事顺遂。”

司南配合地：“戎哥也是。”

周戎摸摸他的头，给了他红包——一小袋葡萄干。

“第二杯，祝此刻缺席的118大队第六中队春草同志、颜豪同志、丁实同志以及郭伟祥同志已经安全抵达崖海基地，成功与中央政府完成交接；也祝已经离开我们的十七位战友在天国一切安好，顺利投胎……不，还是等灾难过去后再投胎吧。”

周戎又喝了一口，按牺牲顺序逐一背出十七个名字，最后一个是张英杰。

背完后他沉默了片刻，司南静静地望着他。

“第三杯，祝愿政府尽快研究出抗病毒药物，人类早日摆脱灾难，兴建家园，恢复安定与和平。”

周戎向璀璨的天穹举杯，把最后一口饮料倾倒在地上：“天上地下，千万英灵，请见证我们以凡人之手，延续种族生存的希望。”

今夜无月，而群星闪烁，将山川河流辉映出淡淡的白光。

周戎转向司南，微笑道：“吃吧，待会儿凉了，尝尝戎哥的手艺。”

司南点点头，伸手去拿肉酱里的面包块。

周戎的口味还是比较中式的，就拿碗去盛自己熬了几个小时的香浓稠软的菜肉粥。结果一舀之下发现粥竟然很稀，再仔细一看，发现有些肉和菜都没化开，明显是刚添加进去不久的样子。

“司——小——南！”周戎蓦然翻脸，威严道，“你偷吃了多少？说！”

司南沉默。

“偷吃完还知道往里头加，你很机智是不是？有本事别光加罐头，你倒加点米啊！这一锅炖菜糊糊你是当我发现不了吗？！”

司南情知败露，沉思片刻，当地摔了勺子，后发制人地拎起那一小袋葡萄干：“大红包呢？

“过年没有大红包？哄谁呢？吃你几勺子粥怎么了，你煮粥不就是给我吃的？”

周戎被这番歪理邪说堵得哑口无言，下一句话成了令他缴械投降的最后一根稻草：“难道煮给颜豪吃？”

周戎沉默半晌，真心诚意道：“小司同志，我觉得颜豪听了你这话得吐出血来……你可千万别当着他的面说。”

司南吃着肉丸，向他勾起一边嘴角，眼底洋溢着愉快和满足。

除夕之夜，苍茫北风掠过山林，远方是浓墨般化不开的黑暗，丧尸在山谷间来回游荡哀鸣，惨亮群星默默俯视着大地。

在这一方小小的天地里，却有温热的食物，干净的衣服，强大可靠的安全感。

司南盘腿歪在椅子里，洗完热水澡后满身惬意，随时都想伸个长长的懒腰。

几天前在罗缪尔面前经历的愤怒、仇恨和痛苦，以及内心深处针扎般的悔恨和盼望，仿佛都变成了上辈子的记忆，在周戎神兵天降的那一瞬间，就全都烟消云散了。

司南往桌沿边挤了挤，像只被抽了骨头的猫。

“你是怎么找到我的？”司南随口问。

周戎简单把自己从直升机上跳下来，在丧尸腹地不眠不休搜索了四十八个小时，还跑去高楼点燃信号烟，最后遇见那个身高超过两米的爆种者阿巴斯，一路跟踪直至找到他们临时据点的经过叙述了一下。

司南闷声道：“那是A国白鹰部队的人，罗缪尔是他们的头。他们在FL区有个秘密军事基地，专门进行各种生化研究，可能跟丧尸病毒暴发有着直接的关系。”

“那他们为什么要抓你？”

“不太清楚……我脑子受了点伤。他们给我打了过量的针剂，导致我想东西一时有点困难……”

“他们好像问我什么箱子，”司南梦呓般喃喃道，“什么围巾……”

周戎低声提醒：“司小南？”

司南闭上眼睛，片刻后睁开，恍然向后坐直：“怎么？”

“刚才在说什么？”司南不知道自己刚才怎么了，认真道，“我要是能想起来的话一定告诉你。我现在……脑子有点乱，很多线索记不清了，他们给我打的药剂可能过几天才能过劲。”

周戎略有些遗憾，伸手摸摸司南的脑袋，笑道：“想不起来别想了，慢慢来。戎哥相信你。”

司南条件反射地仰头，就像猫科动物在追逐舒适的抚摸。

但那只是刹那间的事。司南似乎突然意识到自己的动作不对，硬生生卡住了，抓起勺子往嘴里填了一口菜肉粥。

周戎顿住。

“真好吃啊。”司南冷静道，每个音节都充满了僵硬的欲盖弥彰。

周戎沉默一阵，关切叮嘱：“小心噎着。”

周戎本来的打算是，反正司南既不清醒又黏糊人，晚上和他睡一张床就行了。然而人算不如天算，司南竟然醒了，这下晚上的睡觉安排就成了非常尴尬的事。

“你还没恢复，你睡床。”周戎吭哧吭哧把隔壁屋的沙发拖了进来，拍拍手道，“我睡沙发就行，咱俩一个屋，夜里要是发生意外也方便示警。”

司南歪在床头，挑起一边眼皮，望着周戎忙里忙外。

渐渐的，睡意昏沉，司南趴在枕头上合拢眼皮。

临睡前最后的景象是周戎躺在对面沙发上，黑暗中眼神亮晶晶的，向床铺这边看来。他似乎想做什么，但翻了个身又最终没做。没有做什么呢？

司南呼出一口气，意识旋转着坠入了深眠。

“晚安，司小南，”周戎在黑暗中轻声道，“新年快乐。”

半夜。周戎在动静响起的第一时间睁开眼睛，神经绷紧，唰然起身。

星光从窗外投进卧室，只见司南睡眼惺忪地拎着枕头，摇摇晃晃走过来，往沙发上一挤，那意思是让周戎往里面缩缩，然后兜头倒下。

周戎这一惊非同小可，用手肘支着上半身瞪视半晌，试探道：“司南？……司小南？”

司南的柔术肯定练到已臻化境的地步了，这么狭窄的空间内，竟然还能背对着周戎，蜷缩成团，抱着枕头睡得非常安稳，甚至发出了轻微的鼾声。

“你睡了吗……司小南同志？”

卧室里静悄悄的，没有人回答他。

周戎心底发热，不由微笑起来，裹着毛毯睡到了床铺上。

朦胧间司南感觉到太阳穴上微微温热，那是他俩今夜缺少的晚安问候——他意识不清地呢喃了几句，也听不清想说什么，把头抵在枕头上，舒服地睡着了。

——上册完

图书在版编目（CIP）数据

不死者 / 淮上著．— 南京：江苏凤凰文艺出版社，
2020.12
ISBN 978-7-5594-4977-1

Ⅰ．①不… Ⅱ．①淮… Ⅲ．①长篇小说 - 中国 - 当代
Ⅳ．① I247.5

中国版本图书馆 CIP 数据核字 (2020) 第 109471 号

不死者

淮上 著

责任编辑 张 倩
选题策划 喻 戎
特约编辑 喻 戎
装帧设计 吴思龙 @4666 啊
内页设计 刘芳英
出版发行 江苏凤凰文艺出版社
南京市中央路 165 号，邮编：210009
网 址 http://www.jswenyi.com
印 刷 湖南天闻新华印务有限公司
开 本 700mm × 980mm 1/16
印 张 20
字 数 245 千字
版 次 2020 年 12 月第 1 版
印 次 2021 年 9 月第 4 次印刷
书 号 ISBN 978-7-5594-4977-1
定 价 52.80 元